遠い闇からの声

佐山啓郎
Sayama Keiro

文芸社

目次

プロローグ……4
第一章　亜也子……15
第二章　峻三……121
第三章　康彦……261
エピローグ……363
あとがき……369

プロローグ

駅の方角から歩いてきた男は、歩道に沿った低い生け垣の向こうで歩みを緩め、顔をこちらに向けた。玄関の上にかかった「光老園《こうろうえん》」の看板を見ているようだ。

やがて、男は生け垣の切れたところでひょろりとした全身を現し、玄関に向かって濡れた石畳を踏んで来る。何だか気の進まないようなゆっくりした足取りである。

受付の窓口から硬質ガラスのドアを透かして男の姿を見ていた松山《まつやま》スミは、以前、一度ここへ来た男であることを思い出した。縁なしの眼鏡をかけた男の面長な白い顔と痩せた体つきに見覚えがあった。

男は色の薄い髪の具合から見ても五十過ぎの感じで、黒いズボンに長袖の茶色いシャツを着て、右手には折り畳みの傘を提げていた。六月半ばになって今日も梅雨寒の曇天続きで、昼を過ぎても時折、霧のような雨が降る天候だった。

松山スミは、受付の席を立つと玄関のホールに出て、男がブザーを鳴らす前に自動ドアのロックをはずした。通常、玄関のドアにはロックをかけて、入所している老人たちの自由な出入りを抑えるようにしてある。

ガラスのドアが開いて男が入ってくると、松山は赤い縁の眼鏡をかけた顔で精一杯、愛想よく迎えた。

「いらっしゃいませー。遠いところをご苦労様です。早速ですが、受付の記帳をお願い致しまーす」

途方もなく明るく甲高い声だ。それを聞くと、男も前回来たときのことを思い出したらしく、窓口に行って差し出されたノートに名前や住所を書き込んだ。

「笠井《かさい》様にご面会でいらっしゃいますね。三階の十一号室です。ただ今ご在室ですので、どうぞおいでになってください」

松山がにこやかに言うと、男はうなずいて廊下の奥のエレベーターへ向かった。

男の足音が消えるると、窓口から離れた場所で机に向かっていた若い女が立ち上がった。ケースワーカーの小谷三千子《こたにみちこ》である。中年にさしかかった松山のやや太り気味の体つきに比べると、こちらはいかにもすらりとした軽い身のこなしである。

「松山さん、今の方、笠井多代《たよ》様のご家族かしら？」

小谷が言うので、松山は受付ノートの記入内容を確かめた。

「はい、そのようです、笠井康彦《やすひこ》様とありますが……」

小谷はうなずくと、すぐに電話機のところへ行って看護室の内線番号を回した。

「芦沢《あしざわ》さん？　ちょうどよかったわ。今、笠井多代様の息子さんらしい人がご面会で、三階のお部屋の方へ行きましたけど……」

受話器を持って小声でそう言っただけで、小谷はまた自分の席に戻った。

今日は日曜日だから、施設利用者の面会は、午前十時から午後八時までほぼ一日受け付ける。受付を通った人を各階で迎える態勢もできているので、面会時間内であれば面会人の連絡など、いちいちしなくともよいのだ。それなのになぜそんな連絡をわざわざするのか、という表情で松山は小谷を見たが、すぐに諦めて窓口で元の姿勢に戻った。パートアルバイトの立場である松山は、小谷の内線電話をそれ以上疑う気はない。ただ、松山は、ヘルパーのチーフ芦沢恭治《きょうじ》と小谷が割に親密な間柄らしいことを思い出したのだった。

このとき、事務室内にいたのは松山と小谷の二人で、施設長の野本悟《のもとさとる》ともう一人のケースワーカー川瀬典子《かわせのりこ》は、午後に行う催しの準備のために二階の談話室に行っていた。

エレベーターで三階に上がった男は、看護室の前を通ってまっすぐ廊下を歩いた。廊下の左右には腰の高さの位置に手すりがついていて、手すりの切れたところが個室の入り口のドアになっている。廊下を挟んで並んだ個室は、全部で十二室あった。

廊下の中ほどに長いソファの置いてある場所があり、車椅子に座っている者も交じって数人の老人が集まっていた。どの老人も不機嫌そうにむっつりとしていて、まるで無理やりそこに連れ出されたかのようだ。そばに緑色のシャツを着た男のヘルパーが二人ついていて、何やかやと話しかけては、老人たちの相手をしている様子である。

男の目指す十一号室は廊下の一番奥にある。彼は老人たちの前を通り抜けようとして、車椅子に座った老婆を見て立ち止まった。老婆も目を丸くして男を見上げた。

この老婆が笠井多代で、髪は大分白いが、目の光はまだしっかりした感じである。

四十代と見られるヘルパーがすぐに気づき、愛想よく男に向かい、

「笠井様にご面会ですか。ようこそ……。お部屋はあちらです」

そう言って、多代の車椅子に手をかけて案内しようとした。

「わたしはここでもいいのよ、部屋に行かなくていいのよ」

多代は妙に遠慮してみせた。

「息子さんなんでしょう？」

ヘルパーは確かめようとするように多代と男の顔を交互に見た。二人ともはかばかしい反応を見せないが、ヘルパーはすべてを察したかのように、

「せっかく息子さんが来てくれたんだから、お部屋でゆっくりお話ししましょうよ。その方がいいじゃありませんか」

気安く言うと、十一号室まで車椅子を押していき、男も呼び入れた。多代と二人だけにすると、ヘルパーは、にこにこ顔で「ただ今、椅子を持ってきます」と言って出ていった。

三階の個室は、すべて介護必要度の高い老人の居室になっている。部屋は同じ造りになっていて、入り口を入ると正面に大きな窓があり、右側にベッドが置いてある。その手前の、入り口のすぐ脇にカーテンで小さく囲ってあるのは、備えつけの洋式便器である。左

側の壁際には洋服ダンスや書棚などが並んでいる。

部屋の真ん中の空いたスペースに、車椅子に乗った笠井多代が窓を背にして、面会に来た息子の康彦と相対した。康彦はヘルパーが置いていった小型の椅子を引き寄せて、多代の前から少し離れた位置で腰を下ろした。

このとき看護室では、小谷からの連絡を受けた芦沢恭治が館内各所を映すモニター画面の並んだ壁に向かい、十一号室の様子をじっと見ていた。彼の後方では、看護師の竹内恵《たけうちえ》美《み》が机に向かって何か書類に書き込んでいて、モニター画面には目を向けようとしない。各部屋の看視は通常、主としてヘルパーの仕事になっているし、芦沢恭治はヘルパーのチーフでもあるから、竹内はすっかり任せた気分なのだ。

個室のカメラは入り口のドアの上に設置されていて、ほぼ部屋の全景が看護室のモニターに映し出される仕組みになっている。今、十一号室の画面では車椅子の多代の全体像が見えているが、男の方は髪の薄い後頭部から背中の上部が画面下方に映っているだけだ。看護室に繋がるインターホンのスイッチを入れない限り、個室内の音は一切、聞こえない。

芦沢が見ていると、男の後頭部はときどきわずかに動くだけだが、こちらを向いた多代の様子から二人が何か会話しているのがわかる。しかし、どうも穏やかな雰囲気とは思えない。親子にしては不自然な感じで、むしろ険悪な空気が漂っているようでさえある。

芦沢はそれを興味深げに見つめた。多代が険しい表情を浮かべても、まるでそれを予想でもしていたかのように、口元に皮肉な笑いさえ浮かべて見ている。

　そのうちに、男が椅子から立ち上がったようだ。それはゆっくりした動きで、芦沢には帰ろうとする仕草のように見えた。だが次の瞬間、男が不意に前方に進み出て、その後ろ姿に隠れて多代の様子はほとんど見えなくなった。そして、男の右の肩が激しく動いたように見えたと思うと、やがて男は身を翻し、そのまま部屋を出たらしい。多代は頬の辺りを手で押さえながら、呆然としてドアの方を見つめている。

　芦沢の顔に緊張が走った。彼は看護師の竹内に声をかけることもなく、いつもと変わらぬ身のこなしですぐに看護室を出ていった。机に向かっていた竹内は、部屋を出ていく芦沢にちらっと目をやっただけで、また元の姿勢に戻った。

　芦沢が廊下に出たとき、男はソファにいる老人たちの間を通り抜けてこちらへやって来るところだった。ソファの脇にいたヘルパーが、突っ立ったまま男を見送っている。

「あ、お帰りですか」

芦沢は、歩いてくる男に近づいて声をかけた。男は驚いて芦沢を見、胸の名札にも目をやったが、

「あ、どうも……」

　軽く一礼して、そのまま行き違い、エレベーターに向かった。

　薄い髪が乱れて額の辺りにかかり、脇目も振らずに急ぎ足で行く男の様子は、少しでも

早くこの建物から出ていこうとしているかのようだった。

　男がエレベーターの前に行って立つのを見届けてから、芦沢は老人たちの集まっているソファのところに行き、そこにいたヘルパーに向かって言った。

「もうそろそろ談話室の方に行く時間ですね。わたしは十一号室を見ますから、こちらの皆さんをお願いします」

「はい、承知しました」

　相手のヘルパーが返答し、もう一人のヘルパーに合図した。面会人がないまま廊下で過ごした老人たちが、ヘルパーの介助を受けながらエレベーターを使って移動し始めた。

　この日は三時から二階の談話室で、ボランティアの人たちが手品を見せてくれるというのである。そういう催しが何か一つあれば、大抵「おやつ」の出る三時ごろに設定され、老人たちはそれを楽しみに一日を過ごすことになるのだった。

　芦沢が十一号室に入っていくと、多代は頭をベッドの下に突っ込んでうつぶせになって倒れていた。芦沢はすぐに駆け寄って抱き起こした。多代は左の頰を押さえて涙を流し、その手が小刻みに震えていた。

　多代をベッドに横たえたとき、芦沢の後ろで声がした。

「どうかしましたか？　芦沢さん」

　事務室にいた小谷三千子である。彼女は談話室への移動を手伝うつもりもあって三階に上がってきたが、十一号室のドアが開いていたので、のぞいたのである。

「あら、けがをしているのかしら」

近づいて多代の顔を見た小谷が、息を呑んで言った。芦沢も、多代の左の目の下から頬にかけて赤く腫れているのに初めて気づき、思わず目を見張った。

「今、椅子から降りようとして、ベッドで顔を打ってしまって……」

多代はおどおどしながら、そんなことを繰り返し言った。多代の言葉通りだとすれば、芦沢が看護室を出て、多代の部屋に入るまでの数分の間に起こったことになる。

小谷が部屋のインターホンで看護室に知らせると、看護師の竹内が小走りでやってきた。竹内もひどく驚き、多代の応急処置をしてから、提携している外科医に連絡を取ると言う。モニターで各部屋の様子を常時看視できる体制になってはいても、すべてをビデオに撮って保存するわけではない。芦沢は、このときの竹内のあわてた様子に、竹内がモニターをまったく見ていなかったことを確認したような気がした。

「モニターでは、笠井様の面会の様子はどうだったんですか」

廊下に出たところで小谷が心配そうに訊くと、芦沢はそれには答えずにこう言った。

「僕はずっと看護室にいたが、あの人が車椅子から落ちるのは映らなかった。本人が車椅子から降りようとしてベッドの縁で打ったと言っているんだから、そういうことなんだろう。僕が看護室を出て介助に行くまでのわずかな間に起きたことになるが……」

「ああ、そうですね……」

小谷には芦沢の話を疑う気はなかった。

「とにかく、家族の方に連絡すればいつもの娘さんが面会に来るだろうから、ご本人の言うことに合わせて説明しておく他はないと思う。小谷さん、頼むよ」

小谷は真剣な顔をして芦沢の話を聞き、大きくうなずいた。彼女は、何日か前に芦沢から、笠井多代の息子が面会に来るのがわかったらすぐに知らせてほしい、と頼まれたときも、ただ芦沢の役に立ちたい一心で引き受けたのであった。

芦沢は、一階の事務室に向かおうとして去る小谷の後ろ姿を見送りながら、彼女が彼に対して素直な態度を見せたことに満足した。これで一応、表面は波風立てずに普段ありがちな出来事としてすませることができるし、モニター画面を見ていた彼自身の対応も、ほとんど問題になることはないだろう。

だがそんなことよりも、今、彼の頭にあるのはモニター画面に映ったあの男の後ろ姿であり、激しく動いた右肩の映像である。そのとき、男の右手が何をしたかといえば、それはモニター画面の映像と笠井多代の頬の腫れとによって、ほぼ明確に判断できる。年老いて、体の自由も利かなくなった母親の顔面を、初老の息子が殴りつけたのだ。しかも、老人施設内の個室で。

ところが男が帰った後、多代は車椅子から自分で降りようとしてベッドの縁で顔を打ったと言い訳している。多分、多代は室内に設置されたカメラなど意識になく、椅子を片づけにヘルパーが入ってくることを予期して、不埒《ふらち》な息子をかばい、懸命の演技をしたと考えられる。彼女の頬を濡らした涙が、息子の拳を受けた痛さゆえだったのか、あるいはそれ以上に息子の身を思うゆえであったのか。芦沢には後者ではないかと推理できる。なぜなら、彼だけがそういう親子の内情に、ある程度通じているからである。

この上は多代の家族に対して、表面はこちらに都合のよいように取り繕いながら、場合によっては、あの無愛想な息子にすべての疑いが集中するように仕向けることだって可能だ。事実が隠蔽されることによって、多代の家族はよけいに苦しむことになるはずだ。しかし、それはこの場合、やむを得ないことなのだ。当然の報いと言ってもよいのかもしれない。

芦沢恭治は、近々父親の家に行って一緒に酒でも飲みながら、この笠井親子の隠れた出来事を話してやろうと思い、父親の驚く顔を思い浮かべてほくそ笑んだ。彼の父親は光老園とは無関係だが、笠井多代とその息子には格別の関心を持っているのだ。

そうしてついでに彼は、父親の隣で追従するように笑っている兄の顔を思い浮かべた。日ごろから父親に愛されているのは、あの凡庸な兄よりも自分の方だろうと彼は思っていた。

第一章　亜也子

駅舎の長い階段を降りて外に出ると、小降りの雨がまだやんではいなかった。高村《たかむら》亜也《あや》子《こ》は、傘を広げてケヤキの大木の下の石畳を歩き出した。

風が強くなったように感じるのは、都心から大分離れた樹木の多いところのせいだろうか。駅前に立ち並んだ大きなケヤキが頭上を覆い、茂った若葉がざわざわと絶え間なく音を立てている。

途中までバスの便もあるが、亜也子はいつも光老園までの道を二十分ほどかけて歩くことにしている。こんな雨の日に、杉並の方南町から立川の先まで電車を三度も乗り換え、二時間もかけて老人ホームへ行かなければならないのは、ちょっとつらいと彼女は思う。だが、亜也子ももう五十六歳で、二人の子はそれぞれに自立して出ていき、昼間は一人で家にいる気楽な身でもあるので、そう文句は言えない。それに、楽になればなったで、あとは無為に年を取るばかりというのも何だかむなしい。せめて、老母の面倒ぐらいは最後まで見てあげたい、と思うのは偽りのない気持ちであった。

亜也子が光老園からの電話を受けたのは、昨日の夕方だった。

「お母様が車椅子から降りようとなさって、転んでベッドの縁で頬を打ったようなんです。ご本人がそうおっしゃるんです。わたしどもでは、車椅子から降りるときもちゃんと介助するんですけど、お母様は自分一人でなさろうとしたみたいで……」

ケースワーカーの小谷三千子は、そう言って多代のけがの状態を話し、

「行き届きませんで、申し訳ありませんでした」

と繰り返し詫びた。それに対して亜也子は特に不審も抱かず、明日の午前中に再度、外科医の治療を受ける予定だと小谷の言うのを聞いて、「それでは明日の午後にでも、母の様子を見に行ってみます」と答えたのだった。

駅前を抜け出るまで、ケヤキの木に覆われた石畳の道はいつも割合静かだが、右側の方に入っていけば、絶えず人々のざわめきが聞こえるような新しい街並みがあり、その商店街に覆い被さるようにして十数階建ての巨大なマンションもある。一年前のころは、その賑やかな一帯に気を引かれ、母を見舞った帰りに立ち寄ってみたりもした。だが、じきに亜也子は、ケヤキの下の静かな石畳を歩きながら疎外感のようなものに浸ったりする方が、妙にしっくりするのを感じるようになった。

今日は雨が降っているから、濡れた石畳の上にはいっそうしっとりとした気配が流れている。ケヤキの下を抜けて広い通りとの交差点を渡ると、道は緩やかなカーブを描いて伸び、辺りは緑一色に包まれる。歩道にはハナミズキが立ち並んで、去年の春に初めてここを通ったときには、見事な花の道になっていたのを思い出す。

老人ホーム「光老園」は、その道をしばらく歩いてから左に折れ、ゴルフ場や公園のある緑地帯の間を通り抜けた向こう側の町の一角にある。道路に面したマンション風の三階建てで、この辺りでは目立つ黄色の建物である。

亜也子は光老園に着くと、いつものように松山の明るい声に迎えられて受付で記帳した後、事務室の脇のソファで看護師に会って話を聞いた。竹内という若い看護師は、多代は左頬の辺りを強く打撲しているが、腫れさえ引けば心配はない、と落ち着いた声で話した。

事務室に姿の見えない小谷には帰りがけに会うことにして、とにかく母の顔を見なくては、と亜也子はエレベーターで三階に上がった。昼食後の時間だが廊下のソファに老人たちの姿は見えず、その辺りにヘルパーの姿もない。十一号室のドアの前に来ると、亜也子はノックして中に入った。

多代はベッドに仰向けになって寝ていた。顔の左半分がガーゼに覆われ、真っ白なネットが被せられている。近寄ってのぞき込んだ亜也子には、閉じた右目の周りのしわがことのほか目立つように見えた。そういえばもう八十一歳になったのだ、と亜也子は改めて母の老いたことを思った。

ドアが開いてヘルパーの男が折り畳みの椅子を一つ置いて立ち去った。その物音が聞こえたのか、多代が右の目をうっすらと開けて亜也子を見た。

「お母さん、具合はどうなの？」

多代は、呆然としたように天井を見つめ、そのまま何も言わない。

「痛むの？」

多代はかすかにうなずいてまた目をつぶった。亜也子は椅子を引き寄せて腰を下ろし、顔を近づけた。

「車椅子から落ちてベッドの縁でぶったんですって？　いつもちゃんとヘルパーさんに手伝ってもらわないと、思いがけないところでけがをしたりするんだわ」

亜也子が言うと、多代の右の瞼《まぶた》や頰の辺りがかすかに動き、不意に大粒の涙が目尻から流れ出て、枕に落ちた。

「どうしたの、お母さん、涙なんか流したりして……」

亜也子は思わず口走った。どうもいつもの母と違う感じだ。

「別に、どうということはない……。ベッドの縁で打って、ちょっと痛いから……」

多代は目を閉じたままで、亜也子の心配を否定しようとした。

亜也子は、しばらく黙って老母の顔を見守っていた。どうやら普通にしゃべることができるようだし、発熱もないようだから、看護師が言うようにそう心配はなさそうだ。それにしても、なぜベッドの縁で顔を打つようなことになったのだろう、と改めて疑問が湧いてきた。

多代は光老園に入所して一年あまりになるが、その間、風邪を引いたとかテーブルの角で肘を打ったとか、あるいは他の老人に手を引っ掻かれたというようなことは再三あった。だが顔を打撲して包帯を巻くというようなけがは初めてだ。

足腰の弱った多代は、光老園で一度、車椅子を借りて使い出して以来、「楽でいい」と言って次第にそれが習慣のようになった。

車椅子は普段、看護室の前に並べて置かれ、使うときにはヘルパーが乗り降りの介助をすることになっている。亜也子は、多代が自分一人で車椅子から降りようとした、という点が納得できなかった。多代がそんな行動をするとは思えないのだ。最近、多代は気が弱くなり、昔のような意地の強さは影を潜めてきたと思うからなおさらだった。

だが、今日は何を聞こうにも多代の機嫌が優れず、何も話したくないという感じだ。亜也子はまた後日、多代の気分がよくなったところで、それとなく話してみることにした。

多代のベッドの脇の棚に、犬のぬいぐるみが二つ置かれてある。二つとも亜也子の娘の貴代美《きよみ》が持ってきたものだ。結婚してまだ二年足らずの貴代美は、「おばあちゃんは、行くたびに赤ちゃんはまだなのかって言うから困る」とこぼし、ここしばらく、多代のところへ来ていないらしい。またそろそろ行ってあげて、と貴代美に伝えようと亜也子は思った。

しばらく多代の部屋にいた亜也子が帰るつもりで廊下に出ると、向こうから緑色の作業衣を着た男のヘルパーが来て、彼女の前にすっと寄ってきた。

「お母様はまだ痛がっておられますか?」

銀縁の眼鏡の奥で、ガラスのような冷めた目が亜也子を見ていた。だが声の調子はいかにも気の毒がっているようだ。その男の胸の名札には「芦沢」とある。亜也子が何度か挨拶程度の言葉を交わしたことのあるヘルパーだ。鋭い目の光が、表面的な人当たりのよさと矛盾するような印象があって、亜也子の記憶に焼きつけられている男だった。

「まだ大分痛むように見えますけど……。あの、芦沢さんには、いつも母の介護をしていただいているのでしょうか？」

「いえ、いつもとは限りません、何人かでいろいろ分担してお世話していますから……」

そう言ってから、芦沢は亜也子の問いを待たずに話し出した。

「実はお母様がおけがをなさったときにお部屋に行きましてね、ベッドの下に倒れ込んでいたのをわたしが助け出したんです。確か息子さんが面会に来られた直後のことで……」

「えっ、わたしの弟が来たのかしら？」

亜也子は思わず叫んだ。多代がけがをした日に、弟の康彦が面会に来ていたとは――。

芦沢は、亜也子の驚く顔を注意深く見て、言った。

「はい、そのようです。わたしが助け起こしたときは、お母様の頰の辺りが赤くなっていただけですが、あとから腫れ上がったようです。お母様は、ご自分で車椅子から降りようとしたらベッドの縁で顔を打ったとおっしゃっていましたが……。お年寄りは治るのに時間もかかるし、まだちょっとご心配ですよね。一階の受付にお寄りになって、ケースワーカーの方にも、お母様の様子をお聞きになっておくといいかもしれません」

芦沢は妙に饒舌《じょうぜつ》だった。亜也子は礼を言って、一階に下りるエレベーターに向かった。

芦沢は三十代半ばぐらいの感じで、ちょっと見たところでは介護施設のヘルパーというよりも、どこか都心の会社で颯爽《さっそう》と働くサラリーマンのような風貌である。この光老園には、他に大学を出たてのような年若い男のヘルパーも二、三人いて、その黙々として働く姿をよく見かける。だが、芦沢という男にはある種の違和感が漂っていて、リストラという言葉も流行するような就職難の時世だから、中には老人施設の介護士のような新しい職種を求める男性も増えたのだろうか、と亜也子は勝手な想像をしていた。

受付の窓口に来て亜也子が中をのぞくと、すぐ前にいた松山が顔を上げて、

「あ、高村様ですね。本日はどうもありがとうございました。お気をつけてお帰りを……」

即座に満面の笑みで亜也子に言葉をかけてきた。亜也子は微笑んで、

「あの、ちょっと、小谷さんとお話をしたいんですけど……」

「失礼しました。少し、お待ちください」

松山はすぐに立って、奥の机の小谷を呼びに向かった。その丸い体を他の机や椅子の角にぶつけながら行く様子が何となく滑稽で、亜也子は思わず目を逸らして窓口を離れた。

やがて、ケースワーカーの小谷三千子が事務室のドアを開けて出てきた。細面の白い顔に笑みを浮かべ、人当たりもさわやかな女性である。年は三十歳ぐらいなのだろう。

小谷は、亜也子を事務室の脇にあるソファに誘った。亜也子が、母は腫れた箇所の痛み

のせいか機嫌が悪いようだった、と話すと小谷は真剣な表情で聞いていたが、

「笠井様はまた明日、先生に診てもらいますので、そのときにご病状を伺っておきますが、それでよろしいでしょうか」

亜也子はうなずき、それから小谷に尋ねた。

「昨日は、わたしの弟が面会に来たんでしょうか？　何時ごろかわかるかしら」

小谷は松山に受付のノートを借りてきて、それを見ながら答えた。

「昨日お見えになった方は、午後二時半ごろに笠井康彦様お一人ですが……」

亜也子は康彦とは一年ぐらい会っていない。しかし母の見舞いに行ったのなら、電話ぐらいかけてきてもいいはずだ。

「弟は母のけがを知らないんですね？」

亜也子はそう確かめずにいられなかった。小谷が何か言いかけたとき、廊下の方で足音がして芦沢が現れた。小谷はすぐに立って芦沢の方に走り寄った。

「芦沢さん、昨日、笠井様の面会に来られた息子さんのことですけど……」

小谷が言うと、芦沢はすぐに引き取ってまた亜也子に向かって話した。

「はい、先ほどもちょっとお話ししましたが、わたしは弟さんがお帰りのところを廊下でお見かけしただけで、何かひどくお急ぎの様子でお帰りになったように見えました。わたしが笠井様のお部屋へ入ったのは、息子さんがお帰りになって五分ぐらいたってからでし

たが……」

「それはどういうことかしら。弟がけがのことを知らないとすると……」

「そうだとすると、わたしがお部屋へ行くまでのわずかの間に、笠井様が車椅子から自分で降りようとなさって、ベッドの縁でお顔を打ったということしか考えられません。わたしがベッドの下から助け起こしたときには痛さのためか、笠井様は涙を流していました」

「車椅子はどうなっていたんですか」

「車椅子は、ベッドのそばにありました。わたしがすぐ片づけましたが……」

芦沢はちょっと言いにくそうな表情をした。車椅子介助の責任を問われるのが迷惑なのか、さもなければ何か言いにくいことでもあるのか。亜也子が思わず芦沢の顔を見ると、芦沢は目を逸らした。

「ですから、弟さんは、おけがのことはご存じではないと思われますが……」

小谷が気を遣って亜也子に答えると、

「それは、わたしにはよくわかりませんがね」

芦沢は怒ったような言い方をして身を翻し、事務室に入っていった。

小谷は芦沢の様子を目で追って、おどおどした様子で顔を赤らめていた。よけいなことを言って芦沢の機嫌を損ねたとでも思ったようだ。

亜也子は不審な感じも持ったが、その場で追及するような問いは思い浮かばなかった。

亜也子が小谷に礼を言って帰ろうとすると、小谷は、一つ話があると言った。

「もうおわかりかと思いますが、笠井様はこれからも車椅子が必要になると思うんです」

「そうですね。欠かせなくなりそうね」

亜也子は苦笑してうなずいた。

「そうなると、ご本人に合った車椅子を使えるようにするのがいいのです。使いやすさとか安全性の面からも考えて、ぜひそのようにして差し上げたいのですが……」

車椅子が元でけがをしたばかりだし、そう言われればもっともな気がした。

結局、亜也子はその場で車椅子を一台購入する約束をすることになった。どういうものがよいかはまた明日にでも連絡します、とケースワーカーの小谷はうれしそうに言った。

帰りには、また愛想のよい松山の甲高い声に送られて、亜也子はようやく光老園の玄関を出た。駅へ向かって歩きながら、彼女の頭の中は康彦のことばかりだった。ヘルパーの芦沢の話が曖昧なところもあることからして、もしかして、康彦が感情的になって母を突いたりしたのではないか、そんな疑いがなかなか否定できないのだった。

芦沢も小谷も康彦が多代に乱暴を働いた疑いについては、何も言っていない。にもかかわらず、亜也子をそのように悩まさずにおかないのは、それ相当の理由があった。

多代が有料老人ホーム「光老園」に入所したのは、一年あまり前の昨年五月である。

多代は、夫、笠井峻三《しゅんぞう》が四年前に死んだ後、長女亜也子の嫁ぎ先に住みかを移して、娘夫婦の世話になっていた。だが、以前から足腰が弱って不自由を感じていた多代は、折につけて八十歳になるまでに老人ホームに入りたいと言っていた。多代の望むことに亜也子は反対せず、老人ホームの資料を取り寄せたりして一緒に施設の見学にも出かけたりしていた。そうしているうちに多代は、立川の先に新築された「光老園」が好印象らしく、そこに入りたいと言い出した。亜也子は光老園の所在地が、やや遠隔地であることを心配したが、都心から離れた静かなところがいい、と言い張る多代に、結局は同意することになった。

だが、問題は康彦だった。

多代の光老園入所について最終的に決めたときのことだ。その日は土曜日で、亜也子の夫、高村圭一《けいいち》はゴルフに出かけて留守だった。亜也子の家に集まったのは、彼女の二つ下の妹、広田久仁子《ひろたくにこ》と五つ下の弟、康彦であった。康彦の上に晴彦《はるひこ》という男の子がいたが、その子は十歳のときに病死したから、現在は姉弟三人なのである。

最初のうちは、多代も加わってリビングで話をした。康彦は特に意見も言わず、話は亜也子が考えていた通りにすんなり決まったので、姉二人はほっとした。多代自身の希望に基づいたことであったし、必要な資金に峻三の遺した蓄えを充てることができれば、問題になることはほとんどなかったのだ。話が決まると、多代は横になりたいから、と言って後のことを亜也子に任せ、自分の部屋に引っ込んだ。

雑談に移ったとき、康彦がふらっと立って多代の部屋に行った。亜也子は久仁子と顔を見合わせたが、何か母親に慰めの言葉でもかけるのかもしれないという期待があった。ところが数分の後、康彦が多代に向かって大声を上げるのが聞こえてきた。

「あんたなんか親父の残していった金があるから、そうやってのんき気にしていられるんじゃないか。それで何でも無事にすむと思ったら、大間違いだ。少しは反省したらどうかね」

リビングで久仁子と話していた亜也子は、すぐに立って飛んでいき、部屋の襖《ふすま》を開けて叫んだ。

「康彦、あんた、何、言ってるの。反省しろって何のことよ」

「姉さんの苦労も知らないで、いい気になるなって言ってやったんだよ」

康彦は投げ捨てるように言って立ち上がり、そのまま玄関を出ていってしまった。

多代は寝床の上に半身を起こし、何かをじっとこらえるような顔で俯《うつむ》いていたが、

「康彦は帰ったんでしょ。いいんだよ、もうそれで……」

力なく言って横になった。亜也子と久仁子は、ただ顔を見合わせるばかりであった。

中学から高校にかけてのころ、康彦は外見がおとなしそうな割に、親や他の大人に対して反抗的だった。そして、大学に入ったころから妙に母親を嫌うようになった。それに気

づいた亜也子がわけを訊いても、康彦はあまり話したがらない。康彦の幼いころに何かあったのではないかと亜也子は思ったが、そんなことはない、という多代の話に従う他はなかった。

父と母の仲を疑ったことも亜也子には何度かあって、十代のころ、何かの折に峻三との夫婦仲のことを多代に聞いてみたこともある。そのたびに多代は、

「お父さんと信じ合うも何も、ずっと夫婦で一緒に生きてきたんだから、それでいいじゃないの」

とか、

「とにかく大変な時代だったから、二人で必死にやってきたんだよ」

とか、答えただけだった。

亜也子は納得しきれないものを感じながらも、それらの言葉を自らにも言い聞かせてきたのだった。しかし、たった一人の弟が五十歳になる年に至っても、母親に対して敵意を抱いているということは悩みの種であり、何かしら両親の側の問題もあったのではないか、という疑念がくすぶり続けていたのだ。

とりわけ、四年前に父峻三が死んだ後、康彦が多代を目の敵にする態度は、時に目に余るものがあった。口論の末にカッとなった康彦が、何か母に乱暴をするのではないかという恐れさえ、亜也子は感じたことがある。

去年、多代が光老園に入所した日の夕方に、康彦は亜也子の家に立ち寄って、

「俺はいちいち面会に行く気はないから、姉さん、あとは頼むよ」

玄関に出てきた亜也子に向かってそう言った。多代が老人ホームに入ったことによって、康彦はむしろさっぱりしたと言いたげな顔つきだった。

それから三ヵ月ほどたった真夏のころに、亜也子は康彦宛てに光老園での多代の様子を書いた手紙を送ってみたが、何の返事もなかった。業を煮やした亜也子が電話してみると、

「お袋のことは任せると言ったはずだ。俺は姉さんに心配かけるつもりはないから放っといてくれないか」

康彦はそれだけ言って電話を切ってしまった。それ以来、亜也子は康彦に手紙を書く気がしない。だが胸の内では、安アパートで一人暮らしをする弟のことが気になっていたのだ。

康彦は二十三歳のときに、大学在学中から同棲していた相手とそのまま結婚した。式も挙げず、披露もしないで結婚届けを出しただけだった。相手の女は絵梨《えり》といい、水商売上がりで康彦より三つか四つ年上だったが、気だてはよい方だった。母親にはつらく当たる康彦も、この妻には優しいように見えた。だが三年もたたないうちに二人の仲が悪くなり、別居状態になった。そして、とうとう絵梨の方から離婚を求めたらしい。

離婚話が出たころに亜也子は、康彦に内緒で絵梨に会って話を聞いてみたことがある。

亜也子はすでに結婚して十年ほどたっており、弟のために心配したつもりだった。

そのとき、絵梨は亜也子に、

「あの人は変態よ。マザコンの一種かもね」

と言って、侮蔑するような笑いを浮かべたのだった。

亜也子は絵梨の言葉に強い衝撃を受け、しばらくは康彦の顔を見る気にもならなかった覚えがある。亜也子からそれを聞いた久仁子も同様だったらしい。

離婚した康彦はその後、長く荒川辺りのアパートにいたが、親元へもあまり姿を見せなくなった。それでも姉二人のところへは、ときどき電話をかけてきた。多代の老人ホーム入所が具体化して話をする必要が生じたときは、亜也子が強引に康彦を呼び寄せたのである。

康彦が亜也子に送ってくる年賀状は、いつも素っ気ない文句しか書いていないが、今年の正月に届いたのには「静かなところへ引っ越しました」とあって、埼玉県のマンションらしい新住所が記されてあった。多代のことについては一言も触れていなかった。

亜也子が光老園から家に帰り着いたのは、すでに夕暮れ時だった。当然のごとく夫の圭一はまだ戻っていない。亜也子は、横浜に住む妹の久仁子に電話することにした。

久仁子の家は家族五人で、市役所に勤める夫、広田清和《きよかず》の他に、会社勤めの息子とまだ学生の娘が二人いるので、五十四歳になる久仁子はまだ主婦としての存在価値が高い。家族の者が帰宅していない今のうちの方が、かえって久仁子も話しやすいかもしれないのだ。

「久仁子？　今日は光老園に行って、今、帰ってきたの。ちょっと話をしていいかしら？」

受話器に向かって亜也子が相手の様子を窺《うかが》うと、

「わたしも姉さんに電話しようと思っていたところよ」

久仁子が勢い込んで言った。

「どうしたの、何かあったの？」

「お昼前に康彦から電話があって、その後で姉さんに電話したけど留守だったわ」

「康彦？　康彦が久仁子に何か言ってきたの？」

「それが変な電話だったんだけどね、俺はしばらく旅に出たりして過ごすから、よけいな連絡なんかしないでくれって言うの」

「しばらく旅に、って……」

「どこへ行くんだか知らないわ。でも、何で旅になんか行くのって聞いたら、晴彦兄さんの位牌《いはい》を持っていって慰めてやるんだよ、だって……。何でそんなことするのって言ったら、よけいなことを言うなって怒るのよ。あの人、どうかしちゃったのかしら」

「康彦が、そんなことを……」

「それで康彦は、お母さんにも言うだけのことは言ったし、姉さんにも今は会いたいと思わないからって、そんなことを言うのよ。どういうつもりかしら」

「わたしに会いたくないなんて、随分勝手な言いぐさね。旅に出る、だなんて罪を犯した渡世人じゃあるまいし……」

久仁子の方にそんな電話をするなんて、と亜也子は腹立たしくなった。亜也子に電話をしてこないのは、姉にいろいろ訊かれるのを避けたからだろう。それにしても、容易ならざる事態も予感されて、動転しそうな自分を亜也子は懸命に抑えていた。

ともかく亜也子は、光老園から多代が顔にけがをしたという連絡があり、早速、今日、多代を見舞った様子を手短に話した。ベッドの縁で顔を打った、と言っても単なる打撲だからあまり心配はなさそうだと言うと、久仁子は安心した様子で、

「雨の中を大変だったでしょう。でも、姉さんにすぐ行ってもらってよかったわ」

「ところが驚いたことに、受付で聞いてわかったんだけど、昨日は康彦がお母さんのところへ来ていたのよ、珍しいことに……。しかも、わたしにはそれを何も言わないのよ」

亜也子は言いながらも、また康彦に対する疑いが黒雲のように広がるのを感じた。

「えっ、まさか、康彦がお母さんに乱暴したんじゃないでしょうね」

久仁子もすぐにそう叫んだが、相手が姉なので気安さもあって言ったようだ。

「光老園の人が、康彦はお母さんのけがのことは知らないで帰ったのではないかと言っていたし、わたしもまさか、と思うんだけど……」

亜也子は思わず曖昧な言い方をした。受話器の向こうで久仁子は黙ったままだ。

「でも、わたしが聞いてもお母さんはあまり話そうとしないで、涙を流したりするんだもの、いったいどうしたのかしらと思うわ」

「そう……。わかったわ、わたしも明日、お母さんのお見舞いに行ってみるわ」

久仁子はそう言って電話を切った。

受話器を置いてから亜也子は、改めて気になることがいろいろ出てくるのを感じた。ケースワーカーの小谷にしても、ヘルパーの芦沢にしても、康彦は多代のけがと関係ないという話をしながらも、その態度はどこか腑に落ちないものがあった。何かしら康彦を疑っているのかと思うと不安だった。

今度こそは康彦と連絡を取ってみなければならないと思い、亜也子は夜になってから康彦の年賀状を探し出して、新住所に電話をかけた。しかし受話器はいつまでも呼び出しのベルの音を伝えるだけだった。康彦は留守電の機能を使っていないのだ。最近出回り始めた携帯用の電話機も、仕事以外では使わないから、亜也子は番号を知らない。

亜也子は仕方なく、とにかく次の日曜日に、康彦の住むマンションを訪ねてみることにした。康彦は精密機器の部品を製作する小さな会社に勤めているはずで、日曜日なら在宅の可能性がある。康彦は二十年ほど前に離婚して以来、すでに二度住所を変えている。今度はどんなところに住んでいるのだろう、と亜也子は一人暮らしの弟の身の上を思った。

その日遅くに帰宅した圭一は、亜也子から多代のけがの様子を聞くと、

「光老園には介護だか看護だか、世話をする人がいつもそばにいるんだから、任せておけばいい。お母さんも単なる打撲ならあまり心配ないだろう。あとは、おまえがときどき面会に行けば様子がわかるんだから、それでいいんじゃないかな」

他人事のように言って、亜也子のいれたお茶をうまそうにすすった。

亜也子が、多代も気にかけているから康彦に一度会いに行ってみる、と言うと、

「亜也子がそうした方がいいと思うなら、会いに行けばいい。お母さんもそう先が長いわけでもないしな。だが康彦さんの個人的なことに立ち入って、あまり姉さんぶったことを言うのは控えておいた方がいいぞ」

圭一は、よけいな問題を持ち込まれては困るとでも言いたげに、亜也子の行動にブレーキをかけた。康彦が離婚問題を起こして以来、圭一はあまり快く思ってはいないのだ。

中堅商社の役職に就いている圭一は、長男の俊則《としのり》が銀行に就職して名古屋に行き、下の娘貴代美が結婚して家を出て以後、妻一人になった家庭をあまり気にしていないように見える。と言うより圭一にとっては、一年後に控えた定年退職をどう乗り切るかが目下の最重要課題なのだ。会社の役職を降りて身軽になったら、夫婦でゆっくり外国に行ってみたいというのが彼の望みで、それには亜也子も大いに賛成した。それに、亜也子の母、多代を引き取ってほぼ三年間一緒に暮らし、夫にも随分面倒をかけたと思うから、亜也子は圭

一に感謝こそしても、不平を言う気にはなれない。

　翌日、夜になってから久仁子が電話をしてきた。

「今日の午後、光老園に行って来たわ。お母さんは思ったより元気だった。ちょうど看護婦さんが部屋に来たから、けがをしたところをちょっと見せてもらったの。そうしたら打撲した箇所に内出血があって、目の下の紫色になったところがシミになって残るんじゃないかと心配だわ。看護婦さんは、徐々に消えますって言うんだけど、嫌な気がして……」

　久仁子の言い方は何だか不吉なものを感じさせた。

「それより姉さん、看護婦さんが出ていってから康彦の電話のことを話してみたの。そうしたらお母さんが、旅に出るって康彦はどこへ行くのかって聞くから、それはわからないけど何かわかったらまた教えてあげると言ったのよ。そうしたら急にぽろぽろ涙を流すの。どうしたのって聞いても、何も言わないのよ」

「やっぱり、康彦が行ったとき何かあったのね……。わたしは一昨日から康彦に電話してるけど、出ないのよ。それで日曜日に、康彦のマンションに行ってみようと思うの」

「ああ、そう、頼むわ。でも、姉さん一人で大丈夫？」

「大丈夫よ」

　亜也子はそう言って電話を切ったが、久仁子の言葉はかえって彼女を不安にした。急に訪ねていって康彦を驚かせ、感情的な行動に出られては困る。まさかとは思っても、そういう心配がないわけでもなかった。

日曜日の午前中に、再度、康彦のマンションに電話をしてみると、ようやく亜也子の受話器に、しばらくぶりの康彦の声が聞こえた。

「昨日も電話したけど、いったいどこにいたの？」

「仕事だよ、決まってるじゃないか。土曜日は土曜日で、商売には大事なお客がいるんだよ。姉さんとは違って、こっちは貧乏暇なしさ。いったい何の用だい？」

無遠慮に言葉をぶつけてくるのは、亜也子を歓迎したくないからだ。旅に出るなどと久仁子に言ったのは何のつもりだったのだろう。

「ちょっとあんたに会って話したいことがあるの。今日なら会えるでしょ？　どうなの？」

電話じゃだめなのかと言う康彦に、どうにか会う手はずを言わせた亜也子は、早お昼をすませると、ゴルフ番組を見ようとテレビの前に陣取った圭一に留守を頼んで家を出た。

池袋でＪＲ線から東上線に乗り換えて三十分あまり、亜也子が降りた駅は埼玉県の中ほどの辺りである。ホームに立つと、駅から少し離れたところに広い道路が見えた。亜也子が駅前の広場に行ってそこからバスに乗ると、バスはその広い道路に出て走った。

この辺りは家がまばらというわけではないが高い建物がほとんどなく、どこまでも街が平面的に続いている感じだ。年賀状で知らされた住所は頭にあったが、実際に来てみると、こんなにも広々とした空の下の街だったのかと驚くばかりだ。東京から離れたこんな広漠とした土地に、康彦はどうして住む気になったんだろう、と亜也子は不思議に思った。

康彦が亜也子に教えた通り、バスで数分行って降りたバス停のすぐ前に、大型スーパー店の白い建物があった。その店の裏手に回っていくと小さな公園があった。

こんなところに呼び出すなんて、と不満を感じながら亜也子が公園に入っていくと、隅のベンチに腰かけている康彦を容易に見つけることができた。薄い色の半袖シャツを着ていて、身動きもせずに、縁なし眼鏡をかけた目で亜也子の近づく姿を見つめていた。

「あら、元気そうね」

亜也子はわざとそう言ってから、ひとまず康彦と並んでベンチに座った。

「マンションはどこなの？　このスーパーに近いんでしょ？」

「ここから歩いて五分ぐらいだ……。それで姉さん、話というのは何だい？」

とぼけているのかしら、と亜也子は思ったが、康彦に動揺の色はない。

「せっかく来たんだから、あんたのマンションに案内してよ。ここじゃ落ち着かないわ」

「でも部屋は片づけてないし、中古の１《ワン》ＬＤＫだからわざわざ見るほどのこともないさ」

康彦はベンチから立とうとしない。彼は初めからこのベンチでと決めていたのだ。亜也子は気が進まなかったが、部屋を見せたくない理由でもあるのかと気を回した。

目の先には遊具の置かれた場所があって子供の他に母親の姿も見えるが、他に人影はない。亜也子は、康彦のマンションまで行って狭い部屋の中で向き合うより、この明るくて静かな空気の中で話した方がいいかもしれないと思い直した。

それに目の前の康彦は、以前のとげとげしい康彦とは大分違う感じだ。やはり康彦にも何か話したい気持ちがあるのではないか、と亜也子に思わせるものがあった。

「お母さんのことだけど……」

亜也子は落ち着いた声で話を切り出した。康彦の小さくうなずくのが見えた。

「実は、五日前の火曜日の夕方に光老園から電話があって、お母さんがけがをしたと言うので、翌日行ってみたの。そうしたらお母さん、目の縁を打撲したそうで、顔の左側に大きなガーゼを張られていたわ」

康彦は前を向いたまま何も言わない。体の動きがぴたりと止まったのがわかる。

「翌日、久仁子が行って傷を見たら、目の下が内出血して頬が紫色に腫れ上がっていたそうよ。お母さんは、車椅子から降りようとしてベッドの縁で打ったと言うんだけど……」

康彦の顔はほとんど蒼白《そうはく》になって頬の辺りが痙攣《けいれん》でも起こしたように見えた。亜也子は思わず言葉を失って弟の横顔を見つめた。だが康彦は口を真一文字に結んで前方を見つめたままだ。亜也子は込み上げる感情を抑え、わざと恨みがましく言った。

「あんた火曜日に、お母さんに会いに行ったんでしょ？　光老園の人に聞いたわ。お母さんのけがのことは知らなかったの？」

「ああ、あの日、光老園に行ったんだ……」

康彦は観念したように顔を俯けていた。

「そのときお母さんと何を話したの？　わたしに言わないで久仁子に電話したんでしょう？　旅に出るなんて急に言ったりして……」

「一人旅に出ようと思っていたから、そう言ったのさ、別に嘘《うそ》を言ったわけじゃない」

と、康彦は言葉を濁した。亜也子も、康彦がたまに二、三日ぐらいの旅行に出たりするのは知っていたから、そう言われると文句のつけようはなかった。

「俺は、もし姉さんが来たら、話すしかないなと思っていたんだが……」

不意に康彦が口調を改めて言い出した。

「話すしかないって……」

亜也子はなぜか、背筋に寒気が走るのを覚えた。

「あの人は……」

母親をそういう言い方で呼ぶ康彦の顔を、亜也子は言葉もなく見つめた。

「子供のころから、いや、多分俺が生まれたときからずっと、俺を嫌っていたんだ。俺はずっと、それを体で感じていたんだよ。それはなぜなのか、死ぬ前に、そのわけをお袋に少しでも話してもらいたいと思って、この間もその話をしに行ったんだ」

「お母さんは何て言ったの？」

亜也子はとにかく康彦の言い分を聞いてみようと思った。亜也子とて子供のころから、幼い康彦に腹立たしげな態度を見せる母に、恐ろしさを感じたことが何度もあったのだ。

「あの人は、結局、こう言った。それは戦争直後でいろいろ大変で、思うようにいかなかったから、康彦がそう感じたのも無理はない。他の人がそのころのことで何か言ってきても気にしない方がいいと……。今までに言ってきたことの繰り返しさ」

「あのころは、ひどい食糧難で子供を育てるのも大変だったのは確かよ。あんたの二つ上の晴彦が死んだのは食中毒が元だったらしいけど、食べ物がなくて……」

「そんなことじゃない。あの人は俺を育てたくなかったんだ……。ところがあの人は、自分の子を大事にしない親はいない、なんて相変わらず子供だましのようなことを言ってごまかそうとするんだ。俺はもう許せないと思った」

「それで、どうしたの、あんた、まさか……」

康彦は亜也子の目から逃れるように立ち上がり、二、三歩前に出ておもむろに言った。

「俺は、もうこの人と親子の縁を切ろうと思った。そう思ったとき、俺はお袋のおでこにげんこつを食らわした。昔、お袋がよく俺のおでこにぶつけてきたげんこつを、返してやろうとしたんだよ。あのげんこつは痛かったからな……」

「何ていうことを……」

亜也子は両手で顔を覆った。

「手加減したつもりだったんだが、お袋が動いたので手元が狂ったんだ……。ばかなことをした……」

亜也子に目をやった康彦の顔に、苦悩の色が現れた。まさか、あとで多代の頰が紫色に腫れ上がるとは、たった今、亜也子に聞くまで思わなかったのである。

「そんなことをして……。光老園の人だって黙ってはいないわよ、どうするの？」

「そのときはそのときだ。姉さんも遠慮なく俺に言ってくれ。しかし、姉さんが知らないところを見ると、どうやらあそこの職員に、俺がやったことは知られていないらしいな。モニターで見られたかと思ったが……」

康彦の頭には、多代の部屋を出て帰るときに廊下ですれ違った男の顔が浮かんでいた。にこやかに挨拶されたが、何だか鋭い目つきだった。その男の胸の名札に「芦沢」とあったのを見て、あの男に見られたのかもしれないと思った。しかし見られたとしても、カメラに背を向けるようにしていたから、すぐにはわからないはずだとも思った。

「お袋がベッドの縁でぶったと言い訳したのは、罪滅ぼしのつもりか、何かだろう」

吐き捨てるように康彦が言った。その一言は再び亜也子を驚かせた。母親に対してそんな言い方までするとは――。猫背になりかけたような康彦の背中を見上げて、この弟も、人が変わってしまったのかもしれない、と亜也子は途方に暮れる思いがした。

「お母さんがあんなに年を取って、弱って老人ホームに入ってから、そんな仕返しをするなんてひどいじゃない。少しはお母さんのことも考えてあげたらどうなの？」

「それは俺も、最初はそういうことも考えて、大学を出るころだけど、お袋を許してもいいと思ったよ。生活の苦しさの他に、親父との間に何かあったのかもしれないから……」

康彦の声は落ち着いていた。亜也子はその顔を注視して次の言葉を待った。

「あの夫婦は見かけほど仲がよくはなかったろう？　俺はそう見ていたけどね」

「それは、わたしもわかるけど。お母さんのことをそこまで考えていたのに、なぜ今になって子供のころのことなんか持ち出して、そんなひどいことをしたのよ」

亜也子はそう聞き返さずにいられなかった。

康彦は元のようにベンチに腰を下ろし、亜也子を見て言った。

「戦争が終わった後、親父の教え子がよく家に来ていたことがあったろう。赤ん坊の俺は、もちろん覚えがないが、姉さんは覚えているかい？」

唐突なことを言われて亜也子は戸惑った。だがそういう記憶はある。彼女が小学校に上がる前のことで、そのころも父の峻三は学校の教師をしていた。

「その教え子の中に芦沢という人がいたはずだけど……」

「芦沢？」

亜也子の頭にはすぐに光老園のヘルパーの顔が浮かんだが、当然ながらあの芦沢が父の教え子であるはずはない。ところが康彦は意外なことを言った。

「あの光老園にいる芦沢というのは、その、親父の教え子の息子なんだ。俺はまだ正面きって挨拶したこともないがね」

そういえば父の教え子の中にそんな名前の人がいた、と亜也子は思い出した。昔、幼い亜也子や久仁子の遊び相手をしてくれた人の中にいたはずだ。

「どうしてそんなことを知っているの？」

「親父の教え子の人は芦沢英次《えいじ》といって、もう七十を超えていると思うけど、俺は今までに二、三度会っているんだ。いつも、つきまとってくるように向こうから現れる感じで、考えてみれば変な人だと思うが……」

そう言ってから、康彦はいかにも憂鬱そうなため息をついた。

「実は一月ぐらい前にその人から手紙が来た。突然、思いもしない人から来たので驚いた」

手紙の差出人は芦沢英次となっていて、光老園で働いている息子から聞いて多代の入所していることを知った、光老園に行って自分の目で確かめたこともある、と書いてあった。

「俺の住所もその息子に調べさせたらしい。受付のノートに書いた覚えがあるから」

「康彦は前にも光老園に行ったことがあるの？」

亜也子が驚いて問うと、康彦は少し気まずそうな顔をして、

「去年の夏ごろに、初めてあの老人ホームに行った。一度ぐらいは行ってやろうと思って

……。でも結局、大した話もせずに帰ってきてしまった。だって、お袋はあんなところに一人で入れられているんだもんな、文句を言っても仕方がない……」

この弟にも母に対してそんな気弱な一面があったのか、と亜也子は康彦の顔を見直した。去年の夏といえば、亜也子が多代の様子をしたためた手紙を康彦宛てに送ったころだ。康彦は、その手紙を読んで少しは考えてくれたのか。

「それで芦沢さんは、手紙で康彦に何を言ってきたの?」

「昔からあなたの家庭は結構、大変な問題を抱えていたらしい。こうして先生の奥さんの面倒を見ているあなたを見ると、感心してしまいます、なんて書いてある。まるで皮肉だ」

亜也子もうなずいて、

「大変なことがあったというのは、何かしら……」

「それは、はっきり書いてない。だけど俺に対しては、あんたはお母さんにお乳を飲ませてもらえなかった、それを笠井先生も悩んで、学校に来なかったこともあったようだ、なんて書いてるんだ。俺はもうお袋のところへは行かないつもりだったけど、芦沢さんにそんなことを知らされると黙っていられない気がして、光老園に行ったんだ。俺は穏やかに話したつもりだけど、お袋は、お乳をやらなかったなんていうことはない、いい年をして何を今さら、と俺を怒鳴りつけた……。だが俺は、芦沢さんの言うことの方が、信じられる気がして仕方がないんだ……」

康彦の顔は強ばり、悲しげに歪んだ。

亜也子は初めて聞く弟の話に、驚きを通り越して悲痛に青ざめていた。

「姉さんに、光老園で俺のやったことを認めろなんて言うつもりはない。しかし俺は、もうあのお袋に会う気はしない。それを姉さんにわかってもらいたいんだ」

最後の頼りは姉だという康彦の気持ちが、亜也子にもわかるような気がした。

康彦の顔は暗い色に染まって見え、今まで抑え続けてきた苦悩の跡が深く刻まれているかのようだ。これが弟の顔なのだ。いったい彼の五十年の人生とは何だったのか――。

「わたしには、康彦がお母さんにお乳をもらえなかったなんて考えられないわ。わたしも久仁子も一緒にいたのよ……。でも、今ごろお父さんの教え子がそんなことを言ってくるなんて、変だわ。きっと何かあったのね……」

亜也子は、自分の言っていることがもどかしかった。

今まで自分がこの弟のために何もしてやれなかった、という悔いを感じた。

それにしても、芦沢英次はなぜ康彦に近づいてそんなことまで言うのだろうか。

康彦の記憶では、大学生のころに不意に峻三を訪ねてきた芦沢英次に初めて会ったが、芦沢は峻三に歓迎されたようでもなく、康彦もそのときのことはよく覚えてはいない。

「はっきり覚えているのは四年前の親父の葬式のときで、芦沢さんは火葬場にも来ていた。

俺は芦沢さんに仕事のことなんか聞かれて、親父の教え子だと言うし、何の疑いもなく、いろいろ話したんだ。姉さんは気づかなかったかもしれないが、どうもお袋は気づいていたようだ。お袋にはそれが気に入らなかったかもしれない」

四年前、父峻三の葬儀のとき、亜也子は喪主の多代を助けて緊張の連続だった。久仁子も康彦もあまり手出しはせず、むしろ夫の圭一の方が慣れた態度で葬儀社との交渉に当たってくれたのを思い出す。亜也子は終始多代の近くにいたが、芦沢のような峻三の昔の教え子と挨拶を交わした記憶はなかった。

「その芦沢さんの住所、わたしにも教えてよ。できたら会って話を聞いてみたい気がする」

「よしなよ、姉さん」

康彦は言下に言った。

「いくら親父の教え子でも、相手は一癖も二癖もありそうな男だ。姉さんなんか出ていったら、思うつぼかもしれないし……」

「思うつぼって？」

「いや、何を考えているかわからないからさ……。でも俺はもうたくさんだ。また芦沢さんに会って不愉快な思いもしたくない。姉さんも無理はしない方がいいよ」

「そんなに無理をする気はないけど……」

亜也子の頭には、芦沢英次の息子だという光老園のヘルパーの顔が浮かんでいた。その父親がどういう存在かを知ったからには、多代の世話をするあのヘルパーが、何を考えているのか確かめてみる必要もありそうだ――。

亜也子が、康彦のマンションを外観だけでも見てから帰りたい、と言うと、康彦は不承不承、ベンチから立って歩き出した。亜也子は彼の横に出て言った。

「ところで康彦、その後仕事の方はどうなの、うまくいっているの？」

「うまくいくもいかないも、俺にはそれしかないんでね……」

康彦は面倒くさそうに言った。仕事のことなどを姉にいちいち話す気はないらしい。

康彦の働いている会社は田端にあり、精密機械の部品を請け負っている地味な会社である。康彦はそこで今も設計製図を主に受け持っているはずだ。ずっと以前に、いろいろ工夫しながら物を作る楽しさを亜也子に語って聞かせたこともあった。そういう生き甲斐を一人暮らしの弟が持ち続けていけるように、亜也子は強く願わずにいられなかった。

道は、昔の農道をアスファルト道路に造り替えたような曲がりくねった一本道だった。沿道に建つ民家の間に時折、畑が見え、その向こうに幅の広い自動車道路が見え隠れした。

「あの道を車で行けば、都心に出るのも割合簡単なんだ。もっとも俺は車を使わないがね」

若いときから康彦はさまざまな機械に興味を持ち、知識も豊富だったが、どういうわけか車の運転免許を取ろうとはしなかった。会社の仕事には熱心だったが、車には興味を持たなかったらしく、自分の好悪の区別については頑固なところがあった。康彦の別れた妻がそういう頑固さに辟易《へきえき》していたらしいことも、亜也子は知っていた。

「あれが俺のいるマンションだよ」

康彦が立ち止まって指さした方を見ると、数十メートル先に四角く突き出た白っぽいビルがあった。広い大通りの方に向かって雑然と低い建物が建ち並ぶ中で、そう目立つ存在でもない。三階建てのようで、その一階の中ほどに康彦は一人で住んでいるのだった。

「よくこんなところにマンションを見つけて、住む気になったわねえ。ここから毎日会社に通うんでしょう?」

「そうさ、一時間もあれば行ける。住むところはどこでもいいんだよ、気持ちを落ち着けて暮らすことさえできれば……」

康彦は苦笑しながら亜也子に答えた。

「この角を曲がっていけば駅へ行く近道になるんだ」

康彦が身を翻してさっさと歩き出すので、仕方なく亜也子は彼の後ろについていった。

通勤の往復に毎日十五分ぐらいかけて歩く、と康彦が言っていた駅までの道なのだろう。バスを使うと距離的にかなり遠回りになるのは確かだ。だが康彦の行く道は、しばらく畑の間の砂利道を行き、アスファルトの道へ出たかと思うとじきに細い路地に入る、という具合で、亜也子はとても道順を記憶できそうにない。さすがに大分疲れを感じてもいた。

亜也子は道々、康彦の毎日の生活のことなど聞いてそれとなく元気づけたかったが、康彦は断片的な答え方しかしない。芦沢から今後、何も言ってこないという保証はないだけに、亜也子にはやはり心配の種になりそうだった。

ようやく駅に着いたとき、日は西に傾きかけていた。

「姉さん、悪かった。ごめんな……」

康彦は、最後にそう言って亜也子の顔を見、それからくるりと背を向けた。俯いて歩き去るその後ろ姿を見つめたまま、亜也子はしばらくの間、そこから動かなかった。


亜也子は康彦と別れて家に帰ると、すぐに久仁子に電話をした。

康彦が母に乱暴したことを認めたと話すと、久仁子が電話の向こうで泣き声のような低い悲鳴を上げた。亜也子は妹に言い含めるようにこう言った。

「とにかく久仁子、康彦がお母さんに暴力を振るったということは、あまり他の人に言わないようにしておこうよ。今はこれ以上、康彦を傷つけたくないから……。光老園の方もそれで大丈夫のようだし……」

「お母さんが自分でベッドの縁で打ったと言ったんだものね……」

久仁子が涙を流しているのが見えるようだった。亜也子も改めて母の心情が胸に迫り、目頭が熱くなった。

翌朝、圭一が出勤した後、キッチンの片づけをすませると、亜也子は何となく疲れを感じてリビングのソファに腰を下ろした。前日、康彦と会ったことが思い出され、康彦の話をあそこまで聞いたからには何とかしなければ、という思いに責められるのを感じた。

昨夜、関西から帰った圭一は、ひどく疲れた様子で、亜也子が康彦と会った様子をかいつまんで話しても、あまりものを言いたくないようだった。

「前からのことがいろいろあって、康彦がお母さんに向かって手を上げるようなこともしたらしいの。それをわたしに謝ってはいたけど……」

と、亜也子が言うと、圭一は心配そうに顔をしかめた。亜也子は実際より抑え気味に話したのだが、圭一は康彦のやりそうなことをある程度、想像できるという様子だった。亜也子が、康彦には母に対して子供のころ以来の悩みがあるようなので、それを何とかして母と仲直りさせたい、と言うと、圭一は大きくうなずいてみせただけだった。

亜也子はリビングでぼんやり庭を眺めながら、ともかく今日は午後になったら多代に会いに光老園へ行って、ヘルパーの芦沢に会ってみようと思った。そうして、場合によってはその芦沢の父親英次に会う手立てを考えてみなければならない。

亜也子が芦沢英次に会うとすれば、五、六歳の子供のとき以来、ほぼ五十年ぶりになる。今ごろになって、あんな昔のことが重大な意味を持ってくるとは思いもしなかった。

槇《まき》の生け垣に仕切られた狭い庭には、亜也子が買い込んだ鉢植えの花々が並び、その向こうに幾株かのツツジが目につく程度であるが、右の隅に一本だけ庭木らしいものが立っている。モッコクという木で、圭一が庭木などに関心がないのを見かねたのか、生前の峻三が苗木を買ってきて植えてくれた。植えてからもう十五年以上はたっているだろうか。モッコクは三メートルほどに伸びて円錐形の整った樹形を見せている。

高校の教員を退職した後、何年か短大の講師をしてから退いて暇になった峻三は、庭の植木のことでなくても何か口実を見つけては自転車に乗って亜也子の家に来た。孫の顔を見、亜也子とひとしきり話をすると、さほど長居することもなく帰っていったものだ。亜也子の家は方南町だから、自転車なら和泉町の父の家からは二十分たらずの距離だった。

峻三が死んで丸四年が過ぎ、体が弱って娘夫婦の世話になっていた多代も老人ホームに入ってしまい、やがてその一生を終えようとしている。亜也子は、子供のころからの家族の生活が瞼に浮かぶような気がし、自分たちを取り囲む時間の流れを思った。

亜也子のおぼろげな記憶の中に芦沢英次が登場するのは、ずっと遡って第二次大戦直後の、亜也子が四、五歳のころである。当時は敗戦後の食糧難の時代であったから、峻三は多代とともに四人の子を抱えて、毎日必死の思いで暮らしていたに違いない。

そのころ峻三の元へたびたび来ていた若者は、芦沢を含めて数人いた。亜也子の脳裏に浮かぶのはぼんやりした像でしかなく、着ているものも軍服のようであったり、薄汚れたシャツのようであったりする。あの若者たちは皆、峻三の勤務した学校の卒業生で、戦争末期に兵隊に駆り出され、敗戦となって帰ってきたらしい。住む家を戦火に焼かれ、あるいは家族の行方の知れない者もいたようだ。学校は「青年学校」といって、戦争が終わると間もなく廃止されてしまった学校だ。亜也子はそういう話を峻三から聞いたことがある。その青年学校の様子を写した写真があったのを、亜也子は思い出した。黄色く変色した何枚かの写真で、それは確か学校の記念アルバムのような体裁だった。あの写真の中に芦沢英次が写っていたかもしれない。

その古いアルバムは、多代の部屋の押し入れの奥の、亜也子も子供のころから見覚えのある木箱の中にしまい込まれてあった。木箱の上には、峻三が所持していた掛け軸の類も何本か取ってあった。木箱を開けてみると、峻三の葬儀の際の記録や写真と一緒にその古いアルバムがあった。もっと他にも父の書いたものや写真もあったろうに、きっと多代が処分してしまったのに違いない。

目当てのアルバムは、青年学校の卒業記念アルバムとして作られたもので、生前の峻三が大事にしていたので多代も貴重な気がして取っておいたのだろう。当時としては立派な体裁らしく青い布張りの分厚い表紙で、「皇紀二千六百三年」と年号が金文字で記されている。その年は太平洋戦争が始まって二年後、昭和十八年のことである。

ページを繰ると、写真は一枚一枚丁寧に糊《のり》づけされていた。卒業記念のアルバムであるから、青年学校の建物の全景や学校生活の思い出を写した写真が続くのだが、最初の三ページほどにわたって、教員と黒の詰め襟を着た卒業生全員の顔写真が一人一人名入りで貼ってある。教員の顔が並んだ中に、丸い眼鏡をかけた峻三の顔写真もあり、父の若いころの写真として亜也子の記憶にもあるものだった。

教員の中には唐本良継《からもとよしつぐ》の顔もあった。峻三の最も親しかった同僚で、亜也子もその眼鏡をかけた温厚そうな笑顔には思い出がある。だが、アルバムにある顔写真は、真っ正面を向いたひどく生真面目な顔で、まるで別人のようだった。

卒業生の写真を見ていくと、芦沢英次の名の記された写真はすぐに見つかった。亜也子は「芦沢」という呼び名には覚えがあったが、その写真の顔には記憶がなかった。

ついでに後ろの方まで見ていくと、亜也子の記憶を蘇らせる顔写真が一枚あった。その学生は角張った顔に小さな丸い目をしていて、その顔が笑いかけてくるのを亜也子は容易に思い出すことができた。名前は「福地盛雄《ふくちもりお》」となっている。「福地さん」と、多代の呼ぶ声が聞こえるような気がした。多代はこの福地という学生が気に入っていたのだ。亜也子は、福地がよく遊び相手になってくれたのも思い出すことができた。

顔写真に続くアルバムのページを繰って見ると、青年学校という学校がどんな学校か、およそ理解できる。軍事教練の場面を写した写真が何枚も続き、次いで戦時中の勤労奉仕や食糧増産体制の世相を思わせる写真が並ぶ。学生が校庭などでくつろいでいる写真を見ると、そのほとんどが国民服にゲートルを巻いた兵隊のような姿である。青年学校を卒業した学生たちは、直ちに兵隊となって戦地に送り込まれた時代なのである。

峻三が国語や漢文を受け持っていたというのは、亜也子が子供のころに聞いたこともある。青年学校では結構、人気のある教師だったようだ。

学生が十数人並んできちんと椅子に腰かけて詩吟を学んでいる場面の写真で、詩吟を演じてみせている教師はどう見ても峻三である。その教師は後ろ姿で写り、横顔がわずかに見える程度なのだが、片足を一歩前に出して胸を張った姿勢は堂々としていて、さぞかし大きな声を張り上げて朗々と演じたのであろう。亜也子は、そのころの峻三の若々しい教師像がありありと目に浮かぶ思いだった。

午後になり、亜也子は光老園に行った。ＪＲ線の駅前を抜けてハナミズキの並ぶ歩道に入ると、亜也子は何となく緊張している自分を感じた。

多代に対する康彦の暴力行為が表沙汰にならずにすむとしても、ヘルパーの芦沢が父親の何らかの指図を受けているのかどうか、それは亜也子にとって気がかりなことだった。光老園で芦沢に会ってどういう話をするか、亜也子は必死に考え続けた。

光老園に着くと、亜也子は受付の松山にケースワーカーの小谷を呼んでもらった。小谷は亜也子を見ると、多代は顔のネットも取れてもう心配はない、とうれしそうに言った。

「そうですか、よかったわ。芦沢さんにはお世話になったので、ちょっとお礼が言いたいんですけど、今日はいらっしゃるかしら？」

亜也子が言うと、小谷の顔が輝いて見えた。この人は正直な人らしい、と亜也子は思った。

「はい。芦沢は今、利用者様の付き添いで病院に行っていますが、間もなく戻ってきます」

「わかりました。では、あとでまたここへ来てみます」

亜也子は多代を車椅子に乗せて散歩に連れ出すつもりでいたので、そう言った。今日は梅雨の晴れ間の日差しがあるから、久しぶりに多代と外に出るにはよい機会でもあった。

多代は亜也子の顔を見るとにっこりした。左の頰に幅の広いガーゼを張りつけているのは、内出血部分の見苦しさを覆い隠すためでもあるだろう。

「もう亜也子は来てくれないかと思ったよ」

「十日ぐらい来なかっただけなのに、大げさね、お母さんは……」

そう言いながら亜也子は、母も内心は苦しんでいるのではないかと思った。多代がわが子に対して良心の呵責《かしゃく》に苦しむようなことがあるとすれば、それを理解し、慰めることができるのは、差し当たって亜也子や久仁子の他にいないのだ。

亜也子は看護室に行って車椅子を頼み、多代を外へ連れ出した。光老園の庭は決して広くはないが、細長い花壇には季節ごとの花が咲き、大きなエノキの木陰もある。花壇に沿って車椅子を押していき、アイリスが咲き乱れているのを前にして止まった。

「きれいに咲いているわ。お母さん、このごろはすっかり車椅子が好きになったわね」

「腰やお膝が痛くてね……。もう、いいよ、楽な方がいいよ」

すでに小谷に頼んで多代の使う車椅子を注文してあるのだが、亜也子はそれを多代に話そうとして、やめた。多代は「もったいない」と言って反対するに決まっているからだ。

「この間ね、久しぶりに康彦に会ってきたの。元気そうだったわ」

何気ない様子で亜也子が言った。

「あら康彦に？　そう……」

多代の顔から次第に笑みが消えて、ふっと左の手を頬に持っていった。

「康彦は最近お母さんに会いに来たんでしょう？　どうだったの？」

「えっ、さあ、どうかしら……」

多代は呆然としたような目になって、そのまま黙ってしまった。

多代が前の日のことを思い出せなくなったのは、亜也子の家にいるころからのことだが、何日前であろうとも、忘れようにも忘れられない記憶だってあるのだろう。何度も頬のガーゼを手で押さえて眉を寄せている多代を見て、亜也子は心がふさがり、弟と母の間に起こった出来事を話すように無理強いする気にはなれなかった。

亜也子が多代の車椅子を押して庭への出入り口から廊下に戻ってきたとき、玄関の方からやってきたヘルパーの芦沢とすれ違った。芦沢は病院から戻ってきたところのようで、亜也子を見て立ち止まると一礼しただけで通り過ぎた。その忙しそうな姿を見送ったとき、多代が怯《おび》えた目で芦沢を見ていたことに、亜也子は気がついた。

「今の人はヘルパーの芦沢さんね。お母さん、どうかしたの？」

亜也子は後ろから多代の顔をのぞき込んだが、多代は言い渋るような顔をしている。

「芦沢さんは、いつもいろいろ面倒を見てくれるんでしょう？」

「でも、痛いから嫌なんだよ……。あの人はいつもそうなんだよ、痛くするんだよ……」

多代は亜也子の顔を見上げ、自分の体の脇の下や腰の辺りをさすってみせた。

「痛くするって……」

亜也子は目を見張り、ほとんど絶句した。

ヘルパーがわざと老人を痛めつけるなんていうことが、あり得ようか。あの芦沢が、多代に対して意識的にそうするのだろうか。まさかそんなことはあるまい。多代の単なる不平かもしれない。多代が光老園に入所した当初、男性ヘルパーの世話になるのをひどく嫌ったそうだから、いまだにその感情が残っていることだって考えられるのだ。

部屋に戻ると亜也子は、ベッドの端についているインターホンのボタンを指して、

「このブザーを押せばヘルパーさんが来て、すぐ手伝ってくれるでしょ？」

多代に訊いてみた。すると多代は急にいらいらした表情になり、口をとがらせて言った。

「うん……。でも、なかなか来ないんだよ」

「そういうときもあるでしょうけど……」

亜也子は言いながら、やはり、多代に対する差別的な扱いがあるのだろうかと疑った。光老園で働くヘルパーたちの雰囲気は決して悪くないだけに、多代がこのように言うのはよほどのことではないか。心身の弱ってきた老人を手の内に取り込んで、卑劣な仕打ちをする者がいるなら許せない。亜也子は、芦沢父子に対する疑いに憎悪が加わるのを感じた。

そこで亜也子は、峻三の教え子たちについて多代の思い出を訊いてみた。

「この間、お父さんのことを思い出して、ちょっと青年学校のアルバムを見せてもらったわ。そうしたら福地さんていう人を思い出したの。お母さんは覚えているかしら？」

最初から芦沢の名を出さなかったのは、多代が父親と息子の区別について混乱することを心配したのだった。福地盛雄なら多代も話しやすいはずだ。

「ああ、福地さん……」

多代はすぐ思い出したようだが、その顔が険しくなった。普段の呆けたような顔つきとは大分違い、何かの思いが頭の中を駆けめぐるのにじっと耐えているかのようだ。亜也子は多代の表情の変化に驚いた。

「何よ、今ごろそんなこと……。康彦が何か言ったの？　もういいよ、昔のことは……」

多代は不快そうな顔をしてつぶやいた。

ここで不意に多代の口から康彦の名が出てきたことは、亜也子にとって衝撃的だった。芦沢英次の意図するものは康彦を経て、間違いなく多代にも打撃を与えていたのだ。それは康彦と多代の間に横たわる憎悪と苦悩の源が、やはりあの敗戦直後のころまで遡るということを示すのに違いない。そこに、芦沢や福地など峻三の教え子が関係しているのも確からしい。

亜也子は息を呑む思いで多代を見つめた。

多代は急に口数が少なくなり、亜也子が何を訊いてもため息ばかりついている。亜也子は多代を苦しめるようなことをいつまでも追及したくはなかった。

「お母さん、ごめん……。昔の話ならお母さんがいろいろ話してくれると思ったのよ。でも、何か嫌なことを思い出させたのね」

「嫌なことばかりだから、もう思い出したくない……」

多代の声は消え入るようだった。

このとき、亜也子は心の中で明確に、芦沢英次に会う決心をした。母にこれほどつらい思いをさせ、弟の人生をあのように狂わせる理由は何なのか、その謎を解くには、差し当たって芦沢英次に会うことが必要なのだ。母の話を聞くのはその後でよい、と思った。

「じゃ、お母さん、また来るわ。久仁子にも来るように言っておくからね」

亜也子は努めて明るく言い、インターホンを使って看護室に連絡した。間もなくやってきた若いヘルパーに、車椅子に乗った多代のことを頼んで部屋を出た。

廊下を歩きながら亜也子は、今の若いヘルパーに変な感じはなかった、と頭の中で確認しないではいられなかった。自分は少し妄想にとらわれかけているのかもしれない、もっとちゃんと事実を摑《つか》まなければ自分までがどうかしてしまう、と亜也子は思った。

受付の窓から亜也子がのぞくと、気がついた小谷三千子が席を立って出てきた。

「ただ今、芦沢を呼んで参りますので、こちらでお待ちください」

亜也子が案内されたのは事務室の隣にある応接室だった。光老園に多代を入所させるとき、亜也子はこの部屋で施設長以下何人かの所員と会ったことがある。

芦沢はなかなか現れなかった。再び小谷が現れて亜也子にお茶を勧め、

「芦沢はちょっと手が離せないと申しておりますので、もう少しお待ちを……」

と当惑した様子で詫びた。最初に亜也子が芦沢に礼を言いたいと告げたときに喜んだ様子とは大分違う。亜也子は不審に思ったが、ともかく芦沢が現れるのを待つことにした。

十分あまりたって、緑色の作業服姿の芦沢が、眼鏡を光らせて入ってきた。彼は亜也子に待たせたことを詫びたが、どことなく迷惑そうな様子でもある。

亜也子は、多代のけがが快復してきたことについて改めて礼を言った。芦沢は亜也子の意図が他にあることを察知したのか、何かしら警戒気味に構えているようだ。

「お忙しいのにご迷惑かとは思いますが、ちょっとお話ししたいこともありまして……」

亜也子が下手に出ると相手は黙ってうなずいた。

「実は、わたしの弟のところへ芦沢英次という人からお手紙が来たそうで、その方はわたしどもの父の、父は学校の教師をしていたんですが、その父の教え子さんでいらっしゃったそうです。芦沢さん、あなたはその方の息子さんなのですか。弟がそう言うんですが……」

すると、芦沢は意外なほど落ち着いた態度で亜也子を見返した。

「ええ、その通りです。わたしは芦沢恭治と言いますが……。それで何か？」

彼は仕事に関係ないことだと言うつもりらしい。冷笑するような目で亜也子を見た。

「まあ、そうでしたか……。不思議なご縁ですね。芦沢さんが光老園にお勤めでいらっしゃったから、お父様も母のことをお知りになったんでしょうね」

「そういうことになりますね、わたしも驚きました」

芦沢恭治は、少しどぎまぎした様子で顔を赤くした。

「そうですか。弟は、お父様のお手紙に昔の思い出のようなことがいろいろ書いてあったので、どうしてこういうお手紙をいただいたのか不思議がっていたようなんです。やはり、母のことを知って懐かしくなったんでしょうかね」

「はあ、そうだろうと思いますが……」

「それでお父様は、こちらに来て母にお会いになったのでしょうか？」

「いえ、そういうことはなかったようですが……」

そう言ってから芦沢恭治は、自分の言葉の矛盾に気づいて頬を強ばらせた。亜也子の鋭い視線は、その表情を見逃さなかった。この有能な息子は父親に忠実なのに違いない。

多代の所在を知った芦沢英次は、懐かしさのために多代に会うということもしないまま、臆面もなく康彦に昔のことを暴露する手紙を送りつけたのだ。それは、康彦が苦悩したあげくに、母の多代に対して感情的な行動をするに至る、そのきっかけを与えた手紙である。まるで、容赦のない意趣返しが仕組まれたかのようではないか。亜也子は、自分が想像した最も不快な事態に、事実の方が迫ってくるのを感じ、体の芯《しん》が凍るような気がした。

「どうして弟宛てにお父様がお手紙をお書きになったのか、わたしにもよくわからないんですが、弟の住所をお父様に知らせたのは、やはり芦沢さん、あなたでしょうか？」

芦沢恭治は言葉に詰まってあわてたが、

「それは、父に息子さんの、つまりあなたの弟さんの住所を知らせるように言われたわけで、いろいろ事情もあるようなので……」

「事情とはどういうことですか？」

「それは、わたしの父が、弟さんに何か知らせる必要を感じたということですが……。父は、弟さんがお母様のところへ行くことについて、何か心配していたんだと思いますよ」

そう言って恭治は、ようやく自分を取り戻したかのように厳しい目つきで亜也子を見た。

亜也子は、芦沢英次がなぜそんな心配をしたのか、そして康彦への手紙はそんな心配をする内容だったのかと疑問に思ったが、目の前の恭治が康彦のことで何を言い出すかわからない気がして躊躇《ちゅうちょ》した。

「そうですか……。そんなことがあったとは存じませんで……」

恭治の視線に射すくめられ、亜也子は言葉を濁した。

こうなれば、ともかく芦沢英次に会うことが先決だ。英次の息子をここで問い詰めてもあまり意味がない、と亜也子は思った。

「いろいろご心配をかけたようですが、芦沢さんのお父様には、わたしも子供のころの思い出があるんです。お元気でいらっしゃるならばこの機会にぜひお会いしてみたいと思いますが、いかがでしょう。連絡先などを教えていただけますか？」

亜也子が言うと恭治は驚いたようだったが、それを断ろうとはしなかった。不承不承ながらも、父英次の自宅の電話番号をメモ用紙に記して亜也子に渡した。

「お父様はもうかなりのお年かと思いますが、何かお仕事をなさっているのですか？」

亜也子は念のために訊いてみた。

「父は七十二になりますが、今でもアシザワ商事という、父の創った会社の経営に当たっています」

恭治は言葉少なに言った。

「どうも長時間お話を聞かせていただきまして、ありがとうございました」

帰ろうとして亜也子は丁寧に礼を言ったが、こうつけ加えることも忘れなかった。

「このごろ母が、介助していただくときに痛いとかきついとか、なかなか来てくれないとか、いろいろ訴えるので困っているんです。これはまたケースワーカーの方にもご相談した方がよいのかと思っていますけれど……」

ぎくりとしたように、芦沢恭治の白い目が眼鏡の中で光った。

亜也子にとってそれは予想以上の反応だった。だが、次の瞬間に彼の顔はこれ以上ないくらいの柔和な笑顔に変わり、亜也子にすり寄るようにして玄関まで送ってきた。

「お年寄りは自分で動く力が弱いですから、よけい介助に頼るようになります。わたしどもは、利用者様の気持ちに合わせて介助するよう務めておりますので、どうかご心配なく……」

亜也子は一応、愛想笑いを浮かべたが、恭治の顔を一瞥し、軽く会釈しただけだった。

受付にいた松山が窓口の向こうで立ち上がり、顔いっぱいの笑顔で亜也子を送り出した。

小谷三千子は席にいないようであった。

亜也子は駅に向かって歩きながら、さまざまな思いが錯綜して息苦しいくらいだった。

ヘルパーの芦沢恭治が父親英次の意を受けているのは間違いない。しかもどう見ても、父親の恩師の妻である多代をいたわったり、心配している感じはない。康彦も多代も、芦沢英次によって何年も前から、何かの理由で秘かに狙われていたのではないか——。

何はともあれ、芦沢父子がつきまとってくる理由を放置しておくわけにはいかない。しかし、それをどうやって追及するのか、追及してどうするのか、自分一人の力ではとても前に進めないような気もしてくる。多代にも康彦にも、頑張って生き抜いてほしいと願わずにはいられないが、そのためには自分がいかにも非力な存在でしかないことを思った。

夫の圭一に相談するとしても、その答えは大方想像がつく。圭一の心中は、このような問題に妻が深入りすることを望んではいないのだ。それで我慢できないとなれば、自分の意志で行けるところまで行ってみるより仕方がない、と亜也子は心に決めた。


亜也子が芦沢英次の自宅に電話したのは、それから二日後の夜のことである。彼女にしてみれば、体力や気力を回復して新局面に立ち向かう気構えを持つ必要があったのだ。

最初に電話口に出たのは女の声で、お手伝いさんのようだった。

「お繋ぎしますので、少々お待ちください」

そう言われて待つ間、亜也子は大きな邸宅を想像して、肝がつぶれるような思いだった。

「こんばんは。芦沢です」

受話器に老人のしゃがれた声が出たが、それはしっかりした響きだった。亜也子は改めて名乗り、笠井峻三の長女であることを伝えて、突然の電話を詫びた。

「高村さんですかな。息子の恭治から聞いておりますよ。笠井先生のことはよく覚えていますよ。先生の奥さんが光老園においでなんですな。わたしも驚きました。あなたがあのときのお嬢さんなら、いろいろお話ししてみたいこともありますな。どうです、ご都合よろしければ、今度の日曜日にでも、わたしの家へおいでいただければありがたいですが……」

芦沢英次は屈託なげに言った。

亜也子はそう簡単に会えるとは予想しなかっただけに、英次が意外に積極的なのに驚いた。ともかく、四日後の日曜日の午後に訪ねたい旨を答え、芦沢宅の所在地を聞き取った。世田谷の上馬《かみうま》というあまりなじみのない町だったが、渋谷からの道順はわかりやすそうだ。

古い卒業アルバムの顔写真はあっても、幼いころのかすかな記憶しかない亜也子には、豪邸に住む七十過ぎの芦沢英次を想像することもできない。彼はいろいろ話すことがあると言うが、どんな話をするつもりなのかと思うと、亜也子は不安な気もした。

夜遅くに帰宅した圭一に、亜也子は芦沢英次の家を訪ねることになったことを話した。父の教え子であったその男が、父や母のことでいろいろ知りたがって康彦が迷惑しているので、亜也子が直接会って話すことになった、とあまり詳しい理由には触れずに話した。

「お父さんの教え子か、相当な年だろうな……。アシザワ商事というのは聞いたことがない。小さな会社なのだろう。気をつけて行って、夕方までに帰ってくればよい」

と、圭一は少しばかり気がかりな表情を見せながらも、それ以上を問わずにうなずいてみせた。夫として妻の意志を尊重する態度を示しているのだが、太っ腹のようでどこか頼りない、と亜也子は思うことがある。

日曜日になると、朝、娘の貴代美が電話で、夫の賢《さとし》と二人で光老園に多代を見舞ってその帰りに亜也子の家に立ち寄りたいと言ってきた。賢も来ると聞いて、圭一は夕食をともにする準備を亜也子に言いつけた。亜也子もそのつもりであったが、その前に大きな仕事があると思うと気が重かった。

昼の食事がすむと、圭一は例によってテレビのゴルフ番組を見ながらくつろいでいる様子で、亜也子はそれを横目に見て外に出た。

初対面の挨拶代わりのようなつもりになって、渋谷で和菓子を買った。渋谷からバスに乗り、電話で聞いた道順を行くのにさして難儀はなかった。

芦沢英次の家は、今風の明るい感じのする大きな二階建てで、広い通りに面して鉄の扉に遮られた入り口があった。玄関に至る前庭の部分は、駐車場も兼ねた広いスペースになっているが、それ以外に庭らしいものはないようだ。車二台分の駐車場には大型の乗用車が一台だけ置いてあった。

亜也子が入り口のインターホンで名乗ると、ややあって駐車場の向こう側に見える玄関のドアが開き、前かけ姿の女が出てきて丁寧な態度で亜也子を迎えた。先日、亜也子の電話に出てきたお手伝いさんと思われ、声に聞き覚えがあった。女は、玄関の脇の小部屋に亜也子を案内した。亜也子は持ってきた和菓子の箱をその女に渡した。

亜也子がソファに座って待っていると、間もなくゴマ塩頭の老人が入ってきた。日焼けの跡が残って、厚い皮膚が盛り上がったようなたくましい顔で、小太りの体に黒いシャツを着てその半袖から太い二の腕が突き出ている。目が細くて唇のやや厚い感じに、亜也子はアルバムの顔写真の面影をはっきり見たような気がした。

「芦沢です。暑いところをよくおいでくださいました」

しゃがれた太い声で言って、芦沢英次は向かいのソファに腰を下ろし、亜也子に目を向けた。

「もう、五十年も前のことになりますなあ。戦争直後のひどい時代で、笠井先生には随分面倒をかけましたよ。いい先生でした」

それから英次はいっそう目を細めて、

「あのころ、あなたは可愛い女の子だった。笠井先生の家に行くと、あなたはお母さんの手伝いをよくなさっていた……」

そう言って遠くを見るような目でじっと亜也子を見つめた。

その視線を避けるように、亜也子が「立派なお住まいで」と褒めると、英次の顔は亜也子が意外に感じるほど誇らしそうな表情になった。そして、今は渋谷にあるレストランの経営をすべて長男に任せて、自身は商事会社の社長をしながら暮らしている、と語った。光老園に勤めている恭治は二男で、まだ独身だという。どうやら彼には自慢の息子らしい。

「笠井先生には、こういう話ができないままになってしまいましたが、お嬢さんのあなたにお会いできるとはね……」

そう言って、芦沢英次は満足げな笑みを見せるのだった。

そこへ先ほどの女が入ってきて、テーブルに紅茶とケーキの皿を並べ、亜也子に「どうぞごゆっくり」と言って立ち去った。端正な白い横顔が亜也子の前を行き来し、四十代半ばぐらいに見えた。どんな関係の人かしら、と亜也子は思ったが、ことさら詮索するわけにもいかない。英次はそれと察したのか、

「親類の娘でしてね、長男夫婦が二階にいますが二人とも毎日店に出ているんで、妻を亡くしてからこっち、普段わたしの世話をする者がいないと不便ということもありましてね……」

そう説明して、照れたような笑い方をした。亜也子は随分大きな家だと思ったが、長男夫婦を二階に住まわせた二世帯住宅だったのだ。

「二番目の息子さんは、光老園に就職されてからもう長いのですか？」

亜也子が話を元に戻そうとした。

「恭治は大学を出てから証券会社に八年ほど行ってましたがね。その後、光老園に入って、もう三年ぐらいになりますかな。将来、自分で福祉事業を興すつもりですから、いわば勉強も兼ねて勤めています。光老園自体が新しい会社でしてね、未開拓の事業だから大変ですな。わたしの知り合いも関係してますが、光老園はなかなかしっかりやってます」

英次は自信に満ちた企業家の顔を見せて、まるで息子の援護でもするかのように話した。

「光老園では母が、芦沢さんの息子さんにもお世話になっていますが……」

亜也子が言うと、英次はにこやかな笑顔を見せた。

「偶然でしたな、まったく……。恭治からこういう名前の人が入っていると聞いて、びっくりしましたよ。笠井先生の奥さんとはね」

「それで、母にはお会いになりましたか？」

亜也子は英次がどんな答えをするか聞きたかった。

「光老園に行ってはみましたが、お会いするのは遠慮しましたよ。あまりに偶然でね、驚かしてはと……」

英次は偶然を強調した。

その言い方に、亜也子は何かを押し隠したような不自然さを感じた。亜也子が何を言い出すかと探っているようにも見える。

そこで亜也子は、自分の抱えてきた本題に入るために、家で青年学校の卒業アルバムを

見たことを話した。すると、英次は懐かしそうな顔をしたが、

「わたしも戦争直後からこっち、さんざん仕事を変え、家を移ってやってきたんで、あのアルバムはどこかへやってしまいましたよ」

「芦沢さんは、あのころ何をなさっていらっしゃったんですか？」

「何をする、ということもありゃしません。毎日が食うことで頭がいっぱいで、先生のところへも何か仕事をというよりも、実は何か食べさせてもらえないかと思ってね……」

　英次は頭を掻いて笑った。

　亜也子の頭の中に残っているおぼろげな光景でも、疲れてふてくされたような若者たちに見えたから、英次の言うことは納得できた。

「わたしも父や母からあのころのことを少しは聞いていますので、芦沢さんのおっしゃることはよくわかります。ですが、最近、わたしの弟の康彦に父や母の昔のことなどを書いたお手紙をくださったそうで、弟からそれを聞いてわたしも驚きました。弟はそのお手紙を見てとても悩んだらしいのですが、なぜそのようなことをなさったんですか？」

「弟さんが悩んでおられる、それは困りましたな。いや、わたしはただ、わたしの知る事実をお話ししておきたかった。以前、お話しして不十分だったと思ったことを手紙に書いて送った。それだけのことですがね……」

　英次はいかにも腑に落ちないという顔をした。亜也子は穏やかに話をしようと努力した。

「でも、随分昔のことですし、そのために無用な誤解が生まれて、苦しむ者が出てくることもあると思うんです。わたしのお聞きしたいのは、芦沢さんがなぜ、今になってそういう昔のことを言って、弟を悩ませるようなことをなさるのかということです」

「わたしは弟さんから、お母さんを嫌っておられるようなことを聞いていたから、その原因を考えるために、昔こういうことがあったと手紙に書いたんです。あとは弟さんがそれをどうお考えになるかであって、わたしに対する答えを要求したわけではありませんから……」

英次は気分を害したという顔をして、テーブルの上の葉巻を一本取っていらだたしげに口にくわえた。

亜也子は唇を噛《か》んで俯いた。

弟が芦沢英次に母のことを話したとすれば、それは父の葬儀の日だろうか、と亜也子は康彦の言ったことを思い出して考えた。英次はその後、恭治を通じて老人ホームに入った多代の存在を知り、康彦の住所も調べたのだ。その間、英次は多代との交渉もないまま、恭治を通じて多代の様子を知っただろう。その上で英次は、五十年も前の多代のことを書いた手紙を康彦に送りつけたのだ。そう考えると亜也子には、やはりそれが英次の善意とは思われず、ある明白な意図、ないしは悪意さえ感じられるのだった。

しかし、目の前の英次はそんな悪質な意図など関わりないかのようでもあり、むしろ亜也子の不躾《ぶしつけ》な態度に対して、不機嫌を示しているのだ。

この老人の心の中にはいったい何があるのか——。亜也子は話をどう進めたらよいのか、迷った。

すると、亜也子の様子を見ていた英次が、不意に話し始めた。

「あのころ、わたしらの仲間の中に福地という男がいましてね、あの卒業アルバムの係にもなっていたはずです。わたしの親友だったんですがね、先生の奥さんも福地のことは覚えているはずだが……」

探るような英次の視線に遭って、亜也子は思わずうなずいた。多代も記憶している福地盛雄の所在について、亜也子は英次に訊いてみるつもりではいたのだ。それを英次の方から話題にするとは意外だった。

「福地は笠井先生にも気に入られていたんだが、それが不意にどこかへ逐電してしまった、結婚したばかりのきれいな奥さんを一人置いて……」

英次は言いながら急に沈んだ表情になった。

「逐電？」

亜也子が聞いたことのない話だった。

「なぜだか、今もってよくわかりません。あの当時、福地の奥さんに聞くのも気の毒でね、笠井先生もとうとう福地の行方はわからなかったらしいが……」

英次はそこで上目遣いに亜也子を見た。

「だが、笠井先生の奥さんは何か知っていたようだった。奥さんと福地のことで噂《うわさ》もあった。先生はすっかり参っていたが何も言わない、奥さんも何も言わない……」

「何ですって？　母の噂って、わたしは何も知りませんけれども……」

思わず亜也子が叫んだ。多代が福地に好感を持っていたのはわかるが、それ以上のことは思いもよらなかった。

「まあ、あなたはそうかもしれませんがね……。とにかく先生は、奥さんとの不和が生じて困り切っていた……。福地に何が起こったのか、わたしにはずっと謎でしたがね」

英次は葉巻をくわえたまま黙った。亜也子の様子を窺い、何か答えるのを待っているようでもあった。

亜也子は、英次が父と母の不和についてもいろいろと知っているらしいことに驚いた。だが、それ以上に、一方的に多代への疑惑を思わせる彼の言い方が許せなかった。

「芦沢さんは、その福地さんや母のことで、弟の康彦に何が言いたかったんですか？」

うって変わった鋭さを持って、亜也子が言った。英次は驚いた様子で顔を上げ、一瞬、亜也子を見つめた。その日焼けした顔に血がのぼってほとんどどす黒く見えた。

「わたしは、知った方がいい、あるいは知るべきだと思うことを伝えたまでだ。嘘を言ってはいない。大体わたしは、人の人生というものは、嘘偽りなく、正当な評価を受けてしかるべきだと思うのでね。息子にも常々そう言って、わたしのことも話しています」

英次は顔を上げ、きっぱり言った。だが次の瞬間、彼の顔は苦しげに曇った。

「その意味では笠井先生だって、許されないこともあるはずなんだ……」

亜也子は一瞬、目を見張ったが、もはや感情的になった自分を抑えられなかった。

「あなたはそれでいいかもしれませんが、今ごろ遠い過去のことや親のことを、一方的に持ってこられたらすごく迷惑なんです。第一、そんなやり方は卑怯じゃありませんか」

亜也子は涙が流れるのも構わず言った。

「卑怯？　そんなことはしていない……」

「では、弟が赤ん坊のとき、母親がお乳を与えようとしなかった、などということを、なぜ今になって言う必要があるか、もっと話していただかないと……」

「そういうことがあったと手紙に書いたままで、弟さんも五十になる立派な大人なんだから、あとは自分で考えてみればいい。お母さんに直にお聞きになってもいい。あのころのことは、わたしも知りたいことがあって、弟さんは男だし何か答えてくれるかと……」

英次はどこまでも、自己主張を譲ろうとしなかった。

亜也子が黙ったままでいると、英次の落ち着き払った低い声が響いた。

「あなたにも、あのころの記憶にあることとしてお話ししたままでだ……。まだ他に何か、お聞きになりたいことはありますか？」

英次はそろそろ話を切り上げたくなったのだ。亜也子は顔を上げてこう訊いてみた。

「息子さんにもわたしどもの父や母のことなど、昔のことをお話しになったんですか？」

「それは、ある程度のことは話しましたよ、息子の恭治も大人ですからね、普段からわたしの話し相手にもなります」

英次は当然だと言わんばかりの顔をした。

「どんなふうにお話しなさったんですか？」

「どんなふうに？　そんなことをいちいち訊いてどうするんですか？　何だか妙にわたしや息子を疑っているように見えますがね」

「疑うということよりも、ヘルパーの息子さんが、どんな気持ちで年老いた母の体を扱っているか、お考えになりませんか？　母はあなたの息子さんだとは知りませんが、恭治さんに介助されることを怖がっているんです。普通ではそんなことはあり得ません」

英次は意外なことを聞いた、というように亜也子を見つめた。それから背もたれに頭を載せ、仰向いてたばこの煙を吐いた。

「まさか、そんなことはないと思うが……」

彼の頭には、息子の冷静に光る目が浮かんでいた。それは父親の彼にはないもので、その冷徹で計算高い性格を頼もしく思いこそすれ、悪質なものと考えたことはなかった。しかしある種の恐ろしさを感じたことがないとは言えないのだった。

恭治はつい最近、父親にこんなことを語っていたのだ。ここだけの話と断った上で、多代とその息子との間に起こった出来事を話し、

「あのとき、あの息子は母親を殴ったに違いない。しかし俺はそれを完全に隠蔽してやったよ。その方が光老園に波風は立たない。あとは、あの息子が自分で苦しむんだ。母親もきっと苦しむだろう。あの母親の罪深さがそういうふうにして罰せられたのだとすれば、それで仕方ないんじゃないかと思うが、どうかね、お父さん……」

冷笑を浮かべて言った恭治の顔が、今も彼の目に浮かぶ。

多代の罪深さが罰せられる――。そのとき父親の彼は、息子の冷徹な見方に舌を巻きながら、思わずうなずいて笑ってしまった。今思えば、かつて父親の抱いた憎悪の感情がそんなふうに息子に乗り移っていたということなのか。そう思うと、さすがの彼も空恐ろしくなった。しかし往年の恩師の娘の前で、確かめもせずに息子の非を認めるわけにはいかない。

「まあ、年寄りの言う不平不満をそのまま聞いてよいかどうか、それも問題でしょうがね」

英次は多代の言ったことを疑う口振りで、亜也子に厳しい目を向けた。

だが亜也子は無言のまま、刺すような視線で見返すだけだった。もうこれ以上、この人から話を聞こうとしても不愉快になるばかりではないか。そういう絶望感みたいなものが

亜也子を支配しつつあった。

するとと英次が、仕方ないとでも言うように亜也子から目を逸らした。

「そうですか……。まあ、いいです、あなたの気持ちはわかりましたよ」

英次はそうつぶやいて、半分ほど残った葉巻を揉み消した。

「恭治には折を見て適当に言っておきましょう。何か誤解でもして、光老園に迷惑をかけてはいけませんからな。まあ、そんなことはないはずだとは思うが、わたしも息子に、少しはよけいなことを言ったかもしれない……」

英次は忌々しそうに言い、ちょっと考えてから顔を上げた。

「あなたもいろいろ大変ですな。お母さんのお世話もあるし、弟さんも守る。しかし恭治は弟さんが何をしようと、やたら他にしゃべりませんから、ご心配には及びませんよ」

しゃべるとは何を、という言葉が喉元まで出ながら、亜也子はある強い恐れを感じてそれを抑えた。母に対する康彦の暴力行為を、この男は息子から聞いているのかもしれない。それを口に出さないのは、息子に口止めされているためだろう。亜也子は、英次の顔に見え隠れする、ある種、残忍そうな表情にそれを感じた。

英次はゆったりとした姿勢を取り戻して言った。

「まあ、わたしもこれ以上、弟さんに何か知らせるようなことは、一切しないことにしますからご安心ください。それでいいでしょう?」

冷たい笑みを含んだ目が亜也子を見た。

芦沢英次は亜也子と会うことによって、自分が康彦に送った手紙の効果を再確認したのかもしれない。そう思うと、亜也子は無念な気持ちを抑えられなかったが、彼の念押しにはうなずく他はなかった。

「いやあ、思いがけなく今日は緊張しました。あなたにこんなふうにいろいろ追及されるのは、もう今日限りにしたいですな」

英次はわざとらしく声を上げて笑った。

「いろいろ勝手なことを言ってすみません。長時間ありがとうございました」

亜也子は一応素直に詫びて、長々と話を聞かせてもらったことの礼を言った。

「あなたにはもっと聞いてみたいこともあるが、もうやめることにしましょう」

と英次が言って立ち上がったので、亜也子も帰るつもりになって立った。

すると英次が、亜也子の顔を見つめておもむろに口を開いた。

「あなたのお父さん、笠井先生にはあの苦難の時代にお世話になったとは思うが、あのころわれわれは皆、笠井先生の言葉を信じて出征し、本当に国のために戦う気になったんです。それがあの敗戦になってしまったんですからね、大変な時代だったんですよ」

「父も戦争教育を進めた方だというわけですね」

「あのときはそれしかなかったんでしょうがね……。だが戦争が終わってから、負けて放り出されたわれわれに対して何もできなかった。われわれは先生を恨んだこともあった……。恨んでも仕方ないんでしょうけどね……」

英次はなおも何か言おうとしたが、苦しげな色を浮かべたまま口をつぐんだ。

亜也子がドアの外に出ると、先ほどの女がすぐに出てきて玄関に導いた。亜也子はその女にも礼を言って、英次の家を出た。道路を歩き始めるとひどく疲れを感じた。

英次の「笠井先生だって許されないこともある」と言ったときの苦しげな顔が、亜也子の頭に浮かんでいた。あれは戦争に協力した教師の罪深さのことを言ったのだろうか。どうもそれだけではないようだ。英次は峻三を恩師として尊敬しつつ、その一面で相反するような不信の念もあるらしい。教え子である彼は、それをうまく表に出せぬまま、鬱屈して生きてきたのだろうか。亜也子は、芦沢英次という人間が手前勝手で悪辣な人物とばかりは思えなくなった。

その一方で、峻三の教え子である福地の「逐電」という事実を知ったことは、亜也子にとってこれ以上ないほどの驚きであった。そのことには、峻三だけでなく多代も関わっていたかもしれないのだ。芦沢英次に会うことによって亜也子は、父と母とに関わる謎をいっそう強く意識させられることになったのである。

それにしても、ヘルパーの芦沢恭治に対して亜也子が直感的に感じていた不審の念は、ほぼ当たっていたことになる。あの男は康彦のなした暴力の事実を知っていながら、それを押し隠し、秘かに冷たい目で母を観察しているのだろうか。そう思うと亜也子は、芦沢恭治という男に改めて、その父親にはないような薄気味の悪さを感じた。

　亜也子が家に帰り着いたのは五時を回るころだった。すぐに圭一が玄関に出てきた。

「芦沢さんの家というのはすぐにわかったのか？　どんな話をしたんだい？」

「お宅はすぐにわかったわ。昔の思い出話なんかもして、とにかく今後は、いろいろ誤解の元になるのはよくないから、康彦に手紙を送ったりすることも一切しないと約束してくれたから、よかったと思うの」

「そうか……」

　圭一はさらに何か聞きたそうな顔もしたが、それきり何も言わなかった。それよりも間もなくやってくる娘夫婦が待ち遠しい、そう思っていることは亜也子にも察しがついた。

　亜也子が着替えをすませたころ、玄関に人の気配がして、貴代美とその夫の賢がやってきた。二人は光老園に多代を見舞ってから来たので、まず亜也子にその報告をした。

「おばあちゃんは、顔色はよかったけど、前のようにしゃべらなくなったわね」

　貴代美は心配そうな顔をして言った。

「僕はなかなか思い出してもらえなかったみたいで、賢です、と言ったんだけど、じっと顔を見つめられてしまいました」

　そばで賢が言って、頭を掻いてみせた。

「そう、ありがとう。おばあちゃんも大分呆けてきちゃったかもしれないわね。でも、また暇を見て、話をしに行ってあげてね」

亜也子は二人にそう言った。家族と離れ、孤独な部屋で確実に衰えていくしかない母の姿を思うと、涙が込み上げてきそうだった。

そのあとで貴代美はキッチンに来て、亜也子の手伝いをしようとした。下拵《したごしら》えをして出かけたし、特別手間のかかる料理もないが、娘が気を利かしてそばに来てくれると、亜也子は自然に頬が緩むのを覚えた。

その夜は圭一が機嫌よくしゃべり続け、亜也子はいつもより口数が少ないままだった。賢は義父に調子を合わせようと努め、貴代美もそれにつき合った格好で、この家にしては珍しく数本のビールを空にした。初孫ができそうな話は聞けなかったが、若い夫婦のさわやかな雰囲気に親二人は満足した。賢と貴代美が肩を並べて帰るのを門口で送った後、亜也子が戸締まりをして戻ると、いつになく酔いの回った圭一は先にベッドに入ってすでに高いびきであった。

それから二日後に、亜也子は久仁子とＪＲ線の駅で待ち合わせ、二人で光老園に行った。亜也子からの電話で芦沢英次に会ったことを聞いた久仁子が姉を誘ったのである。

康彦には亜也子が手紙を書いて送った。芦沢英次が康彦に手紙を送ったりしてつけ狙うようなことは今後一切しない、と約束したことを伝え、それ以外のことについては、芦沢恭治のことも含めて詳しいことは省略した。父や母の過去についての疑惑は、亜也子を苦悩させてやまなかったが、それをどうするかは、弟に話す前にもっと自分で考えたかった。

光老園では昼食がすんで一時間ほどたったころとあって、多代はベッドでうつらうつらしていた。貴代美も言っていたように、多代はこちらから話しかけない限り、押し黙っていることが多くなった。ベッドの脇にいて十五分ほど過ぎると、久仁子が亜也子を突っついて「帰ろうよ」とささやいた。二人は帰りに喫茶店に寄って話すつもりでいた。

ＪＲ線駅前の喫茶店に入ってから、久仁子は安堵《あんど》した様子で亜也子に言った。

「康彦に姉さんが手紙を送ってくれたのなら、よかったわ。実は家で、清和さんに康彦のことを話したの。何だか話さないわけにはいかなくなって……」

久仁子は姉の許しを求めるような顔をした。

亜也子は仕方がないという表情でうなずいた。康彦が多代になした暴力行為は、二人の姉に重くのしかかっているが、それぞれの夫婦間で秘密裏に通すことは無理というものだ。

「そうしたら清和さんが、それはこれから先、ずっと康彦の心の傷になって残るって言うのよ。わたしも、親をぶったりしたんだから確かにそうだな、と思うと気になって……」

「そうね……。でもわたしが会ったとき、康彦は思ったよりしっかりしていたわ。わたしはそれよりも、康彦があんなことをした大元の原因は何なのか、それを知りたい気がする。

芦沢さんにしても、なぜいまだに五十年も前のことにこだわるのか、考えてみれば異様だわ」

「そうね、姉さんの言う通りだわ」

「それに、芦沢さんが康彦に、お母さんにお乳を飲ませてもらえなかったとか言ったことと、お母さんと康彦の仲が悪いこととは繋がってくるみたいじゃないの。康彦の赤ん坊のころに何があったのか……。芦沢さんの話を聞くと、どうしてもそこまで遡っていくわ」

そこまで言ったとき、亜也子の脳裏にうっすらと何かの像が現れかかり、亜也子はくらくらとめまいでも起こしそうな気がした。

その姉の表情の変化に目を留めた久仁子が、気遣うようにして訊いた。

「そのころのこと、姉さんは何か覚えているの？　康彦が生まれたのは、戦争直後の焼跡だらけのころね」

「そうね……。久仁子は、あのころ家によく来ていたお父さんの教え子の人たちのことを覚えている？　芦沢さんもそうだし、福地さんとか……」

「覚えてないわ、わたしが三つぐらいのころかしら」

「じゃ唐本先生は？　お父さんの同僚だった温厚そうな先生よ」

「全然わからないわ、そういう人たちのことって……」

久仁子がそう言うので、亜也子は笑い出してしまった。年が二つ違うと、こうも記憶に差があるのかと思った。

　亜也子がさっき頭に浮かびかけたのは何だろう、と考えていると、久仁子が言った。

「わたし、晴彦のことはよく覚えている気がするわ。あの子、泣き虫だったでしょう？」

「そうだったわね。体も弱かったみたいだわ。あまり泣くとお母さんがよく癇癪《かんしゃく》を起こしていた。お父さんはそういうとき困ったような顔ばかりしていて……」

「それでお父さんが晴彦を抱いて外へ出て、わたしもその後についていったりしたわ」

「お父さんはお母さんにはかなわないんだって、わたしはずっとそう思っていたけど……」

　そう言って亜也子は、ふと、なぜ父は母にかなわなかったのか、と疑問を感じた。

「お父さんは学者肌みたいなところがあったから、割合、物静かだったようね」

　久仁子は言って、一人でうなずいている。

　喫茶店を出てJR線に乗ってからも、亜也子は父の記憶を遡って追おうとした。

「お父さんもお母さんも、戦争直後のころは大変だったって、思い出話をしていたことがあるわね。そのころはお父さんもすごく働き者だったんじゃないかしら……」

「そうね。食べることで毎日、必死だったのよね、きっと」

　久仁子はそう言いながらも、あまり実感はないのだった。

　父と母とが子供たちのために、何をおいても気を合わせて必死に生き抜こうとした時代があったことは、亜也子の中にも確かな記憶としてある。それは、太平洋戦争が終わるころからの数年間に違いないが、そこに何か秘密が隠されていたのだろうか――。

横浜に住む久仁子とは立川の駅で別れ、亜也子はＪＲ中央線に乗り継いだ。

賑やかだった数人の子供が母親たちに連れられて降りてしまうと、車内は静かになった。亜也子はようやく空いた座席に座ることができた。

呆然としかけた亜也子の頭に、また何かが浮かびかけて、ふと、赤子の泣き声の響いてくるのを感じた。

するとおぼろげな像が次第にはっきり見えてきて、それは白いふっくらとした母の乳房だった。そうしてその乳房に小さな顔を寄せて泣く赤子がいた。赤子はいつまでも悲しげな泣き声を上げ続け、それを見る母は何だかひどく不機嫌な、怒ったような表情をしている。亜也子の幼いころの記憶であった。

亜也子はさらに心中の目を凝らして、その像を見つめた。母はどうやら左の腕に赤子を抱え、右の手で自分の乳房を押さえているようだ。湯で温めた布を持って、乳房を柔らかく揉んでいたのに違いなく、亜也子もその母に寄り添うようにして、もう片方の乳房を温かな布で包み両手を添えて一生懸命に押さえ、ときどき母の顔をそっと見たり、赤子に目を移したりしていたように思われる。

亜也子は、今までになく赤子の泣く声をはっきり思い出した。その赤子が康彦であることは間違いない。赤子の康彦が母の乳をせがんで泣き続けていたのだ。してみると、乳の出なくなった母の乳房を、湯を絞った布で温めあるいは揉んで、乳が出るようにしていたのだと思われる。だが、亜也子にも手伝わせてそのようにしながら、母がなぜ不機嫌な顔をしていたのかわからない。

そのうちに亜也子は、その母の後方で何やらぶつぶつ文句を言っている老婆の顔が見えることに気がついた。それは「本家のおばあちゃん」のようだ。もう大分前に亡くなった峻三の母親、里江《さとえ》である。すると、里江に何か言われても黙ったままでいる父の姿も、そのこちら側にいるような気がした。

亜也子の内部に埋め込まれてきたこの映像は、何を意味するのか。幼い亜也子にとっても不思議な場面であったに違いなく、記憶には残っても、長い間その意味がわからないままだった。だがこれは芦沢英次の言った、康彦が乳を飲ませてもらえなかったということに結びつく場面かもしれない、と亜也子は初めて気がついた。

意味がわからないまま幼い亜也子の心に強く焼きつけられた像は、まだ他にもあった。

一人の男がいきなりバラックの土間に飛び込んできて、何か叫んでいる。土間の隅でおろおろしているのは、どうやら母なのだ。だが男の顔形はまったく不明である。

それとは別に、色の白いきれいな顔をした女が、泣きながら母に向かって何か必死に訴えている。母は答えようもなく女を見つめたまま立っているようだ。

この二つの場面がどんな関連を持っているのかわからないが、亜也子の中では必ず二つが続いて浮かんでくる。相当に近い時間内に起きたことなのかもしれない。

若い男の狂ったように叫ぶ声と若い女の泣きながら訴える声は、赤子の康彦の泣き声と重なるようにして、遠い過去の闇から今も亜也子の耳に聞こえてくる。どれも何かの拍子に不意に亜也子の頭に浮かんできて、また過去の闇に消えていくのがいつものことだ。

これらの男と女が誰なのか、そして康彦のその後の悩みと何か結びついてくることがあるのか——。

地下鉄に乗り換える駅に着き、座席から立ち上がろうとして亜也子は体がひどく重いような気がした。それから三十分ほどしてようやく家に帰り着くと、亜也子は水を一杯飲んでリビングのソファに座り込んだ。五十年前のあのころ、父と母にいったい何が起きたのだろう。亜也子の疑問は次々と忘れかけた場面を呼び起こしてくる。

リュックを背負って食糧の買い出しに出たり、畑仕事をしていたりする父や、真っ白な大根を干していたり井戸端に出ていたりするもんぺ姿の母の記憶はいくつもあるが、それ以外にも、顔中に大汗をかき、シャベルで大きな穴を掘っている父。夜の空の遠くの方が真っ赤に染まっているのをじっと見つめている父。そして、うなだれて遠ざかっていく後ろ姿の父。「お父ちゃんが泣いている」とそのとき亜也子は思ったのだ。しかし、いつ、どういうことがあったのか、亜也子の記憶の中には明確に結びつくものがない。

第二次大戦が終わったころの三十代ごろまでの峻三について、亜也子が知っていることはさほど多くはない。

農家の三男に生まれた峻三は若いころから文学趣味があり、雑誌に発表された詩の作品もいくつかあるのを、亜也子は後に直接、峻三から聞いて知っている。父の尊敬する詩人として「生島《いくしま》秋月《しゅうげつ》」という名も亜也子は記憶している。峻三は教員になり、結婚をしてからも文学への情熱は捨てなかったらしい。峻三は視力が悪かったために、徴兵検査の後に出征することのないまま、青年学校の教師として働き、戦後も長く高校の教師をしていた。

亜也子は、もう一度、青年学校の卒業記念アルバムを取り出して開いてみた。

アルバムの中ほどに、生徒たちの海や山での楽しげな活動を伝える写真の前に、田園風景をバックに二十行ほどの詩を載せたページがあった。その田園風景は今ではかなり変貌しているが、亜也子も子供のころに父と一緒に眺めた覚えのある風景だ。田畑の広がった向こうの小高い森に、教会の大きな塔が何かの象徴のように聳《そび》えているのである。

今、亜也子が改めて見ると、その詩の最後のところに「昭和十八年秋　笠井健《けん》」と小さく記されていた。それが峻三のペンネームであることは亜也子も知っていたが、今まで父の詩であることを自覚して読んだことがなかった。

そのページに載せられた峻三の詩は、次のようなものであった。

東より西より
向学の気に燃えて集ひ寄り
見知らぬ人といつしか親しみ
思ひ出多き学窓に
この風景を眺めてきたのだ

落ち葉にうそぶく夕空
木枯らしに寒き冬木立
花に　若葉に　私たちは
哀歓千々の思ひを秘めて
この風景に面した窓に学んだのだ

あゝ　思ひ出は限りない
青年時代の四年間！

友よ　いつの日も

今　この学窓を出てゆく時の心を忘れず
友情を懐かしみ
希望と若さに生き抜かう
大自然の如き静けさをもって
大自然の如き力をもって
お、　友よ！

昭和十八年秋　　笠井　健

昭和十八年といえば、太平洋戦争の真っ直中であろう。その年を最後に青年学校を卒業し、兵役につく若者たちの記念アルバムに、峻三が書いて載せた詩に違いない。
芦沢英次は峻三のことを「いい先生だった」と言い、「先生の言葉を信じて」戦場へ行ったとも言った。しかし亜也子の見たところ、この詩から浮かんでくるのは、出征間近な若い学徒の勇壮な姿というよりも、学窓を巣立つ若者たちのいかにも若々しい情熱的な姿だ。こういう詩を書いた父は、いったいどんな気持ちで教え子たちの出征を見送ったのだろう。終わりの「友情を懐かしみ」という表現が、友情から離れた人のようでちょっと腑に落ちないが、後に「大自然の如き」とあるから、より気高い精神を求めることを示したのだろうか。

アルバムの最後の方に、教員と卒業生の寄せ書きを写真に撮って載せたページがあった。真ん中に「勤労」と大書し、その周囲に筆書きで思い思いの向きに姓名を記してある。その中で峻三だけが短い文句を書き添えていた。

君たちを送るテープがぷつりと断たれる日は十二月の何日になるのか。皆、お国のために働くのだね。

細い筆先で書かれていて読みとりにくいが「昭和十八年五月二十日」と日付があり、亜也子は卒業の時期として不可解な気がした。それを別にすれば、卒業アルバムのために詩を書いた峻三が、こんな優しい言葉を寄せ書きに記してもいたのだから、卒業生の担任のような立場だったのではないかと亜也子は想像した。

そうしてほぼ二年三ヵ月後に戦争が終わり、さらに戦後の過酷な時代が続く。しかも終戦直後に康彦が生まれ、峻三の家族は六人になるのだ。この間に、福地という教え子の失踪事件があったことになるのだろうか。そうしてあの父と母との間に、いったい何があったというのか、それを知りたいと亜也子はいっそう強く思った。

そうなると亜也子に考えられる手段は、峻三の同僚教師、唐本良継に会うことだった。唐本は、峻三より年上のはずだからもう八十代半ばになるだろうか。生死のほどもわからないが、会うとすれば自宅を探して訪ねる他はなさそうだ。

この卒業アルバムには、最後二、三ページの切り取られた跡があった。普通に考えれば、そのページは教師や学生の住所が印刷されていたのではないか。そのページがなぜ切り取られたのかはもはや知るよしもない。峻三宛ての手紙類などはすべて多代が処分したようで、何も残っていなかった。

亜也子は多代の持ち物の中に手がかりはないかと考えてみた。多代は昔から自分宛ての手紙の類や住所録などを大事にとっておく習慣があった。

亜也子が多代の書類ケースを探してみると、見覚えのある小型ノートの古い住所録が見つかった。父と母とが一冊の住所録を共用していたころのものだ。五十音順にページを分けて記入されているので、早速「か」のページを繰ると、「唐本良継」の名があり、インクのにじんだ字で中野区の住所が記されていた。だがその行は鉛筆で引いた一本線で消されている。大分前の住所だから、現在の唐本の住所に該当するとも思えない。

亜也子がまだ子供のころに、唐本がぱったり姿を見せなくなったと感じた年があった。だが唐本がすでに故人であるとは言い切れない。だからといって今さら、唐本の教え子でもある芦沢英次に唐本の消息を尋ねるのは、亜也子もあまり気が進まなかった。

亜也子はともかく、光老園に行って多代に唐本のことを訊いてみることにした。

二日後、亜也子は光老園に行った。多代はいつものように喜んで迎えたので、亜也子も家族のことなど雑談をしながら、気楽に話を切り出すことができた。

「この間、久仁子と話していて思い出したんだけど、昔お父さんの仲間の先生で唐本先生という人がいたでしょう？　お母さん、覚えているかしら？」

「ああ、覚えてるよ」

多代が答えた。意外なほど反応が早かった。

「あの唐本先生、今、どうしていらっしゃるのかしら」

「確か、お父さんが死んだとき、葉書をくれたけど……。どうしているかしらね……」

多代はそう言って少し沈痛な面持ちになった。

そういえば峻三の葬儀がすんでしばらくしたころ、亜也子は多代宛ての葉書の差出人に唐本良継とあるのに気づき、久しぶりにその名を目にしてびっくりした覚えがある。文面は記憶にないが、四年前に多代に葉書を寄越したとすれば、唐本は高齢ながらも存命している可能性がある。唐本先生の葉書を見せてほしいと亜也子が言うと、多代はきょとんとした顔になって、

「どこかにあるから、亜也子、探してみて」

と言うのだった。


唐本良継が四年前に書いた葉書は、多代の文箱にあった古い葉書の束の中から出てきた。

そこに記された唐本の住所は青梅市で、古い住所録にあった中野区の住所とはまるで違うが、番地も明確に書いてあるから尋ねていけそうだと亜也子は思った。

葉書の内容は、峻三の葬儀が行われたことに対して哀悼の気持ちを述べたものだった。その文面から、唐本は先に多代からの手紙を受け取って峻三の死を知ったのであり、多代の気持ちを慰めるのが目的の葉書であることがわかる。唐本は峻三の葬儀に来てはいないのだ。それ以前にも長い音信不通の期間があったことも察せられる。

その葉書の最後の方にはこうあった。


あなたも過去のことにはこだわらず、心安らかに過ごされるよう衷心より念じております。


「過去のこと」とはどういうことを指すのだろう。亜也子は光老園で唐本の話をしたときに見た多代の表情を思い出した。過去にあった何事かについて、多代は唐本に相談したことがあり、それで唐本に対して特別な気持ちを持っていたのかもしれない。

亜也子は唐本と会う手はずを決めるために、まず唐本宛てに手紙を書くことにした。あまり長い手紙にせず、いきなりこんな手紙を送る非礼を詫びた上で、できるだけ多代のことを正面に出して書いた。

……母も老人ホームに入ってからもう一年以上になり、最近は体も弱るばかりです。昔の思い出話をしたときも、唐本先生はどうしていらっしゃるかと申しておりました。そんなこともあって、わたしは母の代わりにぜひ一度、先生にお会いしたいと思うのですが、いかがでしょうか。戦争直後のころの思い出話など、先生から伺ってみたいのです。不躾なお願いで申し訳ありませんが、どうかよろしくお願いします。

最後に返事を心待ちにしている旨を書き、封をして投函した。

だが唐本からの返事はなかなか届かなかった。

十日ほどが過ぎ、亜也子は半ば諦めかけて、多代に会いに行った。多代は車椅子に乗って他の老人たちと一緒に廊下に出ていたが、亜也子が近づいていくと右手を軽く挙げて笑顔を見せた。大分機嫌がよさそうだ。

「今、みんなで歌のゲームをしていたんですよ」

近くにいたヘルパーが言い、多代の車椅子を押して亜也子を多代の部屋へと導いた。

それから亜也子はいつものように小型の椅子にかけて、車椅子の多代と差し向かいになった。廊下で歌った歌の様子などを聞いてから、亜也子は気になっていることを口に出してみた。

「このごろ、どう？　インターホンで言えばヘルパーさんがすぐに来てくれるの？」

「うん、すぐに来てくれるよ」

事もなげに多代はうなずいた。

「そう、よかったわね」

亜也子は一瞬、複雑な思いに駆られながらも、そう言って多代の手を取った。

そういえばこのごろヘルパーの芦沢恭治にあまり会わなくなった、と亜也子は思った。姿を見なくても仕事中であれば不思議はないのだが、康彦のことがあってから恭治が妙につきまとってくる感じがしたのに、それがぱったりやんだように思われたのである。

父親の英次が恭治に何か言い含めたとも考えられる。それならそれでよい、と思いながらも亜也子は、これで事態がますますはっきりしたという気もして、かえって言いしれぬ不快感に襲われるのを感じた。

「この前お母さんに聞いた唐本先生のことだけど、一度お会いしてみたい気がして一応手紙を出してみたの。だけどなかなか返事が来ないわ」

亜也子が言うと多代は驚いたように、

「唐本先生に手紙なんか出したの？」

「わたしも懐かしい気がしたので、昔のお話を聞いてみたいと思って……」

「昔の……。そんなの聞いて、どうするの？」

多代は不服そうな顔をした。

それを見て亜也子は、この際、思い切って多代に一つ聞いてみようと思った。年老いた母に過去の嫌なことを無理に話させて苦しめるのはよくないと思い、今まで訊くのを控え気味にしてきたことだった。だが、多代以外に語る人はいないのだ。

「わたしの子供のころのことよ。戦争のすぐ後、バラックに住んでいたころのことだけど、白いシャツを着た若い女の人が土間に入ってきて、泣きながら何か言っていたことがあったの。お母さんはいつまでもその女の人を見ながら黙って立っていたわ……。あの女の人は誰かしら、とずっと不思議な気がしていたの」

「泣きながら何か言っていた、女の人……」

多代はつぶやいて、黙って俯いた。考え込んでいるように見えた。

「あの人、何か一生懸命に言っていた。すいません、すいませんというような感じで……」

そうだ、何か、しきりに謝っていたのだ、と亜也子はそのとき鮮明に思い出した。

多代の表情が暗くなり、その目が悲しげな色に覆われた。

「それは福地さんの奥さん、繁子《しげこ》さんだよ、きっと……。何を言っていたんだか思い出せないけど……」

多代は顔を俯けたまま、聞き取りにくい声で言った。

亜也子の頭の中を電光のようなものが走った。そうだ、あれは父の教え子の福地盛雄の妻だったのだ、と瞬時に確信した。アルバムにもあった福地の顔が、ありありと浮かぶような気がした。

戦争が終わった年の十二月に亜也子は五歳になっている。幼い亜也子は、結婚したての福地が夫婦で峻三を訪ねてきたときに紹介されたようだ。そのおぼろげな記憶によれば、顔なじみで明るい笑顔の福地と並んで立っていた女性が「お嫁さん」であった。だから、後日、不意に現れて泣いて訴えていた女性がその「お嫁さん」であることは、幼い亜也子にもすぐわかったはずなのだ。小柄で白いシャツに黒っぽいスカートを身につけていたその姿を、亜也子はかなりはっきりと思い浮かべることができた。

多代も、その「お嫁さん」繁子が泣いて訴える場面は、かなり明確に覚えているらしい。

「その繁子さんという人、何だか、お母さんに謝っているように見えたけど……」

「そうだったかね……。あのとき、福地さんがどこかへ行ってしまったんだよ。それっきりいなくなっちゃってね。どうしたんだか、きっとどこかで死んじゃったんだよ……」

多代は顔も上げずに、まるで怒ったように早口で言った。

芦沢英次は亜也子に、福地盛雄が「逐電」したと話したが、それは多代の記憶にもある本当のことだった。福地はそのまま二度と戻ってこなかったらしい。

すると、繁子と前後するようにして土間に駆け込んできて怒鳴った若者は、福地ではな

いか。それを確かめようとすると多代は、

「そうだったかね……」

と繰り返すばかりなのである。

亜也子は、これらの出来事が多代に強い衝撃を与えた事実であることをはっきり知った。

「いったい、何があったの？　お父さんはどうしたの？　わたしに話してよ」

亜也子は思わず詰め寄ろうとしたが、多代はそれに答えずに、

「こんなこと、康彦に言っちゃだめだよ、他から何を言われるかわからないから……」

何かをひどく恐れるように声を震わせた。「他から」とは、芦沢のような人間の存在を意味しているのだろうか、と亜也子は思った。

「わかったわ、康彦には言わない。だけどわたしには、話してくれてもいいでしょう？」

亜也子が言うと、多代は驚いたように亜也子を見、大きく肩を落とした。

「お母さんが康彦にお乳を飲ませようとしなかったなんてことが、本当にあったの？」

亜也子は思い切って単刀直入に訊いた。多代はぎくりとして亜也子を見たが、

「康彦が言ったんでしょう？　飲ませないなんて、そんなこと……。出なくなっちゃったんだよ、どうしてかって言っても、わからないよ……。もう忘れる方がいい」

なるほど、乳を「飲ませない」のと乳が「出なくなった」のとでは、母にとって大きな違いがあるのだ、と気づいて亜也子は愕然《がくぜん》とした。だが多代はそれ以上思い出せないのか、

それとも話したくないのか、いつまでもため息をついたり手で顔を覆ったりしていた。多代の気分が落ち着き、やがて眠り始めたのを見届けて亜也子は多代の部屋を出た。

母は必死で自分の心の中に何かを抑え続けて生きてきて、もうそれを話す力を失ってしまったのかもしれないと亜也子は思った。

福地盛雄失踪の事実と、多代の乳が出なくなったことと、結びつくようなことがあるとしたら――。亜也子は、芦沢英次の言った「奥さんと福地の噂」という言葉を思い出さないわけにはいかなかった。そうして、父峻三はそのときどうしたのかと思うと、福地盛雄失踪の真相を知ることが何だか恐ろしくさえなってきた。

家へ帰ってからも亜也子はなかなか考えの整理がつかなかった。結局、その日は久仁子にも電話をしなかった。圭一にも何も話さないままになった。夜遅くに疲れた顔で帰宅した夫に、亜也子は心の動揺さえ悟られずにすみ、それぞれのベッドに入っただけだった。

唐本良継から返事の手紙が届いたのはその翌日のことである。唐本は返事に迷ったためにに遅れたことを詫び、多代の様子を気遣う気持ちを述べた後で、こう書いてきた。

さてお申し越しの件ですが、実は私にも機会があればお話ししたいと思うことがないわけではないのです。それをお話しするのが本当によいのかどうかと思うと迷いますが、年寄りのはっきりしない話でよろしければ、どうかおいでください。今週の金曜日ならば一日家におります。

　最後に電話番号が添えられてあった。亜也子は再度その手紙を読み返した上で、唐本に電話をかける決心をした。金曜日は三日後だが、亜也子は特別予定のない日だった。

　電話口に出たのは老婆の声だった。唐本は不在のようで、亜也子が用件を言うと、唐本に言われていたことを思い出した様子で、

「笠井先生の娘さんね、お懐かしい。おいでになるならお待ちしていますよ」

と急に声が優しくなった。

　亜也子が金曜日の午後に訪ねることを伝えて道順を訊くと、老婆は鸚鵡《おうむ》返しのように最寄りのバス停留所の名を言った。

　夕食のときに、亜也子が唐本良継の家に行くことを話すと、圭一はいつになく関心を示し、唐本に会う理由を詳しく聞こうとした。

　亜也子にとって、芦沢英次に会うことによって康彦への心配は一応の解決を見たにしても、そのときに知った福地盛雄失踪の真相を知ることが目下の課題だった。だが今さら圭一に、峻三と多代の夫婦間の問題を知らしめるようなことは避けたかった。そこで亜也子は、もっぱら多代の頼みによって昔父母ともに世話になった唐本先生に会いに行くのであり、ついでに芦沢など教え子たちと峻三の関わりを聞いてみるのだと説明した。

圭一は、一通り亜也子の話を聞くとこう言った。

「お父さんのことは特に、もうわからなくなったことが多いだろう。だからその唐本先生がご存命であったのはよかった。話してくれるとおっしゃるんだからいろいろ聞いて、おまえが早くすっきりした気持ちになれるといいな」

圭一は圭一なりに、実の母や弟の問題にかかずらっている妻を心配し続けているのだ。亜也子は夫らしい思いやりを感じ、すっきりした気持ちになれるといい、と言うのは本当にその通りだと思った。


金曜日になると、昼過ぎに亜也子は家を出た。青梅市にある唐本宅に行くのは、光老園よりもっと奥の方だから時間がかかる。それでも今日は先日の芦沢英次とは違い、唐本良継には懐かしさを感じていたからずっと楽な気分だった。亜也子は、唐本に会えばあるがままにいろいろ話ができそうな気がした。

青梅駅から出るバスに十分ほど乗って老婆の教えた停留所で降りると、曇っていた空が晴れて夏の日差しが戻ってきた。その辺りは低い山に囲まれた偏狭な住宅地で、亜也子は通る人に尋ねて探しながら、ようやく「唐本」と墨の字で書かれた標札を見つけた。その家は古い木造の平屋で、丈の低い木や花壇の花々に覆われた庭が通りからも見えた。

玄関から居間に通され、老婆に座布団を勧められた。老婆は足が悪い様子であったが、

立ち居の様子を見ればさほど不自由とも見えず、

「まあ、お懐かしい。ご立派になられて……」

と繰り返し言うので、亜也子は恐縮するばかりだった。

その老婆が唐本の妻であることはわかっても、亜也子の記憶にはほとんどない。しかしすぐに現れた唐本良継は痩せて体も小さく見えたが、昔とよく似た縁の太い眼鏡をかけ、五十年近く前には、家族同士で行き来するようなつき合いがあったのは確かだった。

その目を細めた柔和な笑顔もほとんど変わらないように見えた。挨拶しながら亜也子は感激して涙が出そうになった。

「ようこそ……。どうぞ楽にしてください」

そう言って唐本は腰を下ろし、しばらく亜也子の顔から目を離さなかった。それが亜也子には、これからの話の成り行きを心配しているようにも見えた。

そこへ唐本の妻が入ってきて、冷たい麦茶に水羊羹を添えて出し、亜也子に言った。

「この人、今は週に三日ぐらいケアハウスに通って、同じような年寄りと碁や将棋をしたり、本を読んで聞かせたりしてますよ、ボランティアというんだそうで……」

すると唐本も相好《そうごう》を崩して、

「わたしは昔から碁や将棋が好きで、同僚の教師ともよくやったんです。しかし、笠井先生は勝負事にはまったく興味がないようでした。酒もつき合いに飲む程度だったが、わたしは割合笠井さんと一緒に飲んだりしました。それにあの人はとても子煩悩なところがあったな」

　亜也子は、何かというと子供を抱き上げたり、胡座《あぐら》をかいた膝に乗せるのが好きだった峻三のことを思い出した。唐本にも可愛がられた覚えがあるので、

「唐本先生はよくわたしたちの家においでになりましたね。いつごろまでのことかしら」

亜也子が何の気なしに言うと、「いつごろまで」という言い方に唐本はぎくりとしたような顔をした。

「そうね、あなたが小学校へ上がったころまでかな、よくお宅へ行ったのは……。今、思い出しても、生活の一番大変な時期でしたね」

　唐本はしみじみと振り返るように言ったが、心なしか元気がなかった。

「笠井先生には随分助けていただきましたよ、本当にね……」

　脇で唐本の妻が言うと、唐本はまたにこにこし出して、

「お互いに助け合わなければ、どうにもならなかったからね、二人で何回も近県へ食糧の買い出しに行った。奪い合いもあったし、けんかもあったし、警察の取り締まりも厳しくなって、まったく命がけでね……。それで笠井さんとは特別に親しくなったんですよ」

　すると彼の妻も話に加わって、しばらくは食糧のために苦労した思い出話になった。

「あんたが病気したときには、わたしが笠井先生のところへお芋を分けてもらいに行った

こともあったわ。ところが帰りに途中でお芋を盗まれてしまってね、その泥棒が逃げるときに落としていったのを二つだけ拾って、ようやく家へ帰ってきたんです……」

「まあ、そんなことがいろいろあったけど……」

唐本が妻の話を打ち切ろうとして言った。

「終戦後三年目の年に学校の制度が変わってから、笠井さんとは別々の勤めになってね、それからだんだん疎遠になったんですよ。仕方ありませんな……」

唐本は峻三と疎遠になった事情を簡単にすませようとした。

「わたしの母の言うことを聞いていると、父の勤める学校が変わってからも、母は唐本先生にはお世話になったようですね」

亜也子は多代の代わりに礼を言うつもりもあって来たのだった。

すると、唐本の顔が急に曇った。彼の妻もその隣で少し緊張した顔になった。

「いやそれほどのこともないが……。生活上のことで相談に乗ったことはありますが……」

唐本は頬に手をやった。何だか話しにくそうな様子である。だが、それは彼の妻が同席しているからではなく、亜也子に対してであった。

亜也子はそろそろ話の核心部分に進もうとした。

「戦争が終わった直後のころ、青年学校の教え子さんたちも、父のところへ随分見えていたようですね。唐本先生もよくご存じの方たちなんでしょう？」

亜也子が言うと、唐本はうなずいて、

「青年学校では笠井さんと何年も一緒に教師をしていましたからね、共通の教え子ですよ」

「福地さんという方は、わたしも覚えているんですが……」

「福地……。あの学生のことは、わたしもよく覚えています」

唐本は急に真顔になって亜也子を見た。

「あなたのお母さんは、あのころのことで、何か言っていましたか？」

「母はあのころのことになるとあまり話してくれません。口をつぐんでしまうこともあって……。福地さんが姿を消してしまったというのは、何があったのですか」

亜也子は最も訊きたいことを率直に出してみた。

「どうしてそれを……」

唐本の顔は、困惑の色を隠せなかった。彼の妻がそっと立って部屋を出ていった。

そこで亜也子は、父が死んで以来、芦沢英次が康彦につきまとい、その当時の父や母のことなどを手紙に書いてきて、そのために康彦が誤解をして母を責め、乱暴までしかけたと話した。そして亜也子が芦沢に会って直接話をし、その折に福地失踪のことを知り、芦沢の話によって、父や母のことでさらに疑いを持ったことも話した。芦沢の息子恭治が、光老園に勤めを持っていることについては簡単に触れただけにした。

「そうでしたか。あの芦沢が、そんなことまでしていたとは知りませんでした」

そう言って唐本はしばし絶句したが、顔を上げると、

「康彦さんというのは、確か……」

と何かを思い出そうとした。

「康彦は終戦の翌年に生まれた弟で、わたしの五つ下になります」

「そうでしたね、生まれたばかりだった。あの子が、いやもう相当なお年のわけだけど、それほどまでお母さんを憎むというのは、どういうことですか？」

そう言いながらも、唐本の顔は何かしら思い当たることを探しているようにも見えた。

「わたしもはっきりしたことはわからないんですが、弟は昔から母に嫌われていると思い込んでいて、芦沢さんから、赤ちゃんのころに母からろくにお乳を飲ませてもらえなかったということを知らされて、それがとてもショックだったようなんです」

「なるほど、そんなことをねえ……」

唐本は呻くように言い、苦悶するような表情を浮かべた。

「芦沢さんも母のことで何かひどい誤解をしているように思いますが、それにしても、五十年も過ぎた今でも母や弟につきまとってくるというのは理解できません。いったい何があったんでしょうか。唐本先生がご存じのことをぜひ教えていただきたいのです」

亜也子は目を潤ませて言った。

「どんなつもりにしろ、芦沢はよけいなことをしたものです……。あのとき、あとで芦沢がわたしのところへも来て、福地はなぜいなくなったのかと聞きましたが、わたしは、芦沢は直情型の男だから下手なことは言えない、と思ったのを覚えていますがね……」

唐本はそう言ってため息をつき、ようやく意を決したように顔を上げて亜也子を見た。

「しかし、弟さんがお母さんに乱暴するようなことまで起こしては、あなたのご心配も当然でしょう。実は、後に笠井さんがわたしに手紙で打ち明けた事実もありまして……。ともかく、わたしの知っていることをお話ししましょう。今となっては、時効みたいなものでしょうから……」

唐本はそこで亜也子に、たばこを吸いたいがいいか、と言い、亜也子がうなずくと胸のポケットからたばこの箱を出して一本くわえた。ライターで火をつけ、大きく吸い込んで難しい顔をして煙を吐き続けた。それから、亜也子を見ずに一気に話し出した。

「戦争が終わった後、笠井さんは疎開していた奥さんやお子さん、つまりあなたたちを田舎から迎えて、元のように家族で暮らすようになりました。そこへ兵隊に行って帰ってきた教え子たちが訪ねてくるようになったんですが、その一人が福地です。芦沢もいたわけですがね。福地は特に笠井先生を尊敬していました。その福地がある女性と結婚することになって、笠井さんは福地に頼まれて仲人役をしました」

亜也子が初めて聞く話だった。

「ところが、それから何ヵ月かして、福地は、その女性、つまり自分の妻が、笠井先生と深い関係を持ったと思い込んで、狂ったようになって姿を消してしまったんです」

「えっ……」

思わず亜也子が声を上げた。唐本は顔を上げて亜也子を見た。

「いや、こんなことをあなたはそのまま信じる必要はありません。わたしも信じていません。笠井さんは後に、身の潔白をわたしにはっきり言いましたから……」

「でも福地さんは、どうしてそう思ったのでしょうか」

「それがよくわからないのですが、何かのきっかけで福地がそう思い込んだのです。そして家を飛び出し、笠井先生を探したようですが会えず、そのまま福地は行方知れずになって二度と現れませんでした」

亜也子はあまりの衝撃に、しばらくは声も出なかった。頭の中には、福地が家の土間に飛び込んできて何か叫ぶ場面が浮かび、次いで福地の妻繁子が多代に泣いて詫びる情景が浮かんでいた。

少しの間をおいて唐本が言った。

「笠井さんはわたしに、福地がとんでもない誤解をしているらしい、と言いました。わたしはもちろん、笠井さんを信じました。何しろ、福地は笠井さんを尊敬していて、笠井さんも福地の結婚式の仲人を引き受けたくらいですから……」

「その福地さんの出来事が、ちょうど康彦が赤ん坊のころでしょうか」

　声を振り絞るようにして亜也子が訊いた。

「ああ、そうだったと思います。そのころは奥さんとの間も相当険悪になったようです。実はその後、奥さんから相談を受けたのは、その福地の失踪に関係する問題でした。わたしは笠井さんを信じるように、と言って、お子さんたちのためにも、と奥さんを励ましましたが……」

　多代は、唐本に相談して救われたこともあったに違いない。それにしても、福地が家を飛び出して後に、繁子が多代に懸命に謝罪していたのだとすれば、何を謝っていたのか問題だ。父峻三と繁子の関係が強く疑われることにもなりかねない。しかもその疑いは、亜也子の中で急速に強まってくるのだった。

　だが亜也子は、それらの事実を、幼いころの自分の不確かな記憶に基づくものだと考えた。多代の明確な話を聞かぬままに、ここで唐本に、恐らく唐本の知らぬことを事実として話すことを躊躇した。それよりも母多代への疑いを晴らしておくのが先決だった。

「芦沢さんは母についての噂もあったと言いましたが、その点はどうでしたか？」

「そうでしたね、そのときには他にいろいろ変な噂もあって、奥さんの悩みは並大抵ではなかったでしょう。奥さんを疑う根拠は何もないのです。でも、家庭を守るために結局は奥さんが我慢したのだと思います。あの大変な時代に、子供を大勢抱えていたのですからね」

亜也子は、多代と福地に関する噂など唐本は問題にしていないのだと知って心が洗われるような気がして、こぼれかけた涙を指で拭った。

「それで、父があとで唐本先生に手紙で打ち明けたというのは、どういうことを……」

亜也子は、恐る恐る唐本に訊いた。

「笠井さんがあとでわたしに打ち明けたことは、福地の結婚相手の女性と知り合いだったのは確かだが、それはずっと以前のことだと言うのです。何の後腐れもなかったからこそ、仲人も引き受けたのだと、確かそんな言い方だったと思います。わたしには想像外の話でしたが、なるほど、それならわかると納得したのを覚えていますがね……」

唐本はそう言って亜也子に心配そうな目を向けた。

あの父がそんな言い訳を唐本にしたのか、と亜也子は驚きを隠せなかった。戦争の終わる前後のころの峻三について亜也子の知らないことはあまりに多く、真偽のほどは見当もつかない。

唐本はなおも何事か考えをめぐらす顔つきであったが、亜也子に目を戻すと穏やかな表情になって言った。

「しかし、笠井さんは、学校の仕事にもとても熱心でした。今でも思うのですが、わたしは、その前からずっと、笠井さんにはとてもかなわないという感じだった……。それは、わたしの方が、考えが狭かったからかもしれない。笠井さんは情熱家で、やっぱりちょっと傑出したところのある人なんです。学生を引きつける力は、わたしなどとても及びません」

亜也子は、唐本がうわべだけの褒め言葉を言っているとは思えなかったが、福地失踪に関しては、峻三の潔白が証明されたわけではないことにこだわらないわけにいかなかった。

「わたしには、父をどう信じたらよいのか、わからなくなりそうです」

「正直言ってわたしも、笠井さんが福地に会うのを避けていたような気がして、笠井さんを信じられなくなったことがあります。でも笠井さんは、わたしに本当のことを知ってもらいたいと思ったからこそ、それを打ち明ける手紙をくれたのでしょう。わたしは笠井さんの言葉を信じたいと思います。だからあなたにもぜひ、そうしてもらいたいのです」

「はい……」

亜也子は返事をしたものの、心が晴れることはなかった。父のことで新たに知った事実はあまりにも衝撃的であった。亜也子の頬に涙の跡が消えなかった。

「せっかく来ていただいたのに、あなたをよけいに悲しませたりするのは、わたしの本意ではありませんが、わたしの知っていることをできるだけその通りにお話ししたので、どうかご勘弁を……」

唐本が心苦しそうに言った。

「いいえ、ご心配には及びません。わたしの方からお話を聞きに参ったのですから……」

亜也子は心から唐本にすまない気がした。

「父と母のことでいろいろ知ることは、わたしたちにはとても大事なことのような気がするんです。これから先もちゃんと生きていくようにしなければと……」

以前、駅前で別れたときの康彦の後ろ姿を思い浮かべながら、亜也子はつぶやくように言った。唐本はじっと亜也子の顔を見つめながらも、うなずいて、

「世の中には芦沢のように思い込みの激しい人間もいるのでね……。弟さんにも、ちゃんと話した方がいいかもしれない。お母さんに対する誤解はぜひ解いてあげないとね……」

「はい……、いろいろ教えていただいてありがとうございました」

亜也子は深く頭を下げて礼を言った。

その様子を察したように唐本の妻が再び入ってきた。

「もう少しゆっくりしていらっしゃいましよ、いいでしょ……」

妻が脇へ座り込むのを見て、唐本の顔にもまた笑みが浮かんだ。

亜也子は、卒業アルバムの田園風景のページに載っていた詩のことを思い出した。

「あの詩を見ると、父が青年学校の教師としての仕事に情熱を傾けていた様子がわかるような気がします。ああいう詩で卒業生を送り出していたことを考えると、確かに戦争が続

いて大変な時代だったと思いますが、何だか、決して悪いことばかりでもなかったような気がするんですけど……」

亜也子は峻三の本当の姿を少しでも深く理解するために、同僚教師であった唐本の意見をいろいろと聞いてみたかった。唐本はうなずき、考えていたが、彼の口をついて出た言葉は必ずしも亜也子の期待に応えるものではなかった。

「あの詩を載せるについては、あのときは大分問題になったみたいでしたがね、笠井さんは何だか熱弁を振るったようで、押し通してしまったんです」

唐本はそう言い、詳しいことは忘れたと言ってあまり語りたがらなかった。その少し硬い表情は、峻三との間に何らかの食い違いがあったことを亜也子に想像させた。

だが亜也子が、峻三が学生たちの前で詩吟を聴かせているらしい写真の印象を話すと、

「笠井さんの詩吟はすばらしかったですよ。声が高くてよく通るんだな。ところが笠井さんが歌謡曲とかはやり歌を歌うと、これがまた詩吟調になっちゃってね、おもしろかった。どっちも学校の中で評判でしたよ。あれはおもしろかったな……」

唐本は懐かしそうに目を細めた。

亜也子が帰ろうとすると、唐本夫妻は揃って玄関の外まで出て見送った。落ち着いたよい夫婦だなと亜也子は思った。

帰りの電車で座席にいる間、亜也子の頭の中には父と母とが生きてきた、そのときどき

の姿がめぐり、母の苦悩、そして康彦の苦悩を思い、胸苦しさに耐えがたいほどであった。

峻三を直接知る人として、最も信頼できる唐本良継は、亜也子に峻三の潔白を信じよと言った。しかし、その唐本の話を聞いた亜也子にしてみれば、むしろ峻三への疑惑は決定的に深まったとさえ言えるのだ。

それにしても、上の二人の子供である亜也子と久仁子が、下の弟二人に比べて今に至るまで割合平穏無事であるのはなぜだろう、と亜也子は妙な疑問に包まれた。思い返せば、幼時以来、二人はいつも一緒に扱われて父母から可愛がられ、比較的健全に育ってきたようだ。これは果たして、二人の弟に対して何らかの罪を負うべきなのだろうか。亜也子にはそんなことまでが解きがたい謎に見えてきた。

亜也子と久仁子の記憶が共有する峻三は、文学書に親しむ学者肌の優しげな父である。それは、戦後の世の中が比較的落ち着いてきてからの峻三の姿であるが、唐本良継が「情熱的で傑出した人物」と評した若いころの峻三とは、大分かけ離れた姿のようである。だが、そのように峻三を変貌させた理由を、福地失踪事件に関わる疑惑に簡単に結びつけて断定する気にはなれない、というのも、亜也子の偽らざる気持ちであったのだ。

若い父であったころの峻三を襲ったのは、いったいどんな事態であったのか。その渦中で峻三はどのように苦悩し、どのように生きようとしたのか。亜也子の思いはやはり、どうしてもそこに集中してくる。だが、あの長い戦争の時代とそれに続く終戦直後の荒廃した時代を生きた、青年学校の教師峻三の姿をさらに深く知ろうにも、もはや亜也子にその手段はなさそうに見えた。

唐本良継は、亜也子を見送って部屋に戻ると、庭を眺めたまましばらく立っていた。

「亜也子さんにあの手紙をお見せしなかったんですね……」

後ろで彼の妻が言った。

「うん……」

唐本はそう言ったまま、なおもそこに立っていたが、やがて自分の部屋に入っていった。そうして机の引き出しから古い封筒に入った分厚い手紙を取り出した。それは、亜也子に承諾の返事を出したあとで、押し入れの奥の書類箱から出してきて彼の引き出しに入れておいたのだ。差出人は、特徴のある太い字で「笠井峻三」となっている。唐本はその文字をじっと見つめ、それから、たばこを吸うためにいつも机の上に置いてあるマッチを手に取ると、庭に向かった。

彼の妻が、彼の持つ黄色く変色した封筒を見て、不思議そうな顔をしていた。

唐本は庭に出ようとしてサンダルを引っかけたところで、妻の方に顔を向けた。

「笠井さんの手紙を、焼却しようと思うんだ。今日ならできる」

「亜也子さんにお見せして、どう考えるか、あとはお任せするのかと思っていましたが……」

「うん……。やはり見せることはしなかった。しかし亜也子さんと話はできた。それでよかったんだと思うよ。笠井さんもわかってくれるだろう……」

「そうですか……」

彼の妻はそれきり何も言わなかった。

笠井峻三の娘である亜也子から昔の話を聞きたいという手紙を受け取ったとき、唐本は最初、断ろうと思った。しかし、若いころの峻三のことを語るのは自分にしかできないことだと思い、承諾の返事を出した。峻三の友人として義務感のようなものもあった。

峻三の古い手紙を保管していることが、彼をよけいに迷わせたのだ。その手紙が手元になければ、断るにしろ断らぬにしろ、もう少し気楽に考えることができただろう。

彼は昨夜、峻三の手紙を出して何十年ぶりかで目を通し、当時の出来事をありありと思い出して胸の痛むような思いもした。そして、やはりこれは、峻三の娘に見せるべき手紙ではないと思ったのだ。その代わりこの手紙の内容も役立てて、娘さんには今の自分に話せることをそのまま話そう、それが一番自然でいい、と思ったのである。そうして実際に亜也子と向かい合ってみて、彼は、父峻三の真実の姿を知りたいという彼女の熱意に心を打たれた。何よりも芦沢英次という教え子の存在には驚かされた。彼は亜也子の気持ちに精一杯応えるために、峻三の友人として最後の役目を誠実に果たす気分で彼女に話をした。

唐本は、左手に峻三の手紙を持ち、右手にマッチを持って庭に出ていった。後ろで妻もサンダルを履いて出てくる音がした。

目を上げると、緑の濃い山並みの眺めが見渡せて、いつもながら彼をさわやかな落ち着いた気分に誘う。この山のたたずまいは変わっていなくとも、彼がこの地へ引っ越してきたあの当時に比べれば、民家の数も大いに増して町の様子は随分変わったのだ。彼は五十年という長い年月の過ぎたことをしみじみと思った。

庭の隅に、夫婦が時折、落ち葉などを寄せ集めて燃やす場所があった。石を並べて簡単に作ったかまどのようなもので、石の焼け焦げた跡も残っている。

唐本はそこへ行くと、まず封筒だけ取り出してマッチの火をつけた。それからその上に、数枚一緒にして折り畳まれた手紙を一枚ずつ取っては重ねていった。すっかり変色したわら半紙に青インクの太い文字でびっしり書き込まれた峻三の手紙が、瞬く間に燃え上がって灰になっていった。

振り返ると彼の妻がすぐ脇に来ていて、その炎を見つめていた。静かな表情であった。

二人はそのまま黙って立ち続けた。燃え尽きて最後の薄煙が立ち上ったとき、唐本良継はその行方を追うように、いつまでも空の彼方に目をやっていた。

第二章　峻三

昭和十八年九月の、気持ちよく晴れたある日の午後である。

畑の間に細く続く道を、国民服の前をはだけた男が自転車に乗っていく。黒い縁の丸い眼鏡をかけたその顔は、三十一歳の若き笠井峻三である。

流れる汗も拭わず懸命にペダルを踏んでいた彼は、不意に前方の空を睨《にら》んで自転車を止めた。遙か彼方にたなびく白雲の辺りに、機影の連なるのを見たような気がしたのだ。彼は右手で眼鏡を押さえて近視眼を凝らして見たが、爆音が聞こえるわけでもないし、やはり雲の影に違いないと考え、また自転車のペダルを踏んで走り出した。

日米開戦がなされたのは一昨年の十二月で、今、この国は戦争の真っ最中なのだ。

昨年の四月に、初めて東京その他本土の幾都市かを急襲した外国軍機による攻撃は、軍人や政府のみならず、その報に接した国民を驚愕させ、早くも日本本土に戦争が迫ってきたことを実感させた。空襲されはしても、損害は軽微であったと報道は極力抑えられたが、峻三は敵機来襲の衝撃が忘れられず、それ以来、ときどき空を見上げて敵機の影を探すような癖がついた。世間では、近々また敵の大空襲がきっとあるという噂が常にあって、街の人々の防空演習にも力が入り、戦時体制下の緊張感も日々高まっていた。

開戦後一年ぐらいの間は、日本軍による太平洋南方での華々しい戦果がしきりと報道され、国民の間にも楽観的な戦勝気分が広がった。しかし、その後、勢いを盛り返した敵に攻められて、あちこちの要塞で戦況不利が続出したようで、今年に入ってからも、各方面で日本軍の部隊が退却したり全滅させられたりしたらしい。国民の中には、戦況の不利を覆い隠して、戦意を煽《あお》り立てようとするような新聞報道を見て、かえって戦争の先行きに不安を感じ始める者も次第に多くなっていたのだ。

自転車に乗った峻三は、帝都電鉄の踏切を渡って間もなく、左手にある国民学校の校門を通って校庭の端を進んでいった。校門の右側の門柱には「高戸《たかど》国民学校」と墨で大きく記されているが、左側には「高戸青年学校」と書かれた白木の門標も掲げられている。

峻三はこの青年学校の教師である。彼は校庭の隅の自転車置き場で自転車を降りると、腰の手ぬぐいを取って顔の汗を拭き、カーキ色の国民服のボタンを整えて校舎に入っていった。

高戸青年学校は、国民学校の児童たちが帰宅した後の校舎を使う夜学であるから、職員室も児童用の空き教室の転用だ。室内は職員用の机が十五台ほど置かれただけで、何となくがらんとした感じである。峻三が職員室の入り口の戸を開けて入っていくと、離れたところにいた唐本良継がすぐに近づいてきて、

「校長が、笠井さんに話があるそうだ」

と耳打ちした。

峻三はその様子から何の話か見当がついた。彼は鞄《かばん》を自分の机の上に置くと、眼鏡のずれたのを直しながら、校長の席に向かった。峻三の眼鏡のレンズは、縁よりも厚くて重い

から鼻眼鏡のようになりがちで、それを右手の指で直すのが彼の癖だった。

松崎隆信《まつざきたかのぶ》校長の席は、正面の大きな黒板を背にした窓よりのところに、衝立《ついたて》で仕切って設けられてある。何しろ青年学校の制度自体が時局に合わせて作り上げたようなものだから、国民学校に併設という存在基盤からして、校長の立場もあまり居心地よさそうでもない。

今日も松崎校長は、午前中に役所に寄ってから学校に来た。彼は背広の上着を脱いで衝立の中の校長席に腰を下ろすと、開け放った窓に体を向けて胸の辺りを団扇《うちわ》でばたばたと扇いでいた。九月になっても夏の暑さはやまず、まだしばらく、校長の使う団扇が片づけられることもなさそうだ。

峻三が校長の机の前に立つと、松崎はすぐに団扇を置いて向き直った。丸刈りにしたゴマ塩頭の顔に一応は笑みを浮かべたが、すぐに厳しい目つきになった。

「卒業アルバムの件だがね、笠井先生の詩は、やはり本校の卒業生を送る言葉として軟弱だろうと、わたしも思うんだ。載せるならやっぱり、再考した方がよいでしょうな」

松崎はそこでいったん言葉を切り、黙ったままの峻三をきっと睨んだ。

「どういうことか、わかってますね、笠井先生」

「はい、わかっております。ご心配かけてすみません」

峻三は、あっさり引き下がった。

彼は今年、卒業学年である五年生の学級担任である。その生徒たちの卒業記念アルバムに載せる一編の詩を作ったので、彼は昨日、それを松崎校長に見せたのだった。松崎はそのときも渋い顔をしていたが、今朝になって校長としての考えを示したのだ。峻三はある程度、予想もしていたから、詩の修正をする腹づもりはできていた。

　松崎校長の声は、大きくてしかもあまり遠慮もないから、職員室にいれば校長とのやり取りは、大方聞き取れる。峻三が自席に戻るとすぐに隣席の唐本がささやいた。

「校長があぁ言うからには、沢田《さわだ》教官も笠井さんの原稿を見ているのだろう。今日のうちに何とかしておいた方がいいよ、笠井さん」

「ああ、そうするつもりですがね……」

　峻三の顔に何となく不服そうな表情が見えるのを、唐本は心配げに見ていた。

　沢田すなわち沢田潤一《じゅんいち》は教練の教官として来ている五十過ぎの男で、在郷軍人会に所属する元大尉である。大陸の戦場で腰に弾丸を受ける重傷を負って帰還したというが、温厚篤実な人柄を感じさせる風貌の一面で、いかにも軍人らしい頑固一徹なところがある。教練の教官には沢田の他に増岡孝義《ますおかたかよし》という現役将校も来ていたが、この若手の将校は普段からあまり他の教員と口を利くことがない。

　青年学校は、国民学校卒業後の勤労青年を対象に職業教育を行うのが建前の学校で、二十歳の徴兵検査までの期間を通学する形になっている。元来、国の戦争政策を推進する目的に合わせて、若者への軍事教育を徹底するために制度化された学校であるから、学校内でも教練担当教官の発言力は強い。授業としても、普通科目や職業科目よりは教練や実地の軍事訓練が重視される。高戸青年学校では男子のみ三百人あまりの生徒がいて、昼間は農業や商工業など家業に従事し、夕方が近づけばこの学校に通ってくるのである。

笠井峻三は、この青年学校で普通科目を担当し、主として漢文を受け持つ。同様にして唐本良継は、主として古文を教えた。他に普通科目では数学、理科、職業科目では農業実習や食品加工を担当する常勤教員がいて、それ以外にも非常勤の教員が数人いた。

学校では始業時に「晩礼」を行う。夕刻五時に生徒全員を校庭に集めて整列点呼をし、宮城遙拝の後に、松崎校長及び沢田教官が、その折々に合わせた内容で訓話を行うのが通例であった。晩礼は軍隊式の整列点呼を訓練する機会でもあり、また将来、兵役につくべき者としての精神訓話の場なのである。生徒は入学当初から軍服に模した制服を着用しており、校庭に全員が整列すると、軍隊そのもののような威容になる。

今は国を挙げて戦時体制であるから、教員もカーキ色の国民服にゲートル、頭には戦闘帽という姿で出勤する。普段から兵隊養成所の雰囲気で、生徒は学校で訓練を受けるうちに兵士としての意識を身につけ、下士官となる夢を抱いて営門を目指すようになるのだ。

この日の晩礼では校長がごく短時間の話をして壇を降りた後、沢田教官が壇上に立って生徒に対する訓話をした。「国運の危機ともいうべき戦局を迎えて、今ほど全国民一致結束して戦う精神が求められる時はないのだ」と、すべて東条英機《とうじょうひでき》首相の時局演説にそっくりの調子である。そして最後に、最近の校内の雰囲気に触れてこう述べた。

「先ほども述べた通り、現下の情勢は国運をかけた危急存亡のときであって、そのことは諸君も肝に銘じているはずだ。特に上級生諸君にあっては、時至れば栄えある皇軍に加わってお国のために尽くすべく、なおいっそう連日の訓練を重ねている。その姿は、本校のすべての者が日々目にしている通りだ。従って下級生諸君といえども校内にたるんだ雰囲気のないように、普段から一時たりともゆるがせにしない意気込みを持つべきである。この機会に全生徒諸君はいっそうの自覚を持つとともに、尽忠報国《じんちゅうほうこく》、七生報国《しちしょうほうこく》の精神をしっかり心に刻み、さらなる鍛錬、精進に邁進《まいしん》するよう強く求めたい」

沢田の声は熱を帯びてよく響き、生徒のみならず前に立ち並ぶ教員も咳《せき》一つしなかった。

晩礼が終わると、引き続いて分列行進の訓練が校庭いっぱいに繰り広げられた。校庭には何度も号令が響き渡る。号令の主は本物の若手将校増岡教官であるから、校庭はすっかり張りつめた雰囲気に引き込まれる。それから全員で実地の軍事訓練も行われ、すべて終わるころには校庭は薄闇に包まれていた。

生徒が解散して校舎に入るのを見届けると、教師たちも職員室に向かった。

「沢田さんの熱意は、やっぱりそれなりに、生徒に通じるようだね」

職員室までの廊下を歩きながら唐本が峻三に小声で話しかけた。

「熱意はね……。しかし、いつも同じ調子、同じ言葉だ。目新しいことは何もない」

峻三が皮肉な言い方をすると、唐本は苦笑して、

「それはそうだ。目新しいことなんか必要ない。いつも一心不乱に尽忠報国だよ……」

職員室の入り口が近づいて、二人の会話はそれで途切れた。峻三と唐本は、何かのうっ憤晴らしでもするように、ときどきそんなふうに二人だけの会話をすることがあった。

職員室に行くと、後を追うようにして二人の生徒が峻三のところへ来た。卒業アルバム編集委員の福地盛雄と飯島剛《いいじまつよし》である。二人とも峻三の担任学年である五年生で、普通科目の成績がよい生真面目な生徒であった。福地は四角い顔に小さな丸い目をしているのが愛嬌で、生徒間でも人望があった。彼は運動神経もあるらしく、教練では沢田に気に入られていた。対照的に飯島は、口数の少ないおとなしい生徒だった。

二人は今日の編集委員の活動について峻三と簡単な打ち合わせをすませ、すぐに立ち去った。その姿を目で追って隣席の唐本がつぶやいた。

「彼らも二ヵ月と少したてば、じきに陸軍の兵隊さんだな」

「うん……」

峻三は何とはなしに言葉に詰まった。その顔を見た唐本がため息混じりに言った。

「あの程度に鍛えられた若者なら、軍はいくらでも欲しいんだろう。沢田さんの話によると兵隊が足りないんで、陸軍では徴兵年齢をもっと下げようと言っているそうだね」

「そうか。十八、十九ともなれば、大人と変わらない働きをするだろうしな……」

峻三もそう言ったが、いずれにしても軍の都合が最優先される情勢だから、何を言っても仕方がないという気がしてくる。青年学校は、軍事訓練を経た若い兵士の供給源として重宝がられるばかりのようだ。

峻三が受け持つ五年生は現在三十五人いるが、今年の五年生は戦時体制のために卒業を早め、十九歳のうちに兵役につく。戦況も急迫し、二十歳徴兵となっている兵役制度の改正は既定の事実になっているのだ。彼らは皆、すでに夏に入る前に実質的な授業を終わらせ、その後は毎日のように軍事訓練に励み、十二月初めの陸軍入営に備えている。そうなってみると、皆、見違えるように大人びてきたのを峻三も認めないわけにはいかない。

この生徒たちは入学以来、峻三が持ち上がりで担任をしてきたが、当初から血気盛んで何かと問題を起こすことも多く、常に上級生よりよほど目立つ存在だった。それが最上級の五年生になって、四月に沢田教官から「いよいよ栄えある皇軍に入隊してお国のために働く時がやってくるのだ」と説得され、自分はお国のために命をかけると一人が叫ぶや、自分も、自分もと兵隊志願を口々に言い出したのには、峻三も驚いた。

その後の日々は、生徒たちの中に今までにない緊張や興奮、さらには新たな動揺も起こり、峻三はしばらくの間、生徒の指導に苦労した。未熟な若者の血気にはやる感情と裏腹に、入隊や出征に対する不安と動揺も絶えなかったのだ。

血気盛んな若者といっても実態はこんなものなのだ。国策とは言え、そういう若者を無理やり徴用する国家の罪は深い。峻三はそんな思いにも捉われかけたが、そんなことにこだわっていられない毎日の連続でもあった。

そういう中で峻三は、教師として生徒に対し曖昧な気持ちでいるわけにいかないとつくづく思った。国の戦争政策に疑いを持ったり、校長の発言に反発を感じたりしても、そのために生徒に言うことが曖昧になったり、弱腰になったりするのは、むしろ生徒を動揺させ、大人への不信を募らせることにもなる。それは教師としての重大な責任だ。

教師たる者、まず第一に、生徒とともに時代に生きる覚悟がなければならない。時勢に合わせて、生徒たちが国のために働きたいと言うなら、いかにも若者らしいその純粋な気持ちを大事にしてやりたい。そしてむしろ、彼らが最後まで志を貫くように励ましてやろう。それが、青年学校教師としての自分に課された任務だと思えば、やれないことではないと峻三は考えたのである。

卒業記念アルバムのことでは、もともとそんなアルバムなどどうでもよいような風潮だったのを、峻三は、卒業記念として心に残るものにするよう生徒たちの関心を引き出そうとした。そこに、卒業する生徒の心情を軍事一色に塗りつぶしたくない、という彼の心に宿る秘かな執念が働いたのも確かであった。

陸軍入営に合わせて生徒の卒業が早められるので、卒業アルバム作製にも早めに取り組んだ。峻三は、毎年必ず載せる卒業生と教師全員の寄せ書きを五月のうちに作成し、生徒たちの気持ちを一つにして、今までのどのアルバムよりも立派にすることを生徒たちと約束した。そして、彼自身が卒業アルバムのために詩を書く、と言った。

峻三の気の入れようを見て生徒たちの意気も上がった。その後、五年生は周囲も感嘆するような張りつめた雰囲気になり、真夏の分列行進や軍事訓練にもいっそう熱が入った。

「笠井先生の日ごろのご指導があればこそ、ですな」

と沢田教官が峻三に向かって世辞のようなことを言い、松崎校長もうなずいていたのには、峻三も悪い気はしなかった。

卒業アルバムのために書いた詩が松崎校長によって書き直す必要を指摘されたとき、峻三は、すでに沢田教官の意図も働いているのではないかと感じ、沢田教官の意に反することは校長としても避けたいに違いない、と察することはできたのだ。

峻三の詩は、毎日校舎の窓から見晴らす風景の写真に添えて載せることになっていたが、その原稿において問題にされたのは最後の部分の表現で、こうなっていた。

友よ　いつの日も
今　この学窓を出てゆく時の心を忘れず
友情を尊び

希望と若さに生き抜かう
大自然の如き気高さと
豊かな情熱をもって生き抜かう
お、　友よ！

松崎校長によれば、尊ぶべきものは皇室であり、本校では、そのために命を惜しまぬ強い軍人精神を教えてきた。しかるに、この詩には卒業する者の精神としてそれが表されていないと言う。要するに、友情や情熱を尊ぶ精神を前面に出すのが問題なのだ。尽忠報国、七生報国の精神が見えないということになるのだろう。

卒業アルバムに教師個人の詩を載せることに反対した唐本良継は、どうしても載せるなら「軍人勅諭《ちょくゆ》」や「戦陣訓」にあるような言葉を使うなどして、戦時体制に合わせた表現にする他はないと峻三に忠告した。だが、そういう当たり前の内容にしたのでは、自分が詩を書く意味がない、と言って峻三は最後まで譲らなかった。

しかし、校長に難点として指摘されれば致し方ない。峻三は再考した末に、その最後の一連をこう書き直すことにした。

友よ　いつの日も

今　この学窓を出てゆく時の心を忘れず
友情を懐かしみ
希望と若さに生き抜かう
大自然の如き静けさをもって
大自然の如き力をもって
お丶　友よ！

書き直した原稿を手に持つと、彼はすぐに松崎校長の席に行ってそれを見せた。そして皇室尊重と尽忠報国の精神を重んじるために、「情熱」「気高さ」などの語句を消し、「友情」についての表現を変えたことを説明した。

ところが、峻三が松崎の前に立って話している最中に沢田が現れて、戸口から入ったところで立ち止まって聞いていたのである。

「わたしの考えでは、学校生活の思い出や仲間を思う友情は、祖国愛や同胞愛に繋がる感情ですから、すべて否定されるべきものでもないと思いますが、いかがでしょうか……」

峻三がそう言ったとき、松崎校長が峻三の後方に目をやって沢田の姿に気づき、ちょっと困ったような顔をした。すると沢田がつかつかと進み出てきて、

「例の、卒業記念アルバムに載せる詩の件でしょうかな？」

と気さくな感じで松崎に声をかけた。

すると松崎は、不意に手に持っていた峻三の原稿を沢田に向かって突き出した。

「わたしはこれでよいと判断しましたが、沢田教官は何かご意見がおありでしょうか？」

沢田は原稿を受け取ると、さっと目を通して答えた。

「本官は笠井先生のご指導には日ごろから感服致しておるところでして、生徒がこれをどのように受け止めるかも含めて、今後も見守って参りたいのですが、よろしいですか」

沢田の言い方は何となく歯切れが悪かったが、松崎はほっとした面持ちで、

「沢田教官にはご面倒かけますが、今後もよろしくお願いします」

そう言って沢田に対して頭を下げた。

沢田が立ち去ると、松崎校長は急に穏やかな顔になって原稿を峻三に返した。

峻三は、深く頭を下げてそれを受け取った。実際、沢田が反対したら詩のページをその場で削除する覚悟だった。

自分の席に戻ると隣の唐本を見て、満足げな笑いを抑えて肩をすくめてみせた。遠くから一部始終を見ていた唐本は、呆れたと言わんばかりの顔をした。

峻三が詩に「友情」という言葉を残すことに成功したとしても、言い逃れのために表現を変えたのも事実なのだ。峻三は言葉巧みな言い逃れを繰り返しつつ、結局は、おのれをも欺くようなことをしているのではないか、唐本はそんな気がしてならないのであった。

その日も峻三は、卒業アルバム編集の仕事をしている生徒たちの教室に行ってみた。裸電球の点いた教室では数人の生徒が和気あいあいと作業をしていて、峻三が入っていくといっせいに立ち上がって迎えた。すぐに福地盛雄が進み出てきて峻三に言った。

「編集作業は大方終えたので、明日中にも写真屋の方に焼き増しを頼むつもりです。ところで、笠井先生の詩はいついただけるのですか？」

「うむ……。ここに持ってきたから、うまく写真に刷り込むように、あとは頼むぞ」

峻三が詩の原稿を福地に手渡すと、他の生徒が手を叩いて歓声を上げた。福地が早速その詩を朗読して皆に聞かせた。

「これがアルバムに載るんだな。おお、友よ、か。いいなあ」

そう言ったのは芦沢英次だった。

「では飯島に清書してもらうことにしよう」

福地が言った。飯島剛は書道ができるので、詩の清書を受け持つことになっていたのだ。

「よし、これで明日は写真屋に頼めるぞ。頑張ろうな、おお、友よ」

芦沢が叫ぶと、また生徒たちが歓声を上げた。

その様子を見ながら峻三は、沢田がまた何か注文をつけてくるようなことがなければいいが、と何となく不安な思いだった。

その数日後、授業が終わって生徒もほとんど帰った後のことである。

職員室には松崎校長の他に三、四人の教師がいて、すでに八時を回る時刻になっていた。不意に廊下を駆ける音がしたかと思うと、職員室の入り口に立つ者がいて、

「先生、笠井先生」

と大声で呼んだ。自席にいた峻三が振り向くと、芦沢英次がこちらを見ていた。

「芦沢か。どうしたんだ、こんな時間に……」

峻三が席を立って行くと、

「先生、今、大村《おおむら》が沢田教官に文句を言って、向こうで怒鳴られています」

芦沢が息を弾ませて言う。職員室に居合わせた三、四人の教員が思わず手を止めて、芦沢を見た。峻三はすぐに芦沢を伴って行ってみることにした。

大村喬《たかし》というのは峻三の担任する生徒で、芦沢とは家が近く仲がよいのだ。体が大きく腕力もあるが普段は割合、無口な方である。夏場の軍事訓練に耐えられず、あるいは兵役を恐れて担任の峻三に悩みを訴えてくる者は何人かいたが、大村喬という生徒はそういう弱さを見せたことのない生徒でもあった。だが、日ごろから貧しい家庭の事情を一身に背負って悩んでいるようなところがあって、峻三も気にかけてはいたのだ。その大村が沢田教官に直接話に行ったとすれば、よほどの決心をした上でのことに違いない。

峻三が教室の入り口からのぞくと、真ん中に裸電球が一つだけ点いた教室の薄暗い片隅

で、大村喬はふてくされ、足を投げ出すようにして椅子に腰かけていた。

峻三は、芦沢を教室の外に待たせておいて中に入っていった。

沢田は峻三を見るとすぐに立ってきて、感情を抑えた声で彼に言った。

「軍隊に入りたくないがどうしたらよいか、と言うんです。一応、話を聞いてみたが、今ごろ本官にそんなことを言ってくるとは、呆れた奴です」

大村は峻三を見るとすぐにそっぽを向いた。どんな処分も恐れないぞ、と腹をくくっているようだ。峻三はそんなふうに刃向かう大村を見るのは初めてだった。

峻三は彼の脇へ行って怒鳴りつけるように言った。

「そんなにふてくされて、それで男らしいとでも思っているのか、このばか野郎」

いきなり峻三にそう言われて、大村は何か言い返そうとして目を白黒させた。

「自分でも志願するようなことを言っておいて、今ごろになって軍隊に行きたくないと沢田教官に文句を言うとは、いったいどういうわけだ。俺に言えないわけでもあるのか」

峻三がそばの椅子に掛けてなおも言うと、大村はようやく顔を上げ、きっぱりした口調で言った。

「軍隊になんて行きません。行って何になるんですか。百姓は働き手がなくなって、飢え死にするだけじゃないですか」

峻三には大村の考えていることがよくわかった。自ずと言い方が穏やかになった。

「君の家はお父さんが戦死されて、今はおじいさんとお母さんが畑に出ているんだったな」

「じいちゃんはもう体が動かない……。妹はまだ子供だし、この上俺がいなくなったら、どうにもならねえよ。俺にもそういうことがよくわかったんだ……」

大村は投げ出すように言った。涙をこらえ、不敵な光を帯びた目が峻三を見た。

峻三は背後にいる沢田を意識し、大村に向かって毅然として言った。

「そんな態度を取って、君は軍隊が怖くなったのか？　それなら正直にそう言ってみろ」

大村はそっぽを向いたまま何も答えない。

「それじゃあ君は、君が入隊を拒否した後、どうなるか考えたことはあるのか？」

「いえ……」

「国に刃向かった国賊ということになるんだ。満足に働いてなんかいられなくなるんだ。お母さんや妹さんにもつらい思いをさせるだけだ。それがわかっているのか、君は」

大村の動きが止まり、苦痛の表情が顔に表れた。

「いいか、君はじきに兵役の年齢に達しようという一人前の男子なのだ。君が皇軍兵士となって戦うことは、家族にとっても誠に名誉なことだ。君が入隊して、君の家が大変だということになれば、勤労奉仕に来てくれる人だっている。今は国中皆で力を合わせ、一生懸命にお国のために働くときなんだよ。君はそういうことがわからないような男じゃなかったはずだぞ」

峻三の言い方が次第に諄々《じゅんじゅん》と諭すようになった。大村は小さくうなずき、うなだれた。

「大村よ、こうなったからには潔く出征して、お国のために男らしく思う存分働いてこい。君のその体なら大丈夫だ。ご褒美をいただけるような手柄を立ててこい。わかるな、大村」

峻三は大村の肩をそっと叩いた。

「はい、わかります……」

大村は、はっきりとした声で返答をした。その目が涙ぐみ、体が小刻みに震えている。

峻三が振り返ると沢田が目を丸くしてうなずき、大村の前に進み出てきた。大村はすぐに椅子を立って直立の姿勢を取った。

「大村、おまえの決意をもう一度、本官にしっかり言ってみろ」

大村はすぐには言葉が出てこない様子だったが、

「大村喬は卒業して皇軍兵士となり、お国のためにしっかり戦います」

沢田が大村を睨みつけ、大村も目を逸らさぬまま動かなかった。

「よし、わかった。その覚悟を忘れるな。帰ってよろしい」

「はいっ」

大村は即座に右手を挙げて敬礼し、沢田がにっこりしてそれに応じた。

それから大村は、峻三の方を向いてきちんと礼をし、身を翻して立ち去った。外には芦沢が待っているはずだった。

「もう心配ない。あの男はきっと立派な兵隊になりますよ」

沢田が峻三に言い、満足げな笑顔を見せて、

「さすがですな、笠井先生。感服しました」

峻三はそれには答えず、

「松崎校長にはわたしが戻って報告しておきましょう」

「そうですな、よろしくお願いします。ではお先に失礼します」

沢田が出口に向かっていくのを見届けると、峻三は教室の電灯を消して廊下に出た。

わずかな距離でも暗い廊下を歩くのは嫌なものだ、と峻三は思った。明るいところでは見えなかったものが、急に頭を持ち上げてくるようで恐ろしくなる。最後に頰を引きつらせて沢田と向き合っていた大村の姿が、彼の頭から離れなかった。峻三に言われて改めて誓ったからには、あの若者はきっと戦場に出て必死に戦おうとするに違いない。

「俺はあの生徒を、確実に死の戦場に送り込んだのだ」

峻三は心のどこかでつぶやく声を聞いた。暗い廊下を歩いていきながら、泣きたいような感情が彼の胸の底から突き上げてくるのを感じた。

だが、そういう感情にいつまでも浸っていることはできない。廊下を行く彼の歩みが急

に遅くなったのは、職員室に着くまでにそんな感情をかき消してしまうためであった。

卒業アルバムに使うために写真屋に頼んだ焼き増しの写真が届いたのは、一週間後のことだった。紺の布張りの立派な表紙をつけた台紙はとっくにできていたから、編集係の生徒は早速、総数五十冊ほどのアルバムを仕上げる作業に取りかかった。

すると、沢田教官が帰りがけに、その作業中の教室にふらりと現れた。沢田は生徒たちにアルバムの感想を聞くのが目的だった。

たまたま廊下を通りかかった唐本が、その様子を目撃した。唐本はあとで峻三に、沢田が見ているので生徒は皆、緊張した様子で作業をしていたと話した。

その折に、沢田が真っ先に感想を聞いたのは福地盛雄だった。

「先生方のお陰でこのような立派なアルバムが完成し、皆、喜んでおります。自分らは、皆卒業後もこれを心の糧にして邁進してほしいと思う気持ちでいっぱいです」

福地は立ち上がり、自分が書いた編集後記と同じようなことを言った。

次いでその隣にいた芦沢英次が沢田に指名された。

「自分も福地君と同じで、皆の思い出に役立つアルバムであればよいと思います……」

芦沢も緊張して答えたが、沢田の顔色を見て何を思ったか、直立不動の姿勢をとり、

「自分はこのアルバムを心の支えとして出征し、お国のために精一杯、命を惜しまず戦う覚悟であります」

と大声で言った。すると沢田が大きくうなずいた。

「よしっ、それでこそ本校の卒業生だ」

さらに何か言いたそうに生徒の周囲を一回りした後、沢田は教室を出ていったという。

唐本からその話を聞いた峻三は、沢田は軍隊に入る覚悟を何か一言生徒に言わせることによって、このアルバムの一件を以後、不問に付そうとしたのではないかと思った。峻三には自分が日ごろ沢田に悪い印象を与えてはいない、という自信もあったのだ。

「芦沢ならそんなことを言いそうだ。それにしても、わざわざ生徒の声を聞きに行くとは、やっぱり沢田さんらしいな」

峻三が感心した様子で言うと、唐本はそれを茶化すように、

「沢田さんも、彼らの入営前に面倒を起こすのは避けたかったのかもしれんよ」

唐本は沢田のような軍人タイプは嫌いだったから、峻三が沢田に好感を持つのが気に入らなかった。それで彼はさらに皮肉を込めてこうつけ加えた。

「今回の様子だと、あんたも相当、沢田さんや校長に認められる存在になったようだ。これからも沢田さんの期待に応えるのは、なかなか大変だろうね」

峻三は、歪んだ笑みを唇の端に浮かべてみせただけだった。

年の暮れの迫ったある日、唐本が宿直の当番とあって、他の教師が皆帰ったあとで峻三

は唐本につき合い、宿直室で二人だけで焼酎のお湯割りを飲んだ。峻三の担任の卒業生が営門をくぐってから、間もなく一ヵ月たつことになる。

「彼らも陸軍の新兵になって、今ごろはこの寒さの中で、また鍛えられているんだろうな」

峻三は、入営して間もない教え子たちのことを思い出していた。

「卒業アルバムを皆に渡したとき、僕は、日本はきっと勝つ、そう信じて一生懸命に働き、必ず生きて帰ってこい、そう言ってやったんだ。生徒たちは感動して涙を流していた。僕はそれしか言うことがなかったんだ……」

それを聞いて唐本はうなずいていたが、

「そのうちに派遣先が決まれば、彼らも日本を離れるんだ。多分、南方だろう……」

そう言うと唐本はお湯割りを口に含んでぐっと飲み込んだが、やがてこう言った。

「実は、僕のところへも赤紙が来るんじゃないかと言って、このごろは女房が心配しているんだよ」

「そうか……。兵隊が足りなくて、政府は兵役年齢も上げることを考えているそうだし、われわれもいずれは番が回ってくるだろうな」

実際峻三は、自分にも赤紙が来るという覚悟はあるつもりだった。昨今の情勢から見ると、三十一歳の彼がそういつまでも召集されないとは考えにくいということもある。だが、それ以上に、徴兵検査のときに丙種合格だったことを思い出し、その屈辱から逃れるための試練を待つような気構えを意識した。

一方、三十三歳の唐本は病気こそほとんどしたことはないが、若いころから痩せた体つきで肺病病みと間違われたこともあり、若干の近視もあって徴兵検査では乙種合格だった。

「しかし俺みたいなへなちょこまで召集するようじゃ、軍隊も持たない。日本も危ないぞ」

唐本が冗談を言い、二人は笑った。

「増岡さんも今ごろはもう戦地にいるんだろうね」

峻三がぽつりと言った。すると唐本もうなずいて遠くを見る視線になった。

「真冬の大陸の戦線はきついだろう」

沢田を補佐する形で配属されていた教練担当の増岡孝義が、急な召集を受けて去っていったのは、二週間ほど前のことだ。増岡はまだ二十代の好青年であった。

峻三があとで沢田に聞いた話によると、支那《しな》派遣軍にいた増岡少尉は、太股に弾丸を受ける重傷で二年前に本土に帰されてきた。それがようやく治って、配属将校として青年学校に勤めていたのだが、本人にしてみれば体慣らしのつもりだったらしく、再び志願して出征したのだという。

そんな重傷を受けた身で何もまた志願しなくても、と、沢田からその話を聞いたときに峻三が思わず言うと、沢田は神妙な顔をしてこう言った。

「あの男にしてみれば、再び戦場に行くことしか考えられないんでしょう。こんなことをしていて戦友に申し訳ないと、何度も言ってました。増岡は、非常に純粋ないい男です。彼と同期の者はかなり戦死してますからね、わたしもその気持ちはわかります」

峻三は沢田の言葉に感動を覚え、あとで唐本にも話した。唐本はそれを思い出して、

「しかし笠井さん、増岡さんの話は美談に違いないが、僕はとてもむなしい気がする。こんな言い方はいけないんだが、若者たちをあんな一途な気持ちにさせて、次々と戦地に行かせていいのかと思う。特に上に立つ指導者の考えていることを思うと、やりきれない」

「うん……。それはわかるがね……」

峻三は苦渋の表情になった。かつては国の戦争政策を疑い、政治家や軍人への批判も言い合った仲だが、今は唐本のそういう話を聞くとかえっていらいらしてしまうのだ。

「しかし唐本さん、もう戦争を後戻りさせることはできないんだ。日本が戦うために戦地に送り出した若者を、銃後のわれわれが裏切るようなことはできないよ」

「裏切るなんて、そんなことじゃないが……」

と唐本は不愉快そうな顔をした。峻三も大げさな言い方になったことを認めた。

「だが、われわれはとにかく青年学校の教師だ。少なくとも表向きは調子を合わせなければ生きていけないよ、唐本さん。下手なことを言えば憲兵にしょっ引かれるんだからね」

峻三は忠告でもするように言ったが、何だか自分の方が言い訳をしているようで、急に惨めになってきた。彼は立ち上がって帰り支度にかかった。少しばかり気まずい空気を感じながら、唐本に別れを告げて外へ出た。

峻三はいつもの道を歩いて帰った。今朝は、雨模様の天気だったので自転車に乗ってこなかったのだ。空を仰ぐと雲間に冬の小さな月が見え隠れしていた。風も少しあるようだ。彼は右手で抱えた鞄を左に持ちかえた。鞄がいつもと違うずっしりとした重みがあるのは、小振りだがうまそうなカボチャが一つ入っているからだ。今日の吟詠部の活動に出た生徒が、家で収穫したと言って彼にくれたのだ。米の配給も不足がちになってきた今日このごろだから、これを見れば妻の多代も喜びそうだ。彼の顔にかすかな笑みが浮かんだ。

吟詠部は人気がある部の一つで、峻三も漢詩朗詠の指導に力を入れていた。大学時代にやっていた詩吟が大いに役立ったのである。峻三は甲高い声がよく出たので、彼が詩の朗詠をしてみせると生徒は皆、感心して聞き入り一生懸命真似をして唱おうとする。そういう生徒たちを見ると、彼もつい声を張り上げて指導に夢中になってしまうのだった。

歩きながらカボチャの重みを腕に感じてはいても、今夜はなかなか憂鬱な気分が消えなかった。最近、唐本と意見が合わないことがよくある。今夜はそれが酒の勢いもあってつい表に出てしまったようだ。峻三が沢田に取り入ろうとしているかのように唐本に思われるのは、何にも増してつらいことだった。

だが、彼自身は沢田に取り入る気持ちはないつもりでも、軍人という存在に対して強いコンプレックスがあるのは自分でもわかっていた。普段も頭では懸命に生徒のためを考えながらも、いざ生徒に向かって言う言葉はいつも少しずれていってしまう。まるで沢田に追随するような強い言葉ばかりになるのだ。軍人憎悪なら誰にも負けないくらいあるはずの自分がいったいどうしたのか。軍人といえども沢田は人格者だ、と唐本に言ったことがある。しかしそれも表面的な言い訳と取られているかもしれない。

彼自身引き裂かれるような思いをしているこの苦衷を、いったい誰がわかってくれようか。

峻三の脳裏には、今から十一年前、二十歳のときに受けた徴兵検査の場面がありありと蘇る。あのころの日本は満蒙《まんもう》開拓の意気に燃え、満州建国を実現して大陸に足場を築いていたときで、軍人の意識も高揚していた。

峻三は埼玉の村にある農家の三男で、七人兄弟の下から二番目だった。十代のころから東京の学校に行く志を持っていたが、親の考えで近くの農家の手伝いに行かされ、力仕事もして鍛えられたから、彼は筋肉質のしっかりした体格をしていた。

徴兵検査の日を迎えると、やっと兄たちにも並ぶ一人前の大人になるときが来た、と勇んで家を出た。だが視力が極度に悪かったから、甲種合格の自信はなかった。

その彼が、一通りの検査が終わったあとで一人ずつ担当官の前に呼び出されて、検査結果を言い渡されたときのことである。

担当官は在郷軍人会に所属する四十代の元将校で、左の顎から頬にかけて弾丸に撃ち抜かれたような醜い傷跡があった。いかにも激烈な戦場をくぐり抜けてきた強者《つわもの》の面構えに見えた。峻三が呼ばれて前に立つと、その担当官は、丙種合格であることを告げた。峻三が復唱すると、担当官は「よし」とは言わずに、厳しい目つきでこう怒鳴りつけたのだ。

「貴様、その体で、何で目なんか悪くしたのだ。答えてみろっ」

「はい。自分は文学に興味があり、灯りの乏しい部屋で本を読み過ぎたためと思います」

思わぬ詰問を受けて、峻三は正直に答えたつもりだった。

すると、担当官は急に一歩進み出て、彼の目の前にその傷跡に歪んだ顔を持ってきて爛々《らんらん》と光る目で彼を睨みつけた。

「それが理由か、ばか者っ」

とたんに担当官の右手が飛んできて彼の頬を打ち、眼鏡が飛んで後方に落ちた。不意を受けて峻三はよろけかけたが、すぐに直立の姿勢を取った。

「よし、眼鏡を拾え」

意外なほどに落ち着いた声で担当官が言った。峻三は振り返ってまごつきながらも眼鏡の落ちた辺りの見当をつけて探し、ようやく拾って顔にかけると直立不動の姿勢に戻った。

担当官の顔は依然として厳しかったが怒気は抜けていた。

「いいか。国家有用の人材として働く気があるなら、日ごろから尽忠奉公の精神をしっかりとたたき込んでおけ。文学などという軟弱なものは、いざとなったら何の役にも立たんのだ。よく覚えておけっ」

「はいっ」

「よしっ」

ようやく帰ることができて峻三はともかくほっとした。

しかし帰途についた彼の心は、次第に耐えられないほどの屈辱感に押さえつけられた。彼の前後で受験した農家の若者はほとんど甲種合格と見え、胸を張って颯爽と帰っていく様子だった。丙種であろうとも特別恥じる必要はない、と思いながらも、担当官に思わぬ糾弾をされたことが深い傷となって心が痛んだ。

そのとき、彼は検査会場の小学校から長い道を歩いて帰ったのだが、目が悪いからと言って、なぜ軍人に引っぱたかれなければならないのだ、文学書を読んでなぜいけないのだ、そう思うと悔し涙が流れた。自分がもし召集されたら、誰にも負けないくらい頑張って優秀な兵隊になってやる、そして立派に死んでみせてやる、と地団駄踏むような思いで歩き続けたのであった。

だが、そんな興奮は日がたつにつれて薄れていった。その当時は、丙種合格の彼に召集令状がそう簡単に来る情勢でもなかった。それよりも軍国の世が与えた屈辱と劣等意識を彼自身がどう克服して生きていくか、その方が現実的によほど重い足枷《あしかせ》となったのだ。

峻三は十代のころから詩作に興味を持ち、何編か雑誌に投稿したこともあった。十八歳のときに、詩人の生島秋月と手紙をやり取りするようになり、その後、しばしば生島の家を訪ねて詩作の助言を得るようになった。徴兵検査後二十一歳になった年、生島に心酔した彼は親の反対を押し切って東京に出ると、書生をしながら大学入学を目指し、生島の家に出入りする文学青年の仲間数人と親しく交わるようになった。

夏のある日、生島の家の部屋に三、四人集まってきて、自作の詩を朗読し合って生島の評を聞いたりした後で、ビールが出た。その席に、何ヵ月か前に徴兵検査を受けたばかりという青年がいて、あんな野蛮な検査は二度と受けたくない、と息巻いた。

そこで峻三も二年前に受けた自分の体験を話し、

「文学が軟弱だから役に立たない、という、そういう感覚に支配される世の中は耐えられない気がする。人間がまともに生きていける世界じゃないと思います」

と言うと、生島は同感を示した後で彼を見て、

「ところで君は、その殴られて眼鏡が飛んだというとき、痛かったかい？」

「いえ、それが頬をかすったぐらいで、ほとんど痛くなかったです」

「それは君、眼鏡を落とすためにわざと殴ったんじゃないか？　軍人が本当に殴ろうとし

たのなら、そんなものじゃないだろう」

生島は、峻三をからかうような目で見てから、

「君が眼鏡を拾うのを観察して、本当に目が悪いかどうか判断したのかもしれない。そういうことを他で聞いたことがあるのでね」

と言って峻三を驚かせた。

「いずれにしろ、軍国主義の世だから、荒っぽいことが何でも通る。それは尋常でないということを、僕らは見失ってはならないと思う。だからなおのこと、詩を大事にしていかなければならないんだ」

生島は熱っぽい視線を向けて一座の者を見回した。

峻三は、近眼の真偽を調べるために眼鏡を拾わせるとは考えつかなかったが、そのためだけに顔を殴るというのも納得しかねた。文学をやるというだけで役立たずな人間のように言うのはいくら軍人でも許せない、奴らにこの国のことを任せておけるわけがない、と彼は思った。その後も、徴兵検査のときに受けた屈辱と軍人憎悪の念が彼の中から消えることはなかったのである。

この生島秋月に関係して、峻三にはもう一つ痛切な体験があった。

当時、生島は純粋誠実な愛を追い求めて繊細な詩を書き続け、文学好きな若者たちの間に人気があった。ところがその生島が、人生に絶望したという意味の遺言を妻加奈世《かなよ》に残

して、伊豆の海に身を投げて死んだのである。それは峻三が大学に入って間もない二十三歳の秋のことで、峻三は加奈世の意を受けて、他の仲間一人とともにすぐに伊豆に行き、生島の遺体引き取りのために働いた。

世間では詩作に行き詰まった末の自殺として伝えられ、峻三にもそれ以外に考えられなかった。ところが、下宿先を替えてから一年ほどして墓参りのために訪ねた折に、自殺の原因の一つは加奈世と峻三の間を生島が疑って苦しんだことだ、と当の加奈世から聞かされて峻三は驚いた。彼自身にそんな覚えはまったくなかったのである。

生島秋月が自殺したのは三十五の年であり、そのとき妻の加奈世は三十二であったから、峻三は加奈世の九歳下になる。加奈世は詩を通じて生島と知り合ったのであり、峻三も尊敬する詩人の妻として加奈世を慕っていたに過ぎない。にもかかわらず生島は、事実無根の疑いを書生の峻三にかけて妻が信じられなくなり、苦悩して死んでしまったのである。生島には他にも失恋の形跡があったらしいが、峻三はこの生島の自殺の真相を知るに及んで、生島に絶望し、詩作への情熱も薄れていった。

文学への望みを見失った峻三は、昭和十三年、二十六歳のときに大学文学部を卒業すると収入の必要から教師の職に就いた。翌年、郷里の知人の紹介を得て知った女性、すなわち多代と結婚し、教員の仕事も私立学校の他に公立の「高戸青年学校」にも勤めを持つようになったのである。

やがて長女亜也子が生まれ、次いで久仁子が生まれた。東京で仕事を得、家庭も持った峻三が、家族への愛情に新たな生き甲斐を見出したのは、ともかくも幸いであった。だが軍国の世の現実は、そう簡単に峻三に心の安定を与えることはないのである。

昭和十九年ともなると、後進国日本が欧米先進国に挑んだ戦争は三年目に入って、いよいよ国家の命運を賭けた総力戦となり、同時に戦争末期の様相をも見せ始めていた。力を蓄えた欧米連合軍の巻き返しにあって、日本本土への空襲が激しさを増した。劣勢を意識した政府は国民の戦意高揚を煽り立てながらも、敵機来襲による被災に備えて、都会の住民や学童生徒に地方への疎開を促す事態となった。それでもなおかつ、逃げずに戦うことこそ大和魂だ、と新聞紙上で国民を叱咤《しった》する軍人高官もいたのだ。

国家総動員法が成立して以来、国の戦争政策はすべて天皇の名において強力に進められていた。国民はただ「大御心《おおみごころ》」のままに「神州不滅《しんしゅうふめつ》」を合い言葉にして、一丸となって戦争に突き進む他ない、という雰囲気が全土に張りつめていた。

他方、戦局の切迫する世の現実は、武器弾薬その他軍需物資が何より優先されるから、生活物資の不足が深刻になっていく。人々は、食糧や衣料を求めて毎日右往左往することにもなった。生活物資を手に入れようと買い出しに行く人が増えるから、大荷物を抱えた乗客で電車やバスも混雑する。空襲を恐れて都会から地方へ疎開する人も多くなったので、ますます諸方の交通は混雑し、切符を手に入れるのも、電車に乗るのも必死である。人々はそういう日常の窮迫した状態の中で、心の安まることもない。

その年も、そろそろ師走を思わせる冷たい風が吹き始めたある日の午後のことだった。峻三は人づてに聞いた古着屋を探して新宿の先まで出かけた。電車賃の節約を考えて彼一人で買いに出たのだが、結局、多代の欲しがった綿入れは高くて手が出ず、ようやく子供用に仕立て替えできそうな着物を二枚見つけて買った。

午後の四時を回ったころ、新宿から電車に乗ろうとすると、駅構内がひどい混みようで、なかなか切符が買えない状態であった。駅の入場制限もしているらしい。年の暮れが近づいて人出がますます多くなったせいだと思い、峻三は少し待つことにした。

そのうちに、順番を争って怒鳴り合うような声が聞こえた。駅員が制止に出ているらしいが収まらない様子だ。するとその周りから文句を言い出す者もいて、なおさら収拾がつかなくなりそうだ。峻三は困ったことになったと思った。帰りがあまり遅くなると、多代が心配するに違いない。事態は収まらず、駅長らしい男が出てきて仲裁しようとしたが、いきり立った人々が騒いで聞こうともしない。見ていて峻三は我慢ならない気がしてきた。

そこで彼は人々の群れから出て、出札口の脇の空いた場所に立った。そして持っていた大きな風呂敷包みを下に置くと、口に両手をメガホンのように当てて大声で言った。

「皆さん、今、わが国は、どうなっているでしょうか」

詩吟で鍛えた甲高い声が響き渡り、人々は思わず彼の方に目を向けた。

「鬼畜のごとき米英を相手にして国運を賭けた戦いに突入し、われらが皇軍兵士は激烈な戦場に続々と向かっているではありませんか。このようなときに、このような場所で、一人二人順番が狂ったからと言って、いつまでも争うのは恥ずべきだと思いませんか。戦地の同胞の苦闘を思えば、取るに足りないことではありませんか」

人々はしんとなって動かず、峻三に向かってしきりとうなずいてみせる者もいた。

「銃後のわれわれにもやるべきことはたくさんあります。譲り合い、助け合って銃後の守りをしっかりやっていくことこそ、大事なことではないでしょうか。皆さん、いかがですかっ」

峻三は両手を挙げて人々の賛意を求める仕草をした。

すると次々と拍手が起こり、「その通りだ」「無駄な争いはするな」「譲り合えばいいんだ」と口々に言う声が聞こえた。いきり立つ人も影を潜めていった。

「ありがとうございます」

峻三が叫ぶと、そばにいた駅員も帽子を取って人々に頭を下げ、急いで出札の仕事に戻った。人々はうって変わって和気あいあいの雰囲気になってきた。峻三は駅長室に呼ばれて感謝され、大いに面目を施した。

翌日、出勤すると早速、松崎校長に呼ばれてさんざん褒められ、後日、警察署及び新宿駅長から感謝状が届くと知らされた。

唐本は、峻三からその話を聞くと感嘆しきりであったが、峻三にこう言った。

「僕にはそんな勇気はない。弁舌もだめだから、とても笠井さんのようにはいかないな。しかしそのとき、そんなふうにうまく収まるという自信があったのかい?」

「自信なんかないさ。でも何とかしなきゃ、とても見ちゃいられないという気はしたよ」

峻三はそう答えたが、心の中ではその自信がなかったとも言えないと思った。

ここは国民総動員体制を持ち出せば何とかなるに違いない、彼はあのとき確かにそう考えたのだ。そうすれば誰も文句を言えなくなる、大声でそれを言ってやろう、と。

そして峻三が人々に向かって弁舌を振るうと、人々はたちまち人のよい顔になって互いに譲り合おうとした。それは予想以上の有様だった。国家の意思はここまで浸透している、とそのとき峻三は思い、なぜか背筋が寒くなるような戦慄さえ覚えたのだった。

四日後に、高戸青年学校校長宛てで二枚の感謝状が届いた。松崎校長はそれを職員室で披露し、晩礼のときには校長自ら生徒に紹介する話をした。

峻三が二枚の感謝状を家に持って帰ると、多代はそれを見てひどく感激した。

峻三は日ごろ家で多代に向かって、機嫌よく教員仲間の話題や生徒とのやり取りを話すこともあるが、学校の仕事のことでは不平不満を口走ることも多いのだ。「校長にしても誰にしても、たまには本音を言ってみろと言いたくなるが、そんなことになったら大変なのさ」とか、「いくら立派なことを言ったって、大体が東条首相か誰か軍人がどこかで言ったことなんだよ。皆もその場で調子を合わせるだけだ」などと、皮肉な笑い方をして言う。多代はどう答えてよいかもわからぬまま、夫の言動を秘かに心配もしていたのだ。

それが、学校の外でのこととはいえ、大勢の人を説得して手柄を上げ、校長に褒められた上に感謝状を二枚ももらったのだから、夫もこれで気分を入れ替えて働けるのではないか、と感謝状を眺めて多代が思ったのも無理はなかった。

ところがその二枚の感謝状を、峻三は麗々《れいれい》しく家の中に飾るのも何となく気が引けて、紙袋から出して机の上に置いたままにした。すると翌日、彼の留守中に四歳になる娘の亜也子がそれを見つけ、鉛筆で何やら一杯に書き散らしてしまった。

ものを書くことを覚えた亜也子に、彼が日ごろから不要の紙を見つけては与えていたのが、仇となったようなものだった。多代は責任を感じてそれこそ顔面蒼白になったが、峻三はすぐに笑い出した。何だかひどく痛快な気がし、家の中に飾るのもあっさり諦めてしまった。亜也子が悪戯《いたずら》書きをした感謝状は、その後しばらく多代が保管することになった。

だがこの新宿駅の一件が、峻三にとって少なくとも外面上、気分のいい出来事であったのは間違いない。それはまた峻三が国策推進のために積極的に尽くす教師として、周囲に強い印象を与えることにもなった。峻三自身も、いっそのこと、もっと時流に合わせて開き直った生き方をする方がよいかもしれない、などと考えた。そうしてみると不思議に度胸みたいなものが湧いてくるのを覚えたが、それは妙な寒気を伴ってもいたのである。

その年のうちに東京の空に飛んでくる敵機の数が急激に増え、空襲警報の鳴り響く音も珍しくなくなった。戦争は空襲という形を取って一般の人々を否応なく巻き込んでいく。

空襲の恐怖に備えるには防火訓練はもとより、どんな防空壕でもあるに越したことはない。学校で峻三は、その種の話題にあまり関心のない素振りを見せていたが、教員同士の雑談で考えを聞かれてこう言った。

「教員はまさか仕事を放り出して疎開するわけにいかないから、僕は家でもその話をしません。だから女房はずっと東京に一緒にいるつもりです。防空壕もないままです」

「でもお子さんがいるし、心配じゃないんですか?」

峻三の向かい側の席にいる竹谷政司《たけたにまさし》が真顔になって訊いた。理科を持つ竹谷は、年は五十に近く普段口数の少ない男だが、食糧や空襲の話になるとこのごろはよく話に入ってくる。

「本土決戦となったらどこにいても同じでしょう。それなら家族は離れない方がいい」

峻三は少しの迷いもないような顔をして言った。すると竹谷は気弱な表情を見せて、

「僕はやっぱり、自分は別としても、女房と子供を田舎へ疎開させたい。東京が頻繁に空襲されることになったら、防空壕ぐらいではもうだめだろうと思うんです」

二人の話を聞いていた唐本が峻三の隣から口を出して、

「僕には田舎がないんだ。防空壕も、家の周りに掘る場所がないし、敵の爆撃機に狙われたら逃げ場がない。子供がいるわけじゃないから気は楽だが、食い物もないし、ないない尽くしで中野の街で焼け死ぬしかないよ」

自嘲気味に言って、笑いを誘った。

「しかし、戦争に負けそうだからと言って、逃げることばかり考えているのも、何だか情けない気がする。いざ敵が攻め込んできたら、やはり、撃ちてし止まん、で行くしかない」

峻三が言うと、唐本はちょっと嫌な顔をした。

「笠井さんは相変わらず強気で頑張るつもりなんだな。それは感心するが、僕はとにかく、そうならないうちに戦争が早く終わることを願うしかない」

唐本が正直な気持ちを言うと、竹谷が困ったような顔をした。

「戦争は早く終わってほしい」などと言うのも近ごろは禁句なのだ。警察や憲兵の耳に入ったらただではすまないという噂もある。

峻三は唐本の言うことに構わず言った。

「僕は別に、ただ強気になっているわけじゃない。とにかくわれわれは生徒を戦地に送り出しているんだから、彼らを支える気構えだけでも見せなくては名が廃《すた》るというもんです」

　すると唐本は、そんな正論はたくさんだとでも言いたげな表情を見せるのだった。

　ところが数日後、峻三が家にいると娘の亜也子が彼のところへ来て言った。

「お父ちゃん、お家には防空壕がないよ、どうするの？」

「ああ、それは、まだ造ってないよ」

「まち子ちゃんのお家にはあるよ。防空壕に入って爆弾に当たらないようにするんだって。どうしてお家には造ってないの？」

　幼い亜也子は不安そうに彼の顔をのぞき込むのだった。このところ空襲警報の鳴り響く音を聞くにつけ、子供心にも恐怖を感じていたのに違いない。

　そう気がつくと峻三は立って縁側に出て庭を見回し、この庭に防空壕を造るとしたらどうするか、と考えてみた。そして、彼はその場で防空壕を造る決心をした。

　昭和二十年の正月が来て七草の祝いが過ぎると、峻三は庭の隅にシャベルで防空壕の穴を掘る作業に着手した。畳一枚ほどの広さで長方形の穴を一メートル半ぐらいの深さに掘る計画で、彼一人で暇を見てやる仕事だから、それだけで一週間ぐらいかかった。

　だが寒中の厳しい寒さの中で、シャツ一枚になって庭に出て汗を流しながら掘り続けるその作業が、峻三は何だかひどくおもしろかった。土を掘って室を造ると、入り口の階段も子供の足運びに合うように造り、穴の上には厚めの材木やトタンを渡して掘り出した土を小山のように盛り上げた。爆弾が炸裂《さくれつ》すればとても耐えられない造りだが、峻三はそんな心配は棚上げにして、ただ防空壕と呼ぶべきものを造ったのだ。

峻三がその仕事を始めると、大抵、亜也子が庭に出てきて、一心に彼の仕事ぶりを眺めていた。彼は幼い亜也子を相手にして一息つくのが心地よかった。

多代は、峻三が言いつければ庭に出てきて手伝いをしたが、防空壕ができることを喜んでいるわけではない。今ごろから庭に小さな防空壕なんて造って何の役に立つんですか。口に出さなくとも多代の顔はそういう不服を表していた。大体、峻三は以前から防空壕なんて造っても無駄だと言っていたのだから、多代の不服ももっともなことであった。

多代は早く山梨の実家へ三人の子を連れて疎開したいと思っていた。だが、それを口に出しかけると、峻三は本気で怒り出すのだった。

「そんなことは、どうするか俺が決める。俺は教師として国のために、真剣に仕事をしているんだ。おまえは俺に従うつもりがないのなら、いつでも勝手にしろ」

そう怒鳴られたことが一度あって、以後、疎開のことは一切言わないことにしていた。妻の実家の世話になること自体を、峻三があまり潔しとは思っていないこともわかっていたが、だからといって埼玉にある峻三の実家へ押しかけるわけにもいかなかった。

峻三は何かしら懸命に虚勢を張って生きているようなところがあったが、それでも夫が家族のそばにいて頑張っているのだと思えば、多代は頼りにする他はないのだ。

防空壕が完成すると、多代は峻三にこう訊かずにいられなくなった。

「あなたは庭にあんな防空壕を造ったけど、子供たちもいるのに、もし本当にこの家へ爆弾が落ちたり、敵が大勢攻めてきたりしたら、どうなると思うんですか？」

すると、彼は遠くを見るような目をしてこう答えた。

「そのときは仕方がない、みんな一緒に死ぬんだよ。日本が本当に負けるんなら、そうなるより仕方がないじゃないか」

多代は何も言えなくなった。

実際、峻三が考えてみても、去年から今年にかけての戦局を見るにますます日本の旗色悪しという他はない。それでも政府と軍部は戦争を続けると言うのだから、いったい大本営は、何か日本に有利な情報でも摑んでいるのだろうか。それとも、本当に全国民一丸火の玉となって燃え尽きるまで戦う気なのか。「大御心のままに」戦うのだと言われれば、誰も文句を言えないこの状態は、いったい何のためなのだ。この子たちのために、この国をどうしようというのか。自分に教師として最後まで任務を全うする覚悟はあるにしても、そんな覚悟も、いったい何のためなのだろう――。

いくら考えても答えはなく、さすがの峻三も絶望感ばかりに襲われそうな日々なのだ。毎日空を見上げ、空襲警報を気にして気ぜわしい思いをしながら日がたち、空襲の爪痕は東京のあちこちに広がる一方で、Ｂ29爆撃機に太刀打ちできる力は、この国にはもはやありそうにない。

ある日の午後、峻三は出先で空襲警報の鳴るのを聞いた。人々をせき立てるように何度も激しく鳴る警報だ。彼は相手との話もそこそこにして、あわてて家に戻ってきた。ところが家の中に亜也子も久仁子も見当たらず、布団にくるまっていたはずの赤子も消えていた。多代は用事で彼女の姉の家に出かけ、峻三が戻るまで子供たちだけで留守番をしていたはずなのだ。

狼狽した峻三が、もしやと思って庭に駆け下りて防空壕をのぞいてみると、その小さな穴蔵に二人の幼い娘が顔を寄せ合っていた。しかも亜也子の両腕には、生まれてまだ一年に満たない晴彦がしっかり抱かれていた。日ごろ、防空壕には子供だけで入ってはいけないと言いつけてあったのに、子供たちがあえてそれを犯して入ったのは、空襲警報の響きにただならぬ気配を感じた亜也子の、まだ幼いながらも上に立つ姉としての判断だった。あとで聞いたところによると、その日の空襲で神田、下谷などがひどくやられたという。

わが子たちのそういう姿を見たとき、さすがの峻三も山梨に疎開させることを考えた。それを多代に話すと、彼女は張りつめていたものが切れたように涙を流した。

じきに三月に入り、峻三の家では雛《ひな》人形を飾った。亜也子が生まれて翌年に山梨の親が買い揃えてくれたもので、七段飾りの美しい雛人形である。もしかするとこの雛人形も見納めになるかもしれない。亜也子と久仁子が毎日雛壇の前で遊ぶ様子を眺めながら、峻三は絶望的な戦争の行方を思って涙をこらえていた。

雛人形をすっかり片づけた後の三月九日の夜中、空襲警報の激しい響きが不気味に辺りを震わせた。峻三と多代は真っ暗な部屋で子供たちに手探りで防空頭巾を被せ、いつでも外へ逃げ出せるように用意をした。三人の子を峻三と多代が両側から挟み込むようにして寝床に身を寄せ、二人とも空の彼方や家の周囲の物音に耳を澄ませてまんじりともしなかった。深夜の東京の街を襲う爆撃の音が遠く近く、いつまでも鳴り止まなかった。

夜明け近くになって亜也子が目を覚まし、便所に行きたいと小さな声で言った。峻三が起き出して亜也子を連れ、台所の前の廊下を通って便所に行った。

亜也子が用をすませるまで、峻三は呆然と立って廊下の小窓から暗い外を見ていた。爆撃機はすっかり消え去って静かな夜が戻っている。

峻三は亜也子に気づくとすぐに手を伸ばして抱き上げ、また小窓の前に立った。

「ほら、見てごらん。あんなに向こうのお空が真っ赤だ……」

遠くの家々の上で赤く染まった空が帯のように長く延びていた。

「夕焼けなの？」

亜也子が寝ぼけた声で訊いても、峻三はじっと向こうを見つめたままだった。それは山の手から見れば真東に当たる、下町の方の夜明け方の空の眺めだった。

やがて、何かに憑《つ》かれたような声で峻三がつぶやいた。

「東京がすっかりやられちまった……。みんな焼かれちゃうんだ……」

それは、下町一帯が夜通し続いたB29爆撃機の焼夷弾《しょういだん》によって焼き払われた、その夜の炎を赤々と映した空だった。峻三には、ただの朝焼け空とはどうしても思えなかった。


乳飲み子を含めた峻三の家族五人が、大混雑の列車に乗って山梨の奥の田舎に到着したのは、すでに三月の下旬だった。東京の大空襲の後、一日も早く妻子を疎開させようとした峻三だが、切符の手配などで手間取ってしまったのだ。多代の実家は大工で、あまり豊かとは言えなかったが、それでも多代の父親が涙を流して歓迎してくれたのには、さすがの峻三も感激した。彼は義父や多代の姉夫婦に後のことをいろいろ頼んで、翌日には東京に戻り、それ以後は、また高戸青年学校に勤務しながら毎日一人で暮らすことになった。

五月二十五日の夜、今度は東京の山の手方面がB29の大空襲に見舞われた。低空飛行する爆撃機の轟音《ごうおん》と爆弾の弾ける音が深夜の街を震わせ続け、杉並の和泉町にある峻三の家も、隣家が焼夷弾の直撃を受けたためにたちまち火の手が回った。

峻三がこの家を建てたのは四年前で、その年の十二月に真珠湾攻撃があって日本は大戦争に突入したのである。埼玉の実家の父に建築資金の援助を頼んでようやく新築した家で、その後、三人目の晴彦が生まれて家族は五人になり、戦時体制の中でともかくもこの家で賑やかに暮らしてきたのだ。

小さな家が焼け落ちるのに時間はかからなかった。峻三は炎と煙を避けて後ずさりながら庭の隅に行って立ち、わが家の最期を見届けた。そのとき沸き起こった感情は何とも言いようのない憤怒であった。炎に向かって立ち尽くした彼は、流れた涙が頬に焼きついて痛いほどだった。

本土への空襲は激しさを増すばかりで、三月の下町大空襲以後の状況を見ると、敵は日本中の街を焼き尽くそうとしているとしか思えない。峻三は、とにかく会えるうちにもう一度、山梨の疎開先に行って妻や子に会っておきたいと痛切に思った。

それから五日後、峻三は兄夫婦のいる実家で調達した衣服や食糧などの土産をリュックに詰めて、妻子のいる山梨の疎開先に向かった。バスの便がよくなかったので汽車を降りてから一時間ほど歩き、前回、目に焼きつけておいた小さなあばら屋を雑木林の向こうに見たとき、峻三はわれ知らず安堵の吐息を漏らした。

その家は妻の実家の知人を通じて借りた空き家で、以前は養蚕に使っていたそうで土間は広くても部屋は六畳一間だったが、風呂があったので借りることにしたのだった。

峻三は、晴彦を腕に抱いた多代と顔を合わせると、すぐにこう言った。

「家が焼夷弾ですっかり焼かれてしまったよ……」

聞いて多代は目を見張り、やがてうなずいて夫の手を握って涙を抑えた。

暗い裸電球の下で家族五人が顔を寄せ合うと、峻三は、多代の話す日々の出来事をいくら聞いても飽きることがない。まだ四歳の亜也子が、ここで暮らすようになってから風呂の釜で薪を燃やすことを覚えたという。その亜也子といつも一緒の久仁子は不思議なほど手のかからない子で、生まれて一年に満たない晴彦の世話に手の放せない多代は、随分助かっているという。

その夜は六畳に敷いた三枚の敷き布団にざこ寝になった。子供たちが寝静まったのを確かめて、峻三は多代の脇に体を移してこう言った。ずっと考え続けてきた言葉だった。

「東京に帰ったら、そのまま会えなくなるかもしれない。そうなったら、この子たちのことをおまえにすべて頼まなければならない。わかってくれるな……」

多代は息を呑んで夫の顔を見つめた。窓ガラスが白く見えるだけの暗がりの中で、多代にじっと視線を注ぐ峻三の両の目がかすかに光って見えた。

「俺は教師の仕事があるから、明日の朝、東京に帰る。戦争なんだから仕方がない……」

日本が勝つまで頑張るより仕方がない、そう言おうとして峻三は言えなかった。多代を抱き寄せようとすると、しがみつくように体を寄せてきた。峻三は両手を回してしっかりと多代を抱いた。これが二人にとって最後の夜となるかもしれない。そう思うとなおさらいとおしさが込み上げてきた。

やがて多代が言った。

「大丈夫、心配しないで。ここでわたしも頑張るから……。本家の兄さんがときどき様子を見に来てくれるし……。そんなふうにして、何とかやっていけるから……」

彼の胸元に彼女の息がかかるのがわかった。彼はその息遣いを貪るような気持ちになって多代の声を聞いていた。

多代が「本家の兄さん」というのは本家の入り婿で、生真面目な大工職人であった。何年も前の足の骨折事故が原因で、徴兵の見込みはないという。

翌朝、峻三は空のリュックに多代が茹でてくれたサツマイモを紙に包んで入れ、畑の間の小道を下っていった。

「お父ちゃーん……、お父ちゃーん……」

彼が振り返るたびに、亜也子が叫んで手を振っていた。

帰りの列車は割合空いていたが、それでも峻三は座席を取ることができなかった。大きな荷物を持って東京に向かう乗客が増えるに従って混み合うので、彼は手にしていた本を国民服のポケットにしまい、呆然となって車内を眺めていた。

「ご真影《しんえい》ですか。そりゃまあ……」

と峻三の脇の席で声がした。見ると、老婆が口を開けて驚きの表情をしている。相手は五十がらみの温厚そうな男で、

「とにかくお守りしなきゃならんというわけで、会社を留守にできません。日曜でも誰か一人必ず泊まり込んで、空襲の様子を見て真っ先にお助けせにゃならんというわけでね

……」

「何事も天子様のお陰と思うよりありませんものね……」

老婆としきりにうなずき合っている。声を低める様子もなく、周囲に同意を求めるような目さえ向けているのだった。

天子様のお陰か、と峻三は思わず苦い笑いを浮かべた。

国民は大御心のままに一致して戦い、一億玉砕あるのみ。その光景は確かに悲壮な美しさがある。そう考えたことは今までに何度もあるが、今日の峻三はいつもと違っていた。何かひどく悲しい思いが、しきりと胸に湧き上がってきて、一億玉砕の夢想は泡のようにはかなくなるばかりだ。代わりに赤子の晴彦を抱いた多代の姿が浮かび、亜也子や久仁子の幼い顔が浮かんだ。そういう家族がいながらそばにいて守ることもなく、彼は東京で青年学校教師として学徒隊を導く教師の任務に就くのだ。

ふと峻三は、亜也子が彼の胸のポケットに押し込んだものがあることを思い出した。

「お父ちゃんのお守りにあげる」

別れ際に亜也子は確かそんなことを言っていた。「お守り」とは、きっと多代が教えたのに違いない。そう思いながら手をやって胸ポケットから出してみた。

それは何かの包み紙を使って作った折り鶴だった。短い木綿糸で二つ繋いだ粗末な折り鶴を、峻三は目の高さに持ってきて見つめ、不意に溢れてきた涙を抑えることができなかった。彼は急いで折り鶴を元の通りに重ねて胸ポケットに押し込んだ。

「小さい娘さんでも、いるのかね？」

声がしたので見ると、すぐ横から無精髭《ぶしょうひげ》を生やした男が彼の顔をのぞき込んでいた。その男は大分前から峻三の様子に目を留めていたらしく、情にほだされたような表情で目をしばたたかせていた。

「ああ。田舎に置いてきたので、もう、会えるかどうかと思うとね……」

峻三は不思議と素直に答えることができた。そうしてまた涙が流れるのを感じた。

「それであんたは、これから東京で、ご奉公かね……」

男の声は低かったがしっかりしていた。峻三はうなずいて男を見た。男もうなずき返してそのまま何も言わず、やがて峻三の肩を二度ほど軽く叩いた。その目が潤んでいて、俺もあんたと同じだよ、とでも言っているようだ。それから男は何かをこらえるようにじっと俯いたままでいた。

間もなく東京の街の景色が車窓を走るのが見えた。自分のいるべき場所がどんどん近づいてくる。峻三はしぼんだ自分の心を奮い立たせるように顔を上げた。

うじうじと考え込んだってどうにもならないのだ。山梨の田舎に行くこともしばらくは考えないことにしよう。今となってはそのようにしっかりと割り切っておくことが、男としての自分の生き方だ、と峻三は自分に言い聞かせた。

「大御心のままに……」

彼は呪文でも唱えるようにつぶやいた。自分のなすべきことはそれしかないと信じる以外になかった。


家を焼夷弾の炎に焼かれた峻三は、ひとまず埼玉の実家に身を寄せた。父は二年前に死んで、跡を兄の隆吉《りゅうきち》が継いでいた。峻三は何の遠慮もなく一部屋借りることができた。母の里江が七十の年の割に見かけより元気で、野良にも出ている姿が心強かった。

だが、いつまでも兄夫婦の世話になっているわけにはいかない。そこで峻三は隆吉の助力も受けて、自分の焼けた家の跡へ仮住居を建てることにした。焼け残った土台を利用した土間に一部屋だけのバラック建てで、ともかく峻三は学校勤めに戻ることができた。

梅雨の時季になり、夜中になっても蒸し暑いくらいだ。朝早く起きて、焼けずに残った近所の家に行って井戸の水をバケツにもらって運び、兄からもらったサツマイモの苗を庭の畑に植えることにした。庭と言っても二十坪足らずの広さだが、無用な防空壕も埋めてすべて畑にした。農家育ちの峻三には畑仕事も苦にならない。

サツマイモの収穫は三ヵ月以上先だが、実家で手に入れた米と味噌があるし、そのうちに何かしら配給もあるだろう。ともかく当面の食糧を確保して、来るべき学徒隊の本土決戦に備えるのだ。そんな気持ちに支えられるだけの毎日となった。

昼前のころにサツマイモの苗を植えつけていると、聞き覚えのある男の声が彼を呼んだ。振り返ると、唐本良継が道路際に自転車を止めて立ち、彼に手を振っていた。

「唐本さんじゃないか。こんなに早くからどうしたんです？」

唐本は汗を拭いながら笑顔を見せたが、急に真面目な顔になって言った。

「笠井さん、とうとう俺にも召集令状が来たよ、赤紙が……」

「えっ、来たのか、本当に」

峻三は一瞬、息を呑んだ。

「本当だ。今日の昼過ぎに立つ。今、学校へ行って校長に挨拶してきた。居合わせた人が皆、一応、拍手で送り出してくれたがね……」

唐本はそう言って、口元の辺りに少し皮肉な笑いを浮かべた。峻三は、かつて唐本が冗談に、「俺が召集されるようになったら日本も持たない」と言っていたのを思い出した。

「唐本さんが行くようじゃ、俺もじきに行くことになりそうだな」

「笠井さんは学校に必要なんだ。だから俺の方に先に赤紙が来た」

そんなことはない、俺は丙種合格だからだ、と峻三は言おうとしたが、それよりも、唐本との今生の別れになるという思いが湧き上がってきて、涙が出そうになった。

「とにかく笠井さんには、ちゃんと言って出ていきたかったんだ……。どこへ飛ばされるのかわからないが、これから行く。それじゃ、どうか元気で」

唐本は峻三に向かって深く頭を下げると、身を翻して自転車にまたがり、走り去った。その後ろ姿に漂う潔さを、峻三は感じ取っていた。あの唐本も、さすがに自分の最期のときを覚悟したのに相違ないのだ。

唐本の妻は、以前から夫に赤紙の来ることを心配していたという。唐本がどこの戦線に行かされるにせよ、いずれは優勢な敵軍との激しい戦闘になる。後に残る奥さんはどんな気持ちで唐本を送り出すのだろうと思うと、峻三は胸が詰まるのを覚えた。

その日の午後遅く、峻三は何日ぶりかで学校に出た。松崎校長の話によると、唐本の他に食品加工を受け持つ三十代の吉川登《よしかわのぼる》も応召したという。入れ替わるように、栗山真《くりやままこと》という六十歳の元将校が新たに配属され、生徒の軍事訓練にも厳しさが増すことになった。

「生徒は毎日軍事訓練と勤労動員だが、笠井先生が戻ってくれるとわたしも心強いですな」

松崎は疲れ切った顔をしていたが、一応、峻三を歓迎した。

峻三の家の焼かれたあの夜は、東京の山の手辺り一帯が戦災に見舞われたが、この学校のある辺りは、森や畑の多い田園地帯だから焼夷弾は落ちなかった。

「学校は地域の拠点みたいなもので最後は敵を迎え撃つ砦《とりで》になるかもしれんよ、笠井さん」

「それはどうですかね。火をかけられたらひとたまりもありませんよ、こんな木造校舎は」

「そりゃそうだ」

　松崎は平気な顔で言い、へらへらと笑った。もともと豪放な感じのある松崎校長だが、最近は国難に臨んでふてぶてしくなったようだと峻三は思った。

　戦災に遭ったり家族の疎開先に出向いたりする教師もいて、職員室で打ち合わせをしようにも人数が揃わないままだった。いつもの軍服姿で栗山とともに職員室に現れた沢田は、松崎校長始め、居合わせた教師たちに向かって血走った目をして言った。

「昨日から敵機の姿はなく空襲警報も鳴らないが、敵はさんざん空襲を仕掛けたところで、次は本土上陸をしてくるに違いない、生徒には迎え撃つ意気込みをしっかり持つようにさせ、挙国一致の戦いに馳せ参じるべく、万全を期したい」

　やがてカーキ色の制服を着た生徒たちが校庭に集まりだし、沢田が壇上に立つと百人ほどが瞬く間に整列した。連日の訓練で生徒もすっかり迅速さが身についていた。峻三も彼らと向かい合う位置に緊張して立った。

　訓練は分列行進の後、突撃体勢や敵との接近戦など実戦さながらに繰り返し行われた。鉄製の銃剣は軍に回収されたから、生徒が肩に担いでいるのは形だけ似せた木製の銃剣であったが、殺し合いの実際を訓練で身につけようというので生徒たちも真剣そのものだ。老齢の栗山がしゃがれ声を張り上げながら生徒の間を身軽に動き回って、「敵のやっつけ

銃剣の突き方

方」を熱心に教えているのが目につく。峻三は指導する側ではあるが、銃剣の突き方や手や手榴弾《しゅりゅうだん》の使い方を自分もしっかり身につけようと思わず身が入った。

宵闇が迫って生徒が帰ってから、教師たちが職員室で少し雑談した。すると珍しく栗山が加わって、大陸で体験した肉弾戦の数々をまるで英雄気取りで話した。

「敵も結構体はでかいが、とにかく怯まないでぶつかることが第一なんだ。果敢に攻めることで活路は開ける。木剣だって立派な武器だ。十分戦えます。若いのは鍛えて、その気にさせることが一番だ。どえらいことだってやりますよ」

栗山が少々図に乗ってしゃべる様子が峻三には次第に不愉快になってきた。すると峻三の冴えない表情に気づいたのか、栗山は急に話の矛先を彼に向けてきた。

「笠井先生はまだ実地の経験がおありでないと聞きましたが、そうですか？」

「はあ、召集令状はまだ、残念ながら……」

不意をつかれた峻三は口ごもったような言い方になった。すると沢田が口添えした。

「日ごろの指導ぶりを拝見してますが、笠井先生は立派なものです。人後に落ちません」

「そりゃあ結構だが、赤紙は来なくても、敵は来ます。そうなったらわたしも笠井先生と一緒に、学徒を率いて戦うことになりそうですな」

栗山は峻三を睨みつけるような目をして言った。その瞬間、峻三は、徴兵検査のときに彼に宣告をした担当官の目を思い出した。

「そういうことになるかもしれませんね。しかし、米英の軍隊がわが本土に上陸して東京にまで来るような事態は、いつごろあるんでしょうかね……」

そんな言い方が峻三の精一杯の抵抗だった。

「そんなことはわからん」

栗山は不機嫌になって怒鳴ったが、

「しかし笠井先生、そのときは迎え撃ってやろうじゃありませんか、その米英軍を。一緒に戦うのが、楽しみですな」

意地悪く言い、大きな口を開けて笑った。峻三はいっそう不快になって黙った。

「やあ、栗山さんはまだまだお元気ですな。頼もしい限りです」

松崎が追従して言った。

「われらの意気を恐れて、今夜も敵機は現れんのかもしれませんな」

沢田が言って、窓の向こうの夜空を窺う目つきになった。

「東京は大分やられましたからね、敵も関西、九州辺りを……」

松崎が言いかけたのを抑えて栗山が言った。

「いやあ、敵もそうは続かんのでしょう。ともかく神州不滅、戦うあるのみですよ」

「その通りです」

沢田が応じて立ち上がり、栗山と二人、わざとらしい高笑いを残して帰っていった。

他の教師も帰り、峻三は松崎と二人だけになった。彼は急いで帰る理由もなかったが、住み着いたばかりのバラックが気になったので、ともかく帰ろうと思った。

「松崎先生のお宅は奥さんがお一人で留守番で、先生も何かとご心配でしょう」

峻三が言うと、松崎はしんみりした口調になって、

「もう互いに、何となく諦めてますよ。特に息子が戦死してからはね……。戦況によっては、いつでも福島の実家に帰っていいと、女房には言ってあるんです」

そのとき不意に空襲警報が鳴り響いた。夜の闇に長々と響くサイレンの音である。松崎がすぐに職員室の電灯を消した。それから峻三と手分けして校舎内を見回った。再び職員室に戻ると真っ暗な中で落ち着かぬまま、二人はしばらく窓から空を窺っていた。かすかに星が見えるだけの夜空はいつまでも静かだ。

「このごろは、敵機を探す探照灯《たんしょうとう》も迎え撃つ高射砲も、以前のように活躍しませんね。弾がなくなったのかな」

峻三が首を傾《かし》げると、松崎が言った。

「いやあ、高射砲も探照灯も使えば敵の的になるだけだし、第一、B29相手じゃ、あまり役に立たなくなったんでしょう」

どうやら日本は、戦いに必要な武器も知恵も尽きたのかもしれない。敵機来襲を察知することはできても、国民はただ電気を消して鎮まるのを待つだけだ。それでも政府は、戦

争をやめようとはしないのだろうか。

峻三は、自分が上陸してきた敵軍に向かい、樫《かし》の木の剣を構えて敵兵と戦う場面を想像した。今日のような実地訓練をしたからといって、本物の人間を刺し殺すのがそう簡単だとは思えない。やはりただ必死に敵兵に立ち向かって刺し違えるのがせいぜいだろう。そう思うと、足元から寒気がしてきて耐えられなくなりそうだった。

やがて空襲警報解除のサイレンが鳴った。敵機は東京上空に来なかったのかもしれない。だが、ただ束の間にほっとするだけで安心感は何もない。


暑い毎日が続くある朝、峻三は近所の富田《とみた》という家へ井戸の水をもらいに行き、

「今日の正午にラジオで重大発表があるそうです。天皇陛下がお出になられるそうですよ」

富田の奥さんが顔を強ばらせて言うのを聞いた。

今日は八月十五日である。どうしたことか新聞がまだ届いていない。昨日の新聞には重大発表のようなことに関する記事はなかった。しかし、今朝のラジオで天皇陛下御自ら国民に向けてのご放送があると予告したのだとすれば、それは国民に総決起を促すこと以外に考えられない。そうでなければ日本は全面降伏でもする他はないはずなのだ。

一週間ほど前に、広島に強力な新型爆弾が落とされ、三日後には長崎に、さらに強い熱

線を持った新型爆弾が落とされた。折しもソ連の宣戦布告があって北海道に攻め入ってくる気配だから、日本が絶体絶命の窮地に至っていることは多くの国民が察知している。しかも政府は、国体護持を強調して国民に徹底抗戦を呼びかける構えを崩していないのだ。そうなれば、本土に上陸してくる米英軍やソ連軍に対してすべての国民がぶつかっていく以外にない。一億玉砕――そういうことも、今や単なる夢想ではなくなった。

そう考えたとき峻三は思わず立ち上がった。そして拳を握り、体中の血を沸き立たせようとした。いよいよ戦いとなれば、おのれ一個の肉体がすべてだと思った。

峻三はサツマイモの茹でたのを丸ごと一つ食べると、すぐに学校に出かけた。

真夏の校庭は昼前からすでにむせるような暑さである。国民学校の児童はすべて疎開して姿を消し、学校全体が、未曾有の事態を予感したかのように静まりかえっていた。

峻三が急ぎ足で職員室に入っていくと、松崎校長が腕組みをして立っていた。

「正午の重大発表は、玉音放送ということですが……」

「うん……」

松崎はそれきり何も語ろうとはせず、まるで覇気のない不機嫌そうな顔をして、ひたすらラジオの「重大発表」を待つ様子だ。

赤紙に連れ去られた唐本の席は、椅子を机の下に押し込んだままだ。今ごろはどこにいるのだろう、と峻三は思った。ひょろっとした感じの唐本の兵隊姿が頭にぼんやり浮かんだ。

そこへ竹谷が、浮かぬ顔をして現れた。彼は峻三のところへ来て、

「いよいよ戦いのときは来た、ということなんでしょうね？」

声を低くして言った。まるで病人のように憔悴《しょうすい》した顔だった。

「そうでしょう。それしかないでしょう」

峻三はそれ以外に答えようがない。そう言いながらも、軍事指導の沢田や栗山がなかなか現れないことが気になった。今日あたりは真っ先に駆けつけそうなものだと思った。

窓際に行って校庭を見ると、生徒が三々五々集まってきていた。彼らも重大発表があると聞いて学校に駆けつけてきたのだ。カーキ色の制服にゲートルをきちっと巻いた姿がいつもより引き締まって見える。峻三が窓から顔を出すと生徒たちはすぐに気がつき、刺すような目を向けてきた。彼は生徒たちに向けて軽く手を挙げてみせ、開け放った窓をそのままにして自分の席に戻った。あの若者たちとともに戦いに打って出るのが、自分に与えられた最後の任務なのだ。そう思うと体が硬直するような興奮を覚えた。

そのとき峻三の頭に、山梨の田舎に置いてきた妻と子供の姿が浮かんだ。何やらじんとした熱いものが瞼の辺りに沸き上がり、それは急激に膨れあがって叫び声か何かになりそうだった。彼はあわててそれを抑えて顔を上げた。彼のすぐ前で、竹谷が呆然とした様子で窓の方に目をやっていた。竹谷も妻子を田舎に疎開させているのだった。

やがて正午が近づき、教師たちも身なりを正して校庭に出た。整列した生徒に向けて松崎がラジオの音量を一杯に上げた。前触れをする男性アナウンサーの厳かな声の後、普段めったに耳にしたことのない天皇の声が響き、皆、直立の姿勢で緊張して聞き入った。

……ちんは　ていこくせいふをして　べいえいしそしこくにたいし　そのきょうどうせんげんをじゅだくするむね　つうこくせしめたり……


峻三は、はっとして思わず顔を上げた。彼のすぐ側にいた竹谷と目が合った。

「共同宣言を受諾……」

呻くように峻三が口に出すと、

「降伏、か……」

竹谷がかすれた声を発した。そしてわなわなと震える顔を上げて峻三を見た。その今にも泣き出しそうな両の目に、戦争が終わった、もう戦わなくてすむという思いが溢れていた。峻三は放送が信じられず、竹谷を急激に襲った感情を理解する余裕もなかった。

詔書《しょうしょ》を読み上げる天皇の重々しい声が消えると、再びアナウンサーの緊張した声が響き、戦争終結に関する説明が続いた。その間も峻三は姿勢を崩さず直立していたが、顔は充血して炎を被ったように熱かった。

「そんなばかなことがあるものか……。今までやってきたことは何なんだ……」

彼の頭の中には同じ言葉が渦を巻いていた。

「終わった、とうとう戦争は終わった……」

松崎校長が熱に浮かされたようにつぶやき、目を見開いて生徒たちを見回した。

生徒の中に起きていたかすかなどよめきが急激に大きくなっていった。天皇の言葉は難解だったとしても、生徒たちも予想外の言葉に気づいて強い衝撃を受けたのだ。

すると、松崎がすぐに壇上に立って言った。

「諸君、静粛に……。本日こうして集まった諸君は、わが日本国のためにいつでも立ち上がる気構えを持ってのゆえであり、誠に頼もしく思います。さて、ただ今、天皇陛下御自らのご放送によって、戦争の終結が告げられました。長く続いた戦争が終わったのです」

松崎がそう言って生徒を見回したとき、上級生の辺りが騒ぎ出した。

「なぜ負けたんだっ」「何で最後まで戦わないんだっ」「撃ちてし止まんっ」などと叫ぶ者がいて、そうだ、そうだと応じる者もあり、騒然としてきた。

壇の傍らに立っていた峻三は、不服の叫びを上げた生徒の気持ちも当然だと思った。今までの教育がそういう教育だったではないか。つい昨日まで政府や軍は国民に総力戦を言い続け、一億玉砕の覚悟とまで言ったのだ。今この時点で、戦争終結に反対する声が日本中に起こるかもしれない、と峻三の頭にはとんでもない想像も浮かんで、ほとんど興奮しかけていた。

しかし次の瞬間、彼は生徒たちを前にしている自分の立場を思い出さなければならなかった。壇上の松崎が生徒を抑えようと必死に声を張り上げていた。

「諸君、冷静になろう。日本は総力を挙げて戦い、ついにここまで来たのです。われわれは、負けを認めるときも潔くあらねばならない。今、これ以上の犠牲を出すに忍びないという、陛下自らのご英断が下されたのです。これは政府も軍も、日本人であれば皆、従うのです。それがわからぬ諸君ではあるまいと、わたしは思う。いいかね、諸君……」

松崎校長は、生徒に九月の新学期まで自宅待機をするように告げて壇を降りた。

その後は、峻三と竹谷がなお騒ぐ生徒たちの中に入っていき、懸命に鎮めて引き上げさせなければならなかった。


八月十五日に玉音放送があって戦争が終わり、その後は何となく当てどもないままに、荒《すさ》んだ空気の中で妙に落ち着かない時間が流れていた。青年学校は九月に始業というが、実際どうなるかわからない。峻三は、山梨にいる妻や子に迎えに行くまで待っているようにという短い手紙を書いたが、無事に届いたかどうかも不明だった。

最後に一億玉砕の総決戦は起こらないとわかってみると、当初は峻三も愕然として生きる方をも見失う気分だったが、日がたつにつれて、軍人の権威が地に落ちていく様がわかり、まったく想像もしなかった世の転変が予感された。これから先、日本がどうなるのか峻三にもわからないが、アメリカの軍隊が占領軍として入ってくるのは間違いないから、負けた日本の戦争責任者や協力者が次々と捕らえられるのではないか。そういう恐怖が人々の間にも伝わった。戦意高揚の文章を新聞雑誌に書き続けた評論家が、終戦が近づいたころいち早く田舎へ逃げ込んだという事実も、峻三は聞き知っていた。

米軍が来れば男はすべて皆殺しになるという噂もあるが、まさかそれほどでないにしても、教師として若者を戦場に送った者が何の責任も問われないとは思えなかった。

峻三は、今さらおのれの責任や罪を逃れようとは思わない。自分自身が国家の戦争政策を心から信奉したことはないが、戦場に行く青年のことを国家のためになるようにと真剣に考えていたことは間違いない。そういう自分に後ろめたいことは何もないと思った。

だがその一面で、日ごろから必死に国策協力を演じ続けることによって教師として生きる場所を得てきた、と言えば言えると思った。俺は今まで人をも欺く矛盾した生き方をし続けたのではないか。そう考えると、さすがの峻三も暗い気分に落ち込んだ。敵兵を迎え撃つ機会もないままに生き恥をさらす他なくなった自分は、この先、自決でもしない限り、いずれは占領軍の手による断罪を待つことになるのだろうか――。

バラックに一人いてそんなことを思い続け、また東京の荒廃ぶりを知るにつけても、妻子を迎えて一緒に暮らせるようになる日など、まったく見通しも立たない。彼が最後に山梨の田舎に行ったとき、もう自分はどうなってもいいように妻にすべてを託してきたのだから、思い残すことはないはずだった。多代は多代で、実家のある山梨で生きる道を見出して子供を育てていけるだろう。それが次へ託す彼の唯一の希望なのかもしれなかった。

度重なる空襲で東京は焼け尽きたと思い込んでいた峻三だったが、配給の酒を飲み尽くしたというむなしさがきっかけになり、何の当てもないままに甲州街道を一時間ほど歩いて新宿の方に出かけてみた。ようやく新宿の焼け跡辺りかと思ったころ、思いがけなく「酒」の幟《のぼり》のある屋台を見つけて辛い酒を一杯飲んで気分が楽になり、食糧などの物欲しさも思い出して、露店を見つけてはむやみと歩き回った。

新宿駅の周辺は、焼け残ったビルの鉄骨やコンクリートの塊がやたらと目につくばかりで、峻三の記憶にある百貨店も劇場も映画館も、カフェも本屋も何もなかった。それでも住人が戻ってきたのか、それら廃墟のコンクリートや石の隙間に焼けトタンや板切れで覆った仮住まいらしいものが見える。かつての商店街の代わりにあるのは、地べたに品物を並べた露店の無数の広がりと、それらの間を蟻《あり》のようにうごめく陰鬱な人の群れであった。

日はとうに暮れたが、まだ明るさは十分残っていた。酔った体に夕方の風が心地よい。何だか体中の血が霧のようになって好き勝手に噴き出しているようだ。道路の形も区切りも失われ、土が削れ、瓦礫《がれき》の散乱する路面は歩きにくいが、露店の品物が並べられていないところならどこを歩こうと構わないのだ、と思うと、彼はその無拘束な状態に不思議な解放感を覚えた。まさに、たががはずれたようで、それはまた、すべてが崩壊した後の底なしの不安の中をさまよっているようでもあったのだが。

そのとき、踏み出した足の先に何かぶつかり、彼は痛みを感じてよろけた。彼の履く地下足袋《たび》も、随分傷んできていたから、石に蹴つまずいた拍子に爪でも割ったのか、地下足袋の擦り切れかかった先に血がにじんでいるようだ。こんなことでこのまま帰るのも癪《しゃく》だな、と立ち止まって彼は思わず周囲を見回した。

「あら、どうしたんです、けがでもしたですか?」

不意に彼のすぐ後ろから女の声がかかった。振り向くと、薄汚れたもんぺ姿の女だ。年は五十ぐらいか、先ほどから背後についてくる人の気配を感じていたが、この女だったのだ。

「履き物を脱いでみたらどうです? 破傷風にでもかかったら困るでしょうに……」

女は彼の足元を見て優しげに言った。

いきなり破傷風とは大げさな、と思う間もなく、女は峻三の腕を摑んでいた。

「絆創膏《ばんそうこう》をあげるから貼っておいたらどうです?」

「そうだな……」

と峻三が何の気なしに女の親切に乗りかかったとき、

「いい子も紹介しますよ」

女は彼の耳元でささやき、返事も聞かずに先に立って歩き出した。

辺りに薄闇も迫っていたが、露店に群がる人混みの中を、峻三は足の痛みをこらえ、憑かれたように女の後について歩いた。女はときどき振り返って彼を確かめた。やがて女は人混みから抜けて、焼け崩れたビルとビルの間へ入っていった。

不意に近くで男の怒鳴る声がして、揉み合う音が聞こえた。見ると左手の瓦礫の山の陰で二人の男が一人を殴っていた。殴られている方は軍服のズボンをはいているようだった。

「あっちは見ない方がいいよ。早くこっちへ……」

女に言われて峻三はあわてて身を翻した。

「兵隊みたいだったが、相手はやくざなのか？」

「兵隊帰りがやられてることが多いよ。生意気なこと言うからいけないんだ」

女はいい気味だと言わんばかりの顔をして峻三を見た。峻三が驚いた表情をすると、

「まったく、戦争に負けたくせに、いつまでもいばるなって言うんだ。こっちは食うか食われるかなんだからさ……」

女は鋭く光った目を向けてきて、にっと笑った。峻三も思わず笑って応えた。女についてきたことを後悔しかけていた気持ちが、どうでもよくなった。

「足、痛むですか？　もう、すぐそこだから……。休んでいけるから、ね……」

女は彼の気持ちを見抜いたように押しつけがましく、かつ優しげに言った。

三階か四階建ての焼け焦げたビルがあって、脇へ回っていくと何かの焼けた鉄板で覆った入り口があった。女に続いて峻三が中に入ると、そこは土間のようになっていて、奥に下がっていた白っぽい布が揺れて男が顔を出した。不機嫌そうな顔をした痩せた男だ。

「ちょっと絆創膏を取ってよ」

女に言われて男はさほど驚いた顔もせず、すぐに引っ込んで絆創膏を持ってきた。峻三は女の言うままに汚れた長椅子に腰かけて地下足袋を脱ぎ、爪の割れた傷口に絆創膏を貼った。

すると女は彼の脱いだ地下足袋を脇へ押しやり、もう片方も脱ぐことを要求して手を差し出しながら言った。

「それじゃ、そこの階段から二階の方へ、どうぞ……」

峻三がもう一方の地下足袋を脱いで石の段に上がると、女が小声で金を要求した。さほど高額ではなかったので彼はその場で金を払い、階段を上がった。狭い階段の周囲は、猛火の臭いが残っているような汚れが染みついていたが、足元からはきれいに掃き清められた冷たい石の感触が裸足《はだし》の足に伝わり、人の心遣いが感じられた。峻三は久しぶりに懐かしい人間臭いものに触れたような気がした。ふと彼は、結婚する前のもっと若いころに、文学仲間と連れだって何度か訪れた、新宿辺りの女郎屋のことを思い出した。

階段を上がったところは行き止まりになっていて、三階より上は使えないらしい。二階といっても炎の焼き尽くした跡も生々しく、コンクリートを張った床が残っているだけのようだ。そのさして広くはない空間に、綱を張り布を垂らして三畳ほどの広さを囲ってそれらしい場所が設けてある。そこに女が一人、綿の薄い布団一枚を敷いて座っていた。三十ぐらいの女で、大して化粧もしていないようだ。

「あなた、この辺の人？」

女が彼を見ておずおずと訊くので、

「いや、ずっと西の方だ。この辺じゃない」

峻三は少し大げさに否定してみせた。

女は、ほっとしたような顔をした。色の白い小作りな顔立ちで、口元の辺りが年より幼げに見える。峻三は何となくリスのような愛らしさだと思った。

峻三は眼鏡をはずして脇に置き、横になって堅い寝床の上で女を抱いた。女の体は柔らかで温かかった。その体に何かしらわけもなく愛しさが込み上げてきて、峻三は女の髪や肩の辺りを何度も撫《な》でた。

女は何も言わずに彼のなすがままになっていた。そして最後まで彼の顔をまともに見ようとしなかったが、彼が眼鏡をかけて帰り支度にかかったとき、女は何度か彼に視線を向けた。去り際に、振り返って声をかけたので女はうなずいたが、そのまま俯いていた。

峻三が二階から下りていくと、先ほどのもんぺ姿の女の姿はなく、男が出てきて、相変わらず不機嫌な顔をしたまま左手一本で彼の地下足袋を出してくれた。そのとき初めて、峻三は男の右腕が失われていることに気づいた。

峻三には、あの中年過ぎのもんぺ姿の女は、焼け出される前、この辺りの女郎屋にいたのではないかと思われた。軍隊帰りのような感じもある男の方は、女よりも年若く見えるが、何かの縁で結ばれてこんなふうに暮らしているのだろう。峻三はそんな想像をした。

すでに夕闇が焼け跡の街を覆っていた。月の光もないままに、ビルの残骸が次第に不気味な黒い影に変わる時間だ。峻三は、汚れた土の臭いを感じながら瓦礫の谷間を歩いた。駅の方に明るい一角が見えていた。峻三はそれを目指して歩いた。夜が来るとともに露店の数は次第に減っていくようだった。

歩きながら彼は、自分の中に何かしら変化の起こるのを感じていた。忘れていた何か――女の息遣いや肌の温かみ、汚れた土の臭い、露店の間をうごめく人の群れ、それらのものへの生き生きとした感覚が、自分の中に蘇ってきていた。

すると、生島秋月の自殺以来、すっかり縁遠くなっていた、かつての文学仲間のことが次々と思い出された。懐かしさが込み上げ、自分の中に温かな血の流れを感じた。そうだ、戦争が終わったということは、まさに文学が蘇ることでなければならぬのだ。そんな思いが胸に湧き上がった。

駅の近くにはいくつもの屋台があり、客寄せのために炎を燃やしていた。何ヵ所もの炎が赤々と周囲を照らしていて、店の男が客を呼ぶ声も賑やかで、コップ酒をあおる男たちが群がっていた。

峻三は屋台の男からコップについだ酒を受け取ると、他の客たち同様に屋台の外に立って飲んだ。居合わせた男たちと顔を見合わせてわけもなくうなずき合い、意味もなく言葉をかけ合った。そうして峻三は、何かしら大きな変化を予感する気分に浸っていた。

コップの酒を飲み終えた峻三は、また、荒れた甲州街道を一時間あまり歩いて帰った。

その後何日かたつうちに、峻三はどうしてもまた新宿へ行ってみたくなった。新宿へ向かう電車が少しずつ復旧してきて、途中から乗っていけると聞いたせいもあった。彼はあのときの、ただ生きるための金欲しさに身を売る女が哀れだった。

和泉町の家を出て甲州街道まで歩き、電車の乗り場を探した。電車は一両だけで、茶色の車体に炎を被った跡のような縞《しま》模様がついていた。そして、どっちを向いても焼け跡ばかりのところをガタガタと音を響かせてゆっくり走った。乗客は座席にいる者も吊革《つりかわ》を握っている者も、皆、疲れ切った顔であったが、見ず知らず同士が互いの気持ちを察し合う短い会話があちこちでささやかれていた。

峻三は新宿で降りて駅の外に出ると、露店の間をしばらく歩き回ってから、この前女に案内された焼け崩れたビルを探した。それはすぐに見つかった。しかし住人がすっかり変わっていて、やくざ風の若い男が二、三人見えるだけだ。あの遣り手婆や片腕の男の気配は何もなかった。峻三はひどく落胆して露店のある方へ戻っていった。

前回のときに比べても露店の数は大分増え、瓦礫や土を片づけて客の便を図った跡も見える。駅の近くには屋根つきの店さえ出て、電球が屋根の下にぶら下がり電気の配線もあちこちに見えた。露店では食糧品のたたき売りが人気の的になっていて、群がる人々の熱気が漂っていた。

路上に敷いたむしろの上に古本を並べてあるのを見つけたので、峻三はとうとう小説本を一冊買った。その本を手に持つと、彼は少し自分を取り戻したような気分になった。すると、山梨にいる妻や子のことを思い出し、たまらなく懐かしさが込み上げてきた。だが、この荒れ果てた東京に家族を迎えることなど、今の彼にはとてもできそうになかった。

日本の国土には進駐軍が上陸し、八月末には総司令官のマッカーサー元帥も着任して、本格的に日本占領統治が始まっていた。

高戸青年学校では、九月になっても教師も生徒も揃わず、しばらくは授業も何もできない状態が続いた。青年学校そのものが廃止される運命にあったのだ。松崎校長自身、来年三月には学校を辞めるとあちこちで漏らしたりしていた。

敗戦となって以後、多くの軍人が自決し、日本の軍隊は崩壊していた。東条元首相自殺未遂の報もあった。峻三は、長い間彼を苦しめてきた軍人コンプレックスから解放され、今や自分の生き方を取り戻すのだと思った。だがその一面で、進駐軍の支配が始まった以上、戦争協力者であった自分は、もはや教師でいることができないのではないか、という不安や恐怖が消えず、何もかもがしばらくは成り行き任せの不安定な毎日となった。

九月半ばを過ぎたある日、峻三はようやく手に入れた自転車に乗って学校へ来た。自転車を置いてから玄関に回っていくと、そこに唐本良継が立っていた。

「唐本さん、帰ってきたのかっ」

思わず叫んで走り寄ると、

「無事に戻れたよ、笠井さん。あと一ヵ月も続いたら、俺は完全に参ったろうよ」

唐本もうれしそうに両手を伸ばしてきたが、その顔色はどす黒く、頬は痩せこけていた。

「女房が泣いて喜んでくれてね、家も焼けずにあったから、お陰でこの通り、体も回復したよ」

唐本の話によると、千葉の駐屯地で本土防衛戦に備えて訓練を受けていたが、そこで敗戦を知り、その場で除隊となった。そのとき仲間と一緒に軍需物資の分け前を得ようと機会を狙ったが、結局上官にすべて先取りされたという。軍需物資奪い合いの話は峻三もいくつか聞き知って腹立たしい思いをしていたが、唐本にしてそうなのかと驚いた。

「ところで唐本さん、十五日の玉音放送の後、降伏に反対して最後の決戦をしよう、というような動きはなかったのか？」

峻三は実際の様子を聞いてみたかった。すると唐本は目を丸くして、

「そんなことはなかった。下士官たちは何か言い合っていたようだがね。われわれ下っ端の歩兵たちは、戦争が終わった安堵感の方が遙かに強かった。皆、さっさと帰ってきたよ」

峻三が妻や子を田舎に置いたままであることを言うと、唐本は真剣な表情になって、

「笠井さん、もう戦争は終わったんだ。われわれも懸命に生きてきた。過去のことはできるだけ忘れて、これからは家族のために働いていこう。それが一番いいことだと思うが……」

唐本に言われて峻三はわれに返る思いがした。

「うん、俺も多代たちのことは早く何とかしたいと思っている。まず家を直して……」

「そうだ、それがいい。何か手伝うことがあったら俺にも言ってくれ」

唐本に肩を叩かれ、峻三は何だか逆に励まされたようだった。

九月も末のある日、峻三は新聞に載った大きな写真を見て、しばらくは声も出ずに凝視した。それは、天皇がアメリカ大使館を訪問して、占領軍最高司令官のマッカーサー元帥と会談した際、二人並んで撮った写真であった。

モーニング姿の天皇に並んで立つマッカーサー元帥は、堂々とした体躯《たいく》でいかにも余裕を感じさせる表情である。天皇は普通の中年男性と変わらぬ風貌のようで、緊張しきった

様子とも見えた。そんな天皇の全身像を、峻三は一度も見たことがなかった。

「俺たちが食うや食わずで頑張ってきたのは、何のためだったんだろう……」

峻三は愕然とする思いで何度もそうつぶやいた。そうして新聞の写真を見返しているうちに、日本は予想以上に容易ならぬ事態に直面していると感じた。

「下手をすると、俺たち日本人はアメリカの奴隷になるしかないんじゃないか……」

そんなことまで想像し、もうどうあがいても仕方がないような気がした。

青年学校を卒業してすぐに出征した教え子たちの消息も、今のところまったくわからない。船に乗せられ南方へ派遣されたと聞いてはいたが、絶望的な戦場の真っ直中に行かされたのに違いなく、峻三は彼らの安否を口に出す気にもなれないでいた。

唐本の話によると、あの若者たちに無駄な犠牲を押しつけ、日本は徹底的にやられた上で敗戦の日を迎えたのだ。ここまで押し進めてきた戦争の責任はどうなるのだろう。そう考えると峻三は、自分が重罪に荷担してきたことを思わずにいられなかった。

そんなときに、峻三のところへ多代から手紙が届いた。

手紙には、戦争が終わった後に届いた峻三の手紙があまりに簡単な内容で、その後、何の便りもないので、「わたしたちはこのまま田舎で暮らすことになるのかしらと心配です」と書いてある。亜也子も久仁子も幼い心で峻三の安否を心配している、どんな家でもいいから家族揃って暮らしたい、と多代は言い、末尾の方にはこう記してあった。

　驚くでしょうが、わたしのお腹には新しい命が授かり、もう多分、五ヵ月目に入ります。六月だったかしら、この前こっちへ来たときのことを、どうか思い出してください。今度会ったときにお知らせしようと思いながら日が過ぎてしまいました。この子のことも、どうか大切に考えてください。

峻三は本当に驚いた。しばらくは開いた口がふさがらないほどだった。

彼は、五月の下旬に山の手一帯の空襲で家が焼失した後、山梨を訪れた日の夜のことを思い出した。あの古いあばら屋の狭い部屋で、子供たちの寝息を窺いながら息を潜めるようにして、確かに彼は多代の熱い体をひしと抱いたのだった。あれからすでに四ヵ月あまりがたっている。彼は多代の文面を見つめて、言いようのない感動に震えた。

山梨にいる多代が八月十五日以後の峻三の行状を知るはずはないにしても、彼は多代にすまないという気持ちで胸が一杯になった。バラックの建て直しがすみ次第迎えに行く、と書いた手紙を、その日のうちに多代に送った。まだ自分自身がどうなるかもわからないが、すべては運命のままだ、しばらくは妻や子のことだけを考えて過ごそうと思った。

近くに住む大工を頼んでバラックを建て直すのに、それほど日数はかからなかった。十一月に入って間もなく、峻三はリュックを背負って山梨の田舎に妻や子を迎えに行った。多代の妊娠は外見でもわかるほどになっていた。

「信じられないなあ……」

峻三は多代の腹を撫でて言った。多代は顔を赤くして笑い、

「この近くで山羊のお乳を分けてもらうようにしているの。お腹の子のための栄養補給よ」

その夜はまた、久しぶりに子供三人を真ん中にして寝た。

峻三は多代と子供のために生きたいと切に願った。そうして彼は快い疲労感に襲われ、子供たちの寝息を聞いているうちに亜也子のそばでじきに寝込んでしまった。

翌日は、朝早めにあばら屋を出た。多代も子供たちも、何の未練もない様子で峻三に従って坂道を下った。多代の実家に立ち寄ると、七十を過ぎた義父が涙を流して迎え、

「わしはこの日が来ると信じておったでな……」

と言って喜んだ。峻三もこの義父の温情には心から感謝した。

バスで甲府に出てから乗った列車は大変な混みようで、峻三たちが東京の目指す家に帰り着いたのは、すでに夕闇の中であった。無事な姿で立つ小さなわが家を見て、峻三はようやく安堵感に浸ることができた。当面の仮住まいとはいえ、部屋が二つあって台所に使える土間もあったから、多代は喜び、以前の笑顔が戻った。

明くる日、峻三は一人で埼玉の実家に行き、多代と子供たちを田舎から連れ戻したことを報告した。その中で峻三は、四人目の子が多代の腹にいることをつけ足して言ったのだが、たちまち兄夫婦も母の里江も呆気にとられた顔をした。

「そりゃあ大変だ。峻三もしゃかりきになって働かなきゃなるめえな」

兄の隆吉はそう言いながらも喜んでいたが、里江は心配そうな顔をして言った。

「春に生まれるんじゃ大変だろう。わしが手伝いに行ってやってもいいがな」

峻三は帰ってから里江の言葉を多代に伝えた。多代の母は三年前に世を去っていたので、多代はこの義母の言葉を喜んだ。

こうして峻三は、胎児を抱えた妻と三人の幼い子のために、毎日が食べることとの戦いになった。そのころから、一緒に近県へ食糧の買い出しに行ったのがきっかけで、唐本良継が峻三の家に折々やってくるようになった。子供のない唐本には、自分の妻ともども峻三の子供たちの様子を見に来る楽しみもあった。

そうした中で、GHQが戦争協力者の追及を始めたというニュースが報じられたとき、峻三は一瞬、体が硬直するような恐れを感じた。しかし学校の同僚にもそれを言わず、妻にも打ち明けぬまま息を潜めるような気持ちで過ごした。そうして、結局その追及が峻三などに及ぶことはまったくないまま、その年の暮れは瞬く間に過ぎていった。

昭和二十一年の正月が明けた。峻三にとっては何よりも、家族を無事に呼び戻して新しい年を迎えたことが奇跡のように思われた。飾りも料理も何もない正月ではあるが、これほど落ち着いた気分で迎えられるのも信じられないほどだ。彼自身死なずに生きながらえたことがこのような時間を可能にしたのだと思うと同時に、あの戦時中の姿は、悪夢に取り込まれていたのだという気がしてならない。

少しでも正月らしくしたいという多代の願いもあって、暮れの配給で手に入ったわずかな餅米に代用食のモロコシを加えて量を増やし、蒸してすり鉢でこねて餅らしきものを作った。元日の朝になると、素焼きのどんぶりに盛った「お雑煮」ができて、亜也子も久仁子も頬を赤くしてうまそうに食べ、峻三と多代は飽かずにそれを眺めた。

食事がすんだところで峻三が元旦の新聞を手に取って見ると、一面いっぱいに天皇陛下の年頭詔書が載っていた。何気なく見出しの文字を追った峻三は、「天皇、現御神《あきつみかみ》にあらず」という文字が目に入って釘づけとなった。天皇は神話と伝説によって生まれた神のような存在ではない、と天皇自らが詔書で述べているのである。

敗戦国日本が、占領軍の統治下で再出発するということは峻三も理解していたが、天皇御自ら「神にあらず」と宣言して過去を否定するとは、想像もしていなかった。

そこへ多代が台所の土間から上がってきて、亜也子と久仁子に向かって言った。

「さあ片づいたからね、お父ちゃんと一緒に八幡様へ行こうね」

今朝、「お雑煮を食べたら八幡様へお参りに行こう」と言ったのは峻三であった。八幡神社は歩いて十分足らずのところにある。

峻三は、兄のお下がりである紺の褞袍《どてら》に黒い三尺帯を締め、二歳になった晴彦を抱き上げ、下駄を履いて外へ出た。多代はもんぺを脱いで、着慣れた縦縞の小袖姿になり、亜也子と久仁子の手を引いて歩いた。

峻三が子供のころから慣れ親しんだ八幡神社は、戦災に遭うこともなく、同じく訪れた人々とともに社殿で手を合わせると、すっかり古来ゆかしき正月気分になれた。神とはこのようにごく身近な自然的存在なのだ、と峻三はつくづく再認識する気分だった。

翌日の昼前に、峻三は隣組の関係でよく世話にもなった富田という家へ年始に行った。富田の主人は五十近い年格好で、電気会社に勤務していた。峻三が玄関で挨拶して、

「元旦の新聞に陛下のお言葉が載ってましたね」

と水を向けると、富田は何を言わせるのかという顔で、きっとなって彼を見た。もう憲兵もいなくなったのだが、習慣づけられた警戒心はなかなか消えるものではないのだ。峻三は声を低めて言った。

「現御神にあらずと見出しにあったので、びっくりしましたよ」

「ああ、あれね……。日本は戦争に負けたんだなあと、つくづく思いましたがね……」

隣組の中心人物とも言える富田は、慎重な言い方をした。

峻三は、自分が受けたほどの衝撃を富田は受けていないらしいと感じた。ついこの間まで富田も町内で率先して天皇崇拝を演じてきたくせに、と峻三は理解に苦しむ思いがした。それから五日後の午後になって、峻三は高戸青年学校に出勤した。

去年の九月以降、占領軍の方針により、学校教育上の教えてはいけないことの指示が次々と来て、何をどう教えるべきかが摑めないまま、教師たちの意欲も減退しがちだった。日本軍国主義が壊滅した今、特に青年学校はその存在価値を失ったも同然なのだから仕方がない。

だが、生徒たちは夕方になれば必ず三々五々、青年学校の教室にやってきた。敗戦という未曾有の現実に直面し、皆、将来に不安や恐れを抱いて教師や仲間に会いに来るのだ。生徒たちにとって学校は差し当たっての心のよりどころでもあるのだ。

戦争終結以後、一時は荒んだ精神状態にあった峻三も、家族への思いが蘇るとともに、再び教師としての自分の仕事を取り戻そうとしていた。

学校は真冬の寒さの中でひっそりとしていたが、今朝は小学生たちも登校してきたに違いなく、校舎の周囲は掃き清められ、校庭には新たに踏みつけられた無数の足跡が広がっていた。

「新しい年が始まりましたね」

峻三より先に来ていた竹谷が、自転車置き場で声をかけてきた。戦争が終わって初めての正月であり、確かにそう声をかけ合いたくなるような気分もあった。

「やっぱり、小学校はいいですね。何だか懐かしい気分になる」

峻三は軽く応じて職員室へ向かおうとした。すると脇の方から不意に声をかけられた。

「笠井先生、お変わりありませんか」

見ると、薄汚れた兵隊服の男が三人、彼の方に近づいてきた。

それは一年前の卒業生に違いなかった。峻三が担任した生徒を陸軍に向けて送り出した次の年、つまり昭和十九年に卒業し徴兵された生徒たちである。

「おお、君たち、無事で帰ってきたのか」

峻三は叫んで走り寄った。

「無事も何も、九州に行った後に中国の大連に行かされて、そこでじきに終戦です。帰ってくるのが大変でしたよ」

「人殺しはしなくてすんだけどな……」

別の一人も言って、二人は意味ありげな薄笑いを浮かべた。

残った一人が峻三の顔を正面から見据えて言った。

「先生は、日本は必ず勝つと言ったけど、あれは嘘を言ったんじゃないんですか?」

いきなり鋭い詰問を浴びせてきた。その生真面目そうな細面の顔を見て、峻三は即座に思い出すことがあった。

それは一昨年、昭和十九年夏のある日の夜だった。峻三は生徒下校後の校舎を見回りに行ったとき、卒業を間近にしたはずの生徒が数人教室に残って口論しているのを見た。峻三が入って下校の注意をすると、塚田《つかだ》という生真面目そうな細面の男が進み出て、「日本軍はもう勝つ見込みなんてないのではないか。俺たちが行って何の役に立つか」という意味のことをまくし立てて、峻三に食ってかかった。他の者たちの様子を見ると、教師に反抗しかねない不穏な空気も漂っているようだった。

教練の沢田教官がすでに帰った後なのは幸いだったが、入営間近な生徒をこのままにしておくのはまずい、と峻三は思い、説得しようとした。そして、いつまでも一人だけ不服そうな目をしている塚田を睨みつけて、一段と声を張り上げてこう言ったのだ。

「いいか、よく考えてみろよ。戦争をして負けようと思う者はいない、勝つために戦うのだ。勝つために若者がどんどん戦場に押し寄せる。その力を敵国に見せてやるのだ。今ほど君たちのような若者の力が必要なときはないというのは、まさにそういう意味だ。日本は必ず勝つのだ。そのために全力で戦う以外に、今の君たちにいったい何ができるか」

塚田は反発する気力を失い、結局は峻三の説得に服して戦地に立つことを誓った。

そのころの峻三は、まるで軍国主義者になりきったようだと自分でも思い、教え子を死の戦場へ送り出すことに良心の呵責を覚えるような反省も、もはや停止した状態だった。

「笠井先生は、本当に日本が勝つと信じていたんですか？」

黙っている峻三に、塚田は怒りを含んだ鋭い目を向けてきた。

そんなことを今さら答えられるか。峻三はそう叫びそうになったが、かろうじて抑えた。

「どうにもならなかった、何事も文句は言えず、みんな必死で……」

つぶやくように言いかけた峻三が、不意にわれに返って塚田の顔を見た。そして一、二歩下がると膝を折り、前に倒れ込むように両手を突いた。

「申し訳ない……。あのときは、君たちを説得してでも兵隊に行かせる以外に、何も考えられなかったのだ。許してくれ、この通りだ……」

塚田は目を見開いて峻三を見下ろしていた。他の二人も、顔を硬直させて峻三を見ていた。やがて、なかなか頭を上げない峻三をそのままにして、三人は立ち去った。

峻三は力なく立ち上がった。悔し涙が頰を伝っていた。

峻三が玄関から校舎に入っていくと、廊下の真ん中に松崎校長が立っていた。

「笠井先生、大丈夫ですか?」

峻三の顔を見ると、松崎はあわてて走り寄ってきた。

「卒業生でしたか、何を言ってましたか?」

松崎は彼に問うたが、おおよその見当はついているらしい。峻三は何も答えずに職員室に向かおうとした。

「何も、笠井先生のせいじゃない、土下座して謝るようなことをしなくても……」

彼の耳のそばで松崎が言った。峻三は廊下の真ん中に立ち止まって松崎に向き直った。

「でも、戦地に行かされた彼らにしてみれば当然の気持ちでしょう。あのように言ってこられたら、教師は謝るしかないですよ」

「しかし、教師に暴力を振るってくる奴もいるらしいからね……。簡単に謝ったりしない方がいいんです」

「じゃ、天皇陛下に、国民に向かって謝ってもらいましょう、そうすれば皆、納得します。ぜひ、そうしてくださいよ、松崎先生……」

松崎が急には何も答えられずにいる様を見ると、峻三はくるりと背を向けて職員室の入り口に向かった。

職員室に大方の教師が揃うと、松崎校長が椅子から立ち上がった。

「本日は始業の前に、一つ先生方と確認しておくべきことがあります。笠井先生、先ほどの卒業生の件を話してください、簡単で結構です」

そういうこともあろうかと予期していた峻三は、立ち上がって落ち着いた口調で話した。十九年度卒業生の塚田他三名が復員し、本校にやってきて、戦時体制中の峻三の指導について誤りを追及しようとしたことを述べ、

「僕は彼らに土下座して謝ってしまいました。それしかないと思った。確かに僕は教師として、栄えある皇軍兵士たれと言って彼らを説得し、戦場に送り込んだ。しかも日本は、

あれほど喧伝していた本土決戦も、一億玉砕も、言葉だけに終わらせて負けを認めてしまったのだから、僕は彼らに嘘を言ったと追及されても仕方がないのです」

峻三が話し終えて着席すると、他の教師は一様に困惑して考え込んだ。

すると松崎がまた立ち上がった。

「そんなわけで笠井先生は大変な思いをなさったが、軍隊の復員はまだこれから増えるでしょうから、今後のことも考えておかねばなりません」

松崎がそう言って見回すと、唐本が立って言った。

「笠井先生の話されたことは、われわれとしても誠に胸にこたえるものがあります。しかし、戦地から復員した卒業生に、われわれ教師がいちいち謝罪しなければいけないことなのかとなると、大変、疑問に思います」

他の教師も大方うなずいていた。それを見て松崎が言った。

「われわれ自身も大変な苦労をして国のために働いてきたわけです。そこは卒業生も理解すべきであるし、戦争に負けた責任が学校にあるわけでもない。だから今になって卒業生が教師の言動を追及するのは、筋違いと言うべきです。教師が謝罪したりすれば、かえって彼らを増長させる場合もあることを注意したいと思います」

松崎は話を締めくくろうとして峻三に目を向けた。

「それでおおむね異議はありません。しかし……」

そう言いかけて峻三はちょっとためらったが、

「しかし先ほど松崎先生にちょっと申し上げた、天皇が国民に謝罪するということについて、何かご存じのことはありませんか？　あるいは松崎先生のお考えでも……」

「わたしは、それは聞いていませんが……」

松崎は困惑して目を白黒させた。

「天皇が謝罪？」

とあちこちで声がして、

「天皇陛下は元旦の詔書で現御神にあらずとおっしゃった。わたしも驚きましたが、あの詔書が発表されたことには、国民の多くが納得しているんじゃないですか」

竹谷が言うと、年長の田所《たどころ》も冷静さを見せて発言した。

「終戦の詔書以来、天皇は一貫して国民の気持ちを考えたご発言をしています。戦争の責任は、やはり実質的に軍や政府にあるわけで、ＧＨＱも厳しく追及すると思います」

すると、普段めったにものを言わない石森潔《いしもりきよし》が手を挙げた。数学を教える石森はまだ二十代だが、大病をしたのが原因で兵隊になる体力がなく、兵役免除となっていた。

皆の目がいっせいに注がれると、石森は色の白い顔を赤らめ、唇を震わせながら言った。

「天皇は絶対的存在で、戦争中もずっと神のような存在だったじゃないですか。僕もそう信じなければいけないと思っていましたが、それを間違いだったと言うなら国民に対して謝罪するのは当然で、それがなぜ詔書の中になかったのか、と僕は思ったんですが……」

するとと松崎校長は、話が思わぬ方向へ発展するのを抑えようとして、

「そういう議論はいろいろあるでしょうがね……。とりあえずわれわれとしては、復員した卒業生が訪ねてきた際の対応には慎重であるように、わたしからもお願いしておきます」

と締めくくって自分の席へ戻ってしまったので、表立った話はそれで切れた。

唐本は峻三の考えていることが気になったので、彼のそばへ来て言った。

「笠井さんが天皇の謝罪を求めるようなことを言うとは、僕は意外だったが……」

「僕はただ、戦地から帰った彼らの中に文句を言う者がいるのは、もっともだと思ったのだ。大体、戦争に負けたからと言って、天皇陛下がそれまでのことを否定して、実は神ではなく人間です、と言ったのでは戦死した兵隊も浮かばれない。だから僕は、敗戦のわけを明らかにして、国民に謝罪する方が先じゃないかと思ったまでです」

唐本は言い返す言葉が出てこなかった。

少なくとも戦時中を通じて、峻三が国に対して忠実だったことは確かだと唐本は思った。それだけに峻三の言うことは筋が通っているが、天皇が国民に謝罪することになれば、戦争の全責任を負うことになる。果たしてそんなことができるのか。そう考えると唐本にも見当がつかなかった。

やがて春になり、日ごとに暖かさが増してきた。四月、多代は、家からさほど遠くないところにあった産院で無事に男の子を産んだ。峻三はその子に康彦という名をつけた。

埼玉の実家から里江が来て五日ほど泊まり込み、孫たちの世話を焼いて多代を助けた。お陰で多代は産後の肥立ちもよく、峻三も大いに助かった。

戦後の改革が進む中で、青年学校は完全に廃止されることになっていた。それに代わる新しい制度の学校ができると聞き、峻三も教職への新たな意欲をかき立てた。

そんなときに、彼は思いがけない訪問を受けた。

その日は夏の到来を思わせる暑い日であった。峻三が出勤して学校の井戸で水を汲んで飲み、そのままそばの木陰で一息入れようとしたときである。

「笠井先生、卒業生のお客さんです」

開け放った廊下の窓から若手教師の石森が顔を出して叫んだ。

峻三が行こうとすると、昇降口の方から白シャツの男が二人出てきた。戦闘帽を被り、下は国民服のズボンである。二人は峻三の前に来ると、右手を挙げて敬礼をした。

「福地盛雄、ただ今帰りました」

「芦沢英次、ただ今帰りました」

峻三はわが目を疑うように二人を交互に見つめ、

「おお、君たちか……。よくぞ無事で……」

思わず両手で二人の肩を叩いた。

「自分は、先生に生きて帰ってこいと言われたのが、いつも励みになりました」

福地が言うと、芦沢も、

「自分も同じです。笠井先生のおっしゃったことを思い出して、ずっと頑張ってきました」

そう言って二人とも唇を震わせた。峻三は何度もうなずき、思わず涙を流した。

福地も芦沢もそれぞれに南洋のフィリピン方面へ派遣されたが、武器も弾薬も乏しい中で生き延びて敗戦を迎えた。復員船で九州の博多港に着いてから、二人は街で偶然に出会ったのだという。峻三はまた近いうちにぜひ家へ話しに来てくれと言った。

二人が帰った後、職員室に戻った峻三は、すぐに隣席の唐本に話しかけた。

「福地も芦沢も、無事だったんだ。二人とも僕に会えて、本当に感激していたよ」

「うーん、僕もこちらから見ていたが、そんな感じだったな。彼らはまだ純粋だね」

唐本も感心して言った。

峻三は、福地と芦沢の顔を見たとき無事な姿を見て喜ぶと同時に、彼らが峻三に対してどんな恨みや批判を抱いてきたか、と急にそんな疑いが胸を襲うのを感じた。ところが二人とも、峻三に対する尊敬や感謝の心情を表しこそすれ、反感のようなものは微塵もなかった。それが峻三には何にも代えがたく、ありがたかった。

それから半月もしないうちに、福地盛雄と芦沢英次は二人で峻三の家を訪ねてきた。

福地は家も家族も戦災で失い、練馬の方で開業医をしている叔父を頼っているという。芦沢は両親は無事だったが、焼け出されて無一文の状態だという。福地も芦沢も食糧に窮し、仕事を求めている状態だったが、峻三があれこれ話しかけると次第にうち解けて、現地での武装解除の有様や、復員船内での見苦しい奪い合いなどの出来事を話した。

その後、二人は頻繁に峻三の家に来るようになった。来れば大抵モロコシの粉の入ったパンや水っぽい芋、あるいは芋の蔓《つる》を煮込んだ雑炊など、多代が出せば何でも食べて帰った。そのうちに、復員した他の同級生も先生の家にはパンがあるなどと聞いて連れだってやってきたりしたから、日々の食糧をやりくりする多代も大変だった。多いときには八人ほども集まったが、峻三は彼らを決して拒まなかった。

彼らの中には、フィリピンに向かう戦艦が攻撃を受け、沈没して海に放り出され、九死に一生を得て帰還した者もいたし、中国大陸に派遣されながら戦わずして捕虜になった者もいた。さらには、上官の理不尽な命令や食糧調達の苦闘、軍隊内部での暴力のすさまじさなど、代わる代わる話し出せば尽きることがなかった。

どの話も二十歳になるかならぬかの若者が味わった過酷な体験であり、敗色濃厚の絶望的な戦争にしかない惨めさと残酷さに満ちていた。峻三はそれらの話を一つ一つ真剣に聞き、時には涙を流した。他にもまだ消息のわかっていない者が何人もいるので、彼らの運命を思いやると峻三の胸は痛んだ。

あるとき、峻三が学校に取っておいた卒業アルバムを持ってきて見せると、彼らは代わる代わる見ては当時の思い出話がいくつも出てきた。福地はアルバムについていた名簿を見て、同級生の消息を調べて新しい名簿を作ろうと提案した。峻三は涙が出るほどうれしかった。彼はその場で名簿の印刷されたページを切り取って福地に渡し、わかったことをこれに書き込んで名簿の原稿にするように言った。物資不足は紙も同様であったから、峻三は咄嗟《とっさ》の思いつきでそのようにしたのだった。福地は感激してそれを持ち帰った。

こうして峻三の教え子たちは、次第に峻三の家族とも親しみ、子供の遊び相手になったり、バラックの脇で畑仕事の手伝いを進んですることもあった。

そんな中で、福地盛雄は生来の生真面目さによって、多代の信頼を得るようになった。多代は福地を彼らのまとめ役のように扱い、福地もその気になっていたから、時には多代に特別扱いされる存在にも見えた。芦沢英次はそういう福地を陰でしきりと羨み、多代に憎しみさえ抱くようになるのだった。

確かに、峻三と教え子たちの間は青年学校当時から引き続き、敗戦の後も親密な師弟関係を維持しているように見えた。しかしその教え子たちが、復員して何ヵ月もたたないうちに妙な噂を耳にして秘かな動揺もあったのを、峻三は気づかないままでいたのだ。

それは、復員した塚田ら一級下の卒業生に対して、峻三が土下座して教師としての過ちを謝罪した、という噂で、それを聞いたとき彼らはこぞってその噂の不当を言い合った。

「笠井先生に謝らせるなんて、とんでもない奴らだ」

と、福地も芦沢も塚田らを非難した。だが、その後で芦沢英次がつぶやいた。

「だけど大村も、とうに戦死しちまったんじゃないかな……」

大村喬は峻三の説得で兵隊になり、戦地に行った。出征の近づいた日、大村を中心にして皆で励まし合ったことを芦沢は思い出していた。その大村の消息について峻三が何も言わないように見えることが、彼には秘かな不満だった。

そうして結局、誰一人として「笠井先生土下座」の事実を峻三に確かめる勇気を持たなかった。峻三に向かって口に出してはならないことのような気がしたのであった。


夏が過ぎ、戦争が終わってからすでに丸一年がたっていた。

峻三のバラックもあちこち傷み、農家育ちの峻三は家の周りの修理もよく気がついて自分で直しもしたが、やがて来る冬への備えを思って大工を頼む必要もあった。多代は多代で封筒貼りの内職の傍ら、古着を子供の服に作り直す工夫に精出していた。赤子の康彦はときどき熱を出すので、そのたびに多代か峻三が医者の家まで五分ほど走らねばならなかったが、ともかく芋や雑穀が主食の中で多代の乳はよく出たし、五歳の亜也子を頭とする四人の子は何とか日々を凌《しの》いで暮らしていた。

福地盛雄が一人で峻三の家に来たのは、十二月に入って間もない日の朝方のことである。手みやげに子供の好きそうな駄菓子の包みを持ち、練馬に住む叔父からもらったという背広をきちんと着込んできたので、峻三は驚いた。

話を聞くと、福地は、戦災で死んだ親が昔やっていた駄菓子屋を引き継ぐつもりで、自営の店を出したいと言うのだった。医院を開業している叔父に相談したら、資金を援助してくれると言うので、立地条件のいい土地を探しているとも言う。たまたま心当たりがあった峻三は、知り合いを通じて土地を探してやろうと喜んで引き受けた。

そして十日ほどたった日、福地は帝都電鉄の走る永福町の駅から一、二分の便利な場所に借地を得た。そこはまだ焼け跡のままであったが、峻三の住む和泉町からも近く、福地はすっかり感激して早く店を持ちたいと張り切っていた。

その後しばらくして峻三を訪ねた福地は、三月のうちに店の建築にかかることになったと言う。福地の計画が順調に進展している様子に峻三も喜んだが、思わずこう訊いた。

「それはよかった。しかし君一人で店をやっていくのかい？」

すると福地は照れたように頭を掻いて言うのだった。

「それなんですけど、実は叔父の世話で、嫁さんにしたい人がいるんですけど……」

「何だ、そうか、どうも張り切っていると思ったよ」

峻三は呆れて、詳しく聞くと、相手は福地の叔父の知り合いの娘で、看護婦として叔父の医院で働いている人だという。彼女は戦時中に従軍看護婦を希望して、二年ぐらい満州にも行っていた。帰国してから戦災で家を焼かれて母親を失い、体の不自由な父親と一緒に暮らしていたが、最近その父親も死んで一人になり、また福地の叔父を頼って来るようになった。福地は、叔父の医院で看護婦をしている彼女に何度か会ううちに好意を持った。叔父はその様子を見て、彼女と一緒になって店をやってみてはどうかと勧めた。

「ほう、いい叔父さんじゃないか」

峻三が言うと、福地はにっこりして、

「そうなんですけど、その嫁さんになる人、実は自分より八つ年上なんです」

「八つも年上なのか……。しかし君の気に入った人なんだろう？　健康な人なのかい？」

「ええ、それはもう、健康で、よく働くし、きれいだし……」

「じゃ、いいじゃないか」

峻三が言うと、そばで聞いていた多代も笑い出して、

「年なんか上でも、気に入った人が一番ですよ、福地さん」

福地はそれで心が決まったらしい。何日もしないうちにまた峻三のところへ来た。

「先生、四月に開店できる見込みなので、自分はその前に彼女と結婚したいんです。仲人をしてくれませんか？」

「仲人なら、君の叔父さんが一番適任だろう？」

「叔父は親代わりなので、仲人のことは、自分が笠井先生に頼みに行くと言ったんです」

「そりゃ困ったな……」

仲人の経験などないから渋ってはみたものの、峻三は福地の頼みを断れなかった。

翌日午前中のうちに、福地は結婚相手の女を伴ってやってきた。峻三はこんな狭苦しいバラックに連れてこなくてもと思ったが、福地は先生の家がいいと言い張ったのだ。

家の中から道路の方に二人の姿を見かけると、峻三は多代と二人で家の外に出て迎えた。

「この人が嫁さんで村井《むらい》繁子といいます。もうじき福地繁子になりますけども……」

福地が大真面目な顔をしてそう紹介したので、峻三も多代も笑いながらうなずいた。

一張羅の背広を着込んだ福地の脇でお辞儀をした繁子の様子は、その笑顔からもこの結婚を心から喜んでいるのがわかる。彼女は小柄な体つきだが健康的な感じで、色の白い顔にくりっとした目が輝いている様子は、三十になる女にしては初々しくさえあった。

リスのような可愛らしさだ、と思いかけて、峻三ははっとした。二人を家の中へ導きながらも、峻三は何度も女の顔にそっと目をやった。そしてそのたびに「まさか」という思いが体中を駆けめぐった。

多代は気を利かせて子供たちを隣の部屋に追いやり、大人四人がちゃぶ台を挟んで向き合った。窓からの光を横から受ける感じで、峻三は正面の福地の顔ばかりを見て話すようにした。しかし、ときどき上の空のような返事をしたり、言葉を言い間違えたりした。多代もいつもの峻三にしては変な調子だと思いつつ、初めての頼まれ仲人に緊張しているのかという気もして、特別不審感を抱くことはなかった。

繁子は、部屋に入って福地の横にかしこまって座ってからというもの、格別な緊張に襲われていた。訊かれたことには短めに答え、終始、俯き加減のままだった。

ともかく、顔合わせの挨拶は無事にすみ、福地と繁子は帰っていった。

峻三は、繁子の髪型も着ているものもまるで違うので信じられない気持ちは消えなかったが、あのときの女に違いないという確信が胸に沸き上がるのを抑えられなかった。

峻三が新宿の焼け跡の崩れかけたビルの二階で女に会ったのは、一年半ぐらい前の夏のことだった。そのときは、頭がぼさぼさで汚れたシャツに国民服のズボンだったはずだ、と峻三は懸命に自分のことを思い出そうとした。今日の彼は、眼鏡は同じだが頭はきっちり七三に分けて縕袍に三尺帯を締め、いかにも一家の主らしい格好に見えただろう。

あのとき女は、最初に一度、峻三の顔を見ただけで、その後は視線を逸らし続けた。布団の上に横になってからは眼鏡をはずしたせいか、彼は女の顔をしっかり見た記憶がない。だが初対面でリスの愛らしさを想像した印象だけは、彼の脳裏に残っていたのだ。

今日の繁子の様子からすると、峻三に何かを感じ取って硬くなっていたようには見えたが、彼女がどこまで彼をわかったのかははっきりしない。

そう考えてはみたが、峻三はひどく不安だった。繁子が福地に何を言い、あるいはどういう態度に出るか、すべてはそれにかかっていて、彼は動きが取れない感じだった。

翌日の午後、峻三は正月に備えて茶碗や皿の買い足しを多代に頼まれ、空のリュックを肩にかけて一人で新宿に出かけた。暮れも押し詰まって、闇市へ買い出しに行こうとする人が多く、電車の中は何となく殺気立ったような雰囲気である。

峻三が車内を見回したとき、一つ向こうの扉のところに立ってこちらをじっと見ている女の視線に出会った。とたんに彼は釘づけされたように動けなくなった。

先日、福地が彼の家へ連れてきたあの女、村井繁子である。峻三は全身に冷や汗が流れるのを感じた。繁子の彼に向けた強い視線も態度も、まったく彼の予期しないものだった。

新宿駅に着いてホームに降りると、峻三はそれとなく繁子の姿を探した。繁子はすぐ近くに立って彼を見ていた。硬い表情のまま二人は顔を見合わせた。

「福地君と一緒にこの前お会いしましたね。何かわたしにご用でも……」

峻三は声をかけてみた。繁子の返事は雑踏の中で不明確だったが、何か話がありそうで、彼についてくる様子を見せた。そのまま二人は前後して歩き、改札口に向かった。

「先日はありがとうございました」

駅の外の道路に出たところで繁子が言った。はっきりしたきれいな声だ。彼女が福地との結婚を前提にして挨拶していることがわかり、峻三は少し救われたような気がした。

新宿マーケットのある東口と違い、西口の駅前には無数の露店が雑然と広がり何となく荒れ果てた光景だ。左手の方には甲州街道がかなり先まで見通せて、たった今二人が乗ってきた帝都電鉄の線路がその街道に沿って走っているのもわかる。

「今日はこっちの方へ買い物ですか？」

峻三は顔を前に向けたままで言った。繁子は彼の横を少し遅れて歩いていた。

「いえ……。実は、わたし一人で笠井先生とお会いすることができないかと思い、今日はお宅の近くまで行ったのですが、偶然、駅の方へ行く先生をお見かけしたので……」

繁子の声はひどく緊張しているように聞こえた。

それでは家の近くから跡をつけてきたのか、すると家の近くにいて峻三の外出を待っていたのかもしれない、と峻三は驚いた。繁子は彼と二人だけで話す機会を作るために、相当な覚悟で彼と同じ電車に乗ったのに違いなかった。

二人は露店の広がる方向からはずれて、鉄道線路との境に設けられた黒い木の柵に沿って歩いた。その柵はすべて黒焦げの枕木で作られていた。

「あの道をまっすぐ行ったところに、以前わたしが住んでいたバラックがありました」

繁子が立ち止まり、露店の並んだ向こうにバラックの点々と連なる辺りを指さして言った。それは峻三に過去の何かを暗示しているようであった。彼は福地から、繁子が一緒に暮らしていた父親を最近亡くして一人になった、と聞いたことを思い出した。

「お父さんが亡くなったというのは、いつごろのことですか？」

「父は、今年の二月に死んだんです……」

　繁子は聞き取れないような小さな声で言った。

　それでは峻三が崩れかけたビルで出会ったころ、繁子は体の不自由な父親とどん底の生活をしていたということになる。そう気がついて彼はやりきれない思いに駆られた。

　他に適当な場所もないので、峻三は目の前にある甘酒屋に入った。峻三が甘酒を二つ注文して繁子にも一つ与え、二人して店の脇の縁台に腰かけた。だが何となく落ち着かず、素焼きの茶碗に入った温かな甘酒を、二人ともなかなか口に持っていこうとしなかった。

「僕のことは、覚えていましたか?」

　峻三はとうとうそう訊いた。繁子は目を伏せてうなずいた。

「眼鏡のお顔を見たとき、すぐに思い出しました。とても信じられなくて……」

　度の強い眼鏡の顔が彼女の印象に残っていたとは彼も気づかなかった。彼の家の部屋で多代を含めた四人が向かい合ったとき、彼女はすでに激しい葛藤の中にいたことになる。

「わたしは、あなたのことを復員した兵隊さんだと思って、また会えることを願っていましたけど……。でも、あの後、もっとひどい目に遭うところを、やっとあの場所から逃げ出したんです……」

　繁子が抑揚のない声で言った。峻三は彼女を見つめたまま言葉が出なかった。彼が二度目にあのビルに行ったとき、やくざ者がいて近づけなかったことを思い出した。

「その後はあなたのことも忘れていました。だから、こんなふうにお会いすることになるとは思いもしませんでした……。あんな奥様とご家庭があるとは意外でしたわ」

峻三は何か弁解のようなことを言うべきなのかどうか迷った。だが繁子の次の言葉はそんな彼の気持ちを吹き飛ばした。

「でも、もうすっかり、そういう以前のことは忘れたいのです。だから、どうか結婚式の仲人のこと、よろしくお願いします。わたしの言いたかったのは、このことなんです」

繁子はそう言って峻三を見つめた。濁りのない真剣な瞳である。

峻三は仲人のことはご破算になるものと予想していただけに、繁子の言葉に驚いた。

「福地君とはぜひうまくやっていってもらいたいと思いますが、しかし仲人のことは……」

峻三が当惑して言うと、繁子は落胆した様子で顔を落とし、悲しげな表情になった。

「笠井先生に仲人をやっていただくのを今から変えるなんて、できません。あの人は先生をとても尊敬していますし……」

繁子の声が震えていた。

峻三は、彼女の考えていることがわかるような気がした。繁子はこの結婚を逃したくないのだ。福地との出会いが、どん底の孤独な生活から抜け出す唯一の機会のように思われたのかもしれない。一方の福地にしても繁子同様身寄りが少ないだけに、またとない縁に恵まれたと思っているに相違ないのだ。

「わかりました……。福地君とあなたのために、仲人を引き受けます」

峻三は強い使命感に打たれたように言った。

「それでは以前のことは……」

繁子が言った。それはどうしても確認しておかなければならないことだった。

「何もなかったことにしましょう。お互いにそうしなければならない。それが一番いい方法です。今、それを約束しましょう」

峻三はきっぱりと言った。互いに強い気持ちさえあればできることだ、という確信があった。

「はい」

繁子が答えて彼を見、それから素焼きの茶碗を両手で押し包んだ。愛くるしいとさえ言いたくなるような美しい丸い顔の口元に、微笑みが浮かんだようだった。

峻三も繁子に倣《なら》って茶碗に両手を添えると、口に持っていって甘酒を一口飲んだ。

「温かくて、おいしいですね……。こうしてお話ができてよかったです……」

繁子が言った。それから顔を上げて青い空を見た。その目が潤んでいた。

「先生の奥様も優しい方ですね。盛雄さんもそう言ってました」

「福地はいい青年ですよ。年は違っても、あなたとしっかりやっていけるでしょう」

それ以上二人がそこで話を続ける必要はなかった。峻三は立って、駅に向かって去る繁子を見送ると、多代に頼まれていた買い物をするために露店の並ぶ方へ向かった。


年が明けると、峻三の家に教え子たちが数人集まった。

福地は繁子の看護婦姿をした写真を持ってきて、皆に見せて羨ましがらせた。峻三は終始機嫌よく、戦争が終わったから嫁の候補は探せばきっといる、と他の者を励ました。

そのとき芦沢英次は、まだ結婚どころじゃないと言い、闇市の仲買人の仲間に入った話をした。時にはかなりあぶない橋も渡らなければならないが、実入りがいいのでしばらくこの仕事を続けて金を稼ぐ、と芦沢は気概を見せた。

二月半ばを過ぎた早春のある日、峻三の家にもほど近い八幡神社で福地盛雄と村井繁子の結婚式が行われた。初めての仲人役で峻三も多代も緊張したが、細部はともかく、新郎新婦の紹介では峻三がよく通る声でいささか大仰な紹介をし、披露宴を盛り上げた。賓客として招かれた唐本や竹谷もそれぞれ祝辞を述べた。

新郎も新婦も親はなく親類も少ない結婚式で、神社付属の大広間で行われた披露宴は、双方の友人知人が賑やかだった。繁子には看護婦修業時代の友人がいて、涙を流して繁子の結婚を喜んでいたのが人目を引いた。福地はそういう友人知人の間を回って、開店間近な自分の店の宣伝に一生懸命であった。七十歳をとうに過ぎた福地の叔父はいかにも安堵した様子で、最後に型通りの短い謝辞を述べた。

学校の職員室では、峻三の仲人ぶりがなかなかの評判になった。福地の嫁がきれいで可愛らしかったと繁子の評判も上々だったが、唐本はちょっと首を傾げて峻三にこう言った。

「しかしあの花嫁さんは、何だか表情が硬かったたな。緊張していたのかな」

「年も福地より大分、上だからね、福地の様子が始終気になっていたのかもしれない」

峻三はとぼけたようなことを言って逃げた。内心では彼も、繁子が式の始めから披露宴の終わりまで硬い表情を崩さなかったので、他人の目にどう映るか気がかりだったのだ。

福地盛雄と繁子は、結婚式を挙げて五日後に峻三の家へ挨拶に来た。多代は「ほら、福地さんのお嫁さんよ」と言って五歳の亜也子も紹介した。福地は溌剌《はつらつ》とした様子で自信に満ちていた。峻三がもっぱら彼に話を向けて開店間近な店の話題に終始したので、繁子はあまり話すことがなかった。二人は長居することもなく帰った。

福地の店は、父親のやっていた「ふくちや」という店名を看板に掲げ、パンや駄菓子の類を売った。すでに駅周辺にはバラック建てながらも大小さまざまな店が開業していて、四月の初めを期して新たに開店した「ふくちや」もその仲間入りをすることになった。店内は間口も奥行きも一間半の真四角な土間で、入り口が二枚のガラス戸で明るく、正面に奥の部屋への入り口と勘定台、左右の土壁の前にパンや駄菓子の棚が並んでいた。

駅周辺に駄菓子屋は他にもあったが、パンを売る店はまだなかっただけに商売の滑り出しは上々で、峻三も福地の才覚に感心して大いに彼を励ました。

だが峻三自身は開店当初に一度、多代や子供たちとともに福地の店を訪れただけで、その後はほとんど姿を見せず、店の様子や評判はもっぱら多代から聞いた。

福地は将来への夢が膨らみ、夫婦で店をやりながら将来はパン屋として店を発展させようと考えた。彼は午前中の仕入れの仕事をすませると、午後はパン工場の手伝いに潜り込んで、一生懸命にパンの製造について学ぶようになった。家業に熱中する夫の様子は、繁子としても文句のつけようのないものだった。

ある日の午後、店の方で物音がしたので、奥の部屋にいた繁子が急いで出てみると、峻三が店の土間に立って、道路の方を見ながら浴衣の裾をはたいていた。

「あら、笠井先生……」

「ああ、こんにちは。そこまで来たら雨が降り出したから、あわてて駆け込んでしまったんです」

峻三はそう言って笑った。繁子の耳にも外で雨粒の当たる音がする。

「まあ、そうですか。主人は出ていますが……」

「いや、いいんだ。ちょっと雨宿りをさせてもらえば……」

峻三はそう言いながらも何となく落ち着かず、何か世間話でもして出ていこうと思った。

「福地君は熱心にやっているようだね。あれなら大丈夫だ」

「本当にパンが作れるようになるのかどうか、心配ですけど……」

繁子は勘定台のところに立って応じた。

峻三はまた道路の方を見た。ガラス戸の向こうに雨足が見えるほどの降りで、しばらく客も来そうにない。繁子は奥へ引っ込むわけにもいかず、話題もなくて困った。

ややあって子供が二人、駆け込むようにして店に入ってきた。繁子が子供たちに対応する様子を眺めてから、峻三は店を出ていった。雨はすでに小降りになっていた。

福地盛雄が帰宅したのはそれから一時間あまりたったころである。雨はすっかり上がり、西の方に赤々と夕焼け雲がたなびいて、明日の夏空を予告しているようだった。

そのとき「ふくちや」には子供も交えて数人の客が来ていた。福地は奥の部屋に座ってお茶を飲みながら、それとなく繁子の声や店の物音を聞いていた。

やがて彼は立ち上がり、店の方に顔だけ出して繁子に言った。

「ちょっと笠井先生の家に行ってくる。すぐ帰るよ」

「えっ」

と、繁子は驚いた顔をしたが、すぐにまた応対している客の方に向き直った。福地はそのまま裏口から出て自転車に乗った。

峻三の家の前に来て自転車を止めると、庭にいた亜也子と久仁子がすぐに走ってきた。

「お父ちゃんは、さっき学校に行ったよ」

亜也子が言うと、うんうんと福地はうなずき、笑いながら亜也子の頭を撫でた。夕方行けば峻三がとっくに勤めに出た後なのはわかっていた。

そこへ家の中から多代が顔を出し、親しげな笑みを見せた。

「友だちが寄越した夏みかんです。酸っぱいかもしれないけど、先生にも一つと思って持ってきたんです」

福地は持参した紙の包みを多代に渡してから、用件を言った。

「今度の日曜に先生はいますか？　芦沢たちと一緒に話しに来たいんですけど」

「はい、大丈夫と思いますよ。今日は主人がちょっとお店へ寄って雨宿りさせてもらったそうだけど、福地さんはお留守だったのね」

「あ、そうですか、それはどうも……」

福地はあわてて返事をした。繁子は何も言ってなかったと思い、変な気がした。

彼は帰りの自転車にまたがってペダルを漕ぎながら、あれこれ思い悩んだ。

結婚して以来、繁子はちょっと変なところがある。笠井先生の前に出ると極端に口数が少なくなり、先生も繁子とはあまり口を利こうとしないように見える。しかも繁子は、どうも以前感じたような明るさがなくなった。何か先生との間にわけがあるのだろうか――。

帰ってから彼は繁子に言った。

「昼間、先生がここへ来たそうじゃないか？」

「ええ。雨宿りに来たとおっしゃって……」

「なぜ俺に言ってくれなかったんだ？」

　繁子の顔が緊張した。

「隠すつもりじゃなかったけど、あのとき言いそびれて……。でも笠井先生は雨宿りに寄っただけだとおっしゃって、お店の方にいただけで、じきにお帰りになったのよ」

「先生にお茶を出さなかったのか？」

「出す暇もなかったわ。だってお客さんが来たし……」

　それで福地は黙った。自分の方がよけいなことを考えていたのかもしれないと思った。


　その日、峻三はいつものように夜の九時ごろに帰宅した。

　部屋に上がった峻三は、初めのうちは子供たちを起こさぬようにと多代と小声で話すが、そのうちにおのずと声が大きくなったりする。

「ほー、福地が夏みかんを持ってきたのか」

　峻三が思わず大きな声を出すと、多代は隅の方に寝ている亜也子を起こしてしまわないかと気になった。

　六歳になった亜也子は、この四月から歩いて十分ほどの小学校に通うようになった。母親の手伝いをよくするようになり、親たちのことにいろいろと気がつくようにもなった。

「それであさっての日曜日の午後に、福地さんたちが三人ぐらいで来て、同級生の消息のことで相談したいんですって。あんたは大丈夫かしら？」

多代がちょっと心配そうに言った。

「そいつは困ったな。樋川《ひかわ》さんの家から早めに帰ってくるわけにはいかないんだ」

峻三は思わず舌打ちをした。明日峻三が福地に会って不都合を伝えることはできても、その後で福地が他の二人と連絡が取れるかどうか心許なかったのだ。

多代は答えようもなく、二人の間にしばらく沈黙が続いた。

日曜日の午後に、峻三は樋川武郎《たけお》の家に行くことになっていた。樋川は峻三の文学仲間の一人で、年は十歳ほど上だった。先日新宿の駅で偶然出会って久しぶりの会話をした際に、峻三は樋川の家で行う文学仲間の会に誘われたのだ。戦争が終わって世の中も変わり、文学にもさまざまな新しい傾向が出てきているらしい。自分もその新しい空気を吸ってみたい。峻三には昔の文学仲間との交流を取り戻すためにまたとない機会を得たのだった。

翌日は結局、峻三の不在を知らせる連絡がうまくいかず、日曜日には福地が芦沢英次と柿沼明義《かきぬまあきよし》を伴って峻三の家にやってきた。仕方なく多代は三人にわけを話して謝った。

柿沼は農家の跡取り息子で峻三の教え子の一人だが、復員が遅い方だった。柿沼が来れば必ず野菜などの土産を持ってくるので、多代も大いに気をよくした。

福地は、峻三に会えなくとも、同級生の消息を記入した名簿を多代に手渡しできればよいと考えていた。用をすますと彼ら三人は、しばらくバラックの前で子供たちの遊び相手をしてから機嫌よく帰ったので、多代はほっとした。

峻三は夜遅くに荻窪から帰宅して、彼らの置いていった名簿を手に取った。それは峻三が卒業アルバムから切り取って福地に渡したもので、峻三が受け持った卒業生三十五名の各欄の余白に、病気等の理由で出征しなかった者も含めて、その後の消息が福地の手で簡潔に書き込まれてあった。福地ら三人が手分けして個々に調べた成果である。

峻三は多代の注いだお茶に手も出さず、名簿に見入った。その後、戦死と判明した者が大村喬、飯島剛を含めて十五名、そのほとんどが南洋の海で輸送船が爆撃を受けて沈んだためだという。現在までに無事復員した者は十三名ほどで、なお数名の者が消息不明とあり、あるいはすでに戦死しているのかもしれないと思わせる。

これが、十九歳で卒業した若者たちの身に、たった二年の間に起こったことなのだ。現在も復員船は就航中だから、今後も消息の判明する者はいるだろうが、そのようにして「戦死」と記される者が増えるのは、峻三にとってつらいことであった。

中でも大村喬については、入営の迷いを捨てて決意させた場面が思い出され、峻三はいっそう暗い気持ちにさせられた。福地や芦沢がどんな気持ちを抱いたかも気になった。

多代は、峻三がいつまでも顔を上げず声をかけても返事をしないのが気になった。

「その人たちのこと、あんたがそんなに責任を感じなければいけないの？」

多代はとうとうそう言った。

「そんなことはない。今さら俺が責任を感じたからって、どうなるものでもないんだ……」

峻三はようやく顔を上げて言ったが、その自分の言葉がまた彼をいっそうやりきれない気分にした。

今夜、峻三はかつての文学仲間である樋川武郎ら数人と酒を酌み交わし、大いに文学論を戦わした。彼は素直に自分の修行不足を認めなければならなかったが、そういう議論の後で帰る道々気分はさわやかだった。その気持ちを多代にも話したかったのだが、結局それもせずにその日は床についた。

一週間後には福地が一人でやってきて、名簿について峻三の考えを訊いた。峻三は耐えがたいほどつらい思いをしたことを率直に話すとともに、この名簿をぜひ完成させてほしいと願った。福地は感激して、まだ消息の判明する者がいるかもしれないので名簿の印刷を延期したいと言った。峻三もそれに同意して、名簿の原稿をそっくり福地の手に戻した。だが、この名簿の原稿は、その後二度と日の目を見ることがなかったのである。

峻三の担任した卒業生の名簿が戦争後の情報を加えて作り直されると聞くと、唐本は、

「それはすばらしいな。笠井さんでなければ卒業生たちにそんな雰囲気は出てこないよ」

としきりに感心した上で、峻三にこう言った。

「この際、彼らに戦時中からの経験談などの文章を書かせて、文集を作ってはどうかね」

唐本にそう言われれば、峻三もついその気になりかけた。

卒業生の文集なら自分にこそふさわしい仕事ではないか――。そこに彼の自己弁護的な気負いがないとは言えなかったが、それ以上に峻三の考えたことは、戦時中の制約から自由になった今、青年学校を卒業し出征した若者たちの言葉をあるがままに記録することは、樋川武郎の家で繰り返し議論している新しい文学のあり方とも繋がるはずだ、ということだった。そう考えると、彼は新たな勇気が湧いてくるのを感じた。

実際、樋川ら文学仲間とさまざまに文学を論じ合うことは、峻三に快い高揚感をもたらすのが常だった。彼は、文学の世界にこそおのれの心のよりどころを得ることができると確信した。

だがその一面で、先日は樋川の家から夜道を一人で帰ってきながら、ふと、繁子の白い顔を思い浮かべている自分に気づいて、峻三はうろたえた。新宿の焼け跡における繁子との運命的な出会いは、彼の心に消えることのない刻印を残していたのだ。それも嘘偽りのない自分の姿に違いなく、自分に対してごまかすことはできない。と同時に、繁子をいとおしむ気持ちは、教え子の福地を愛する気持ちと決して矛盾しないものでなければならなかったし、妻の多代を裏切らないものでなければならなかった。それは文学的な夢想ですますわけにはいかない、彼にとっての切実な現実問題でもあったのだ。

ところが、まったく思いもかけない事態が峻三を襲ったのである。それは、福地盛雄が名簿を持ち帰ってから半月ほどたったころのことだった。

その日の午後峻三は、「今夜はまた帰りに樋川さんたちの集まりに顔を出すので遅くなる」と多代に言い、彼の勤める学校に向かって出ていった。その夕方、多代は子供たちと夕食をすませ、康彦に乳を飲ませて寝かしつけようとしていた。

そのとき、いきなり入り口の戸を強く叩く者がいた。驚いて多代が土間に降り戸を開けると、半袖のシャツ一枚の若い男が荒い息を弾ませて駆け込んできた。見ると福地盛雄である。

「福地さん、どうしたんです……」

多代がそう言うか言わぬうちに、

「先生はどうしたっ。いるのか、いないのかっ」

福地が叫んだ。部屋の方で康彦が怯えたように泣き出した。

「今日は学校からよそへ回ると言って、まだ帰りませんが……」

多代が言うと、福地は血走った目で多代を睨んだが、すぐに身を翻して立ち去った。

多代は、開け放された戸口から暗い外を見つめたまま立ち尽くした。いったい福地の身に何があったのか。多代は気が気でなかったが、ともかく峻三の帰りを待つより仕方がない。亜也子がそばに来て、おろおろした表情でしきりと多代の顔を見上げていた。

部屋に上がった多代が怯える子供たちをなだめて寝床に入らせていると、また戸を叩く者がいる。今度は先ほどと違い、力のない叩き方だ。

「どなたですか？」

多代は部屋の端に出て戸口に向かって言い、土間に降りようとした。

「繁子です、すみません……」

戸口の向こうで声がした。多代は驚いて戸口に駆け寄り、一気に戸を開けた。そこには繁子が血相変えた様子で立っていた。

「いったいどうしたの、繁子さん」

多代は繁子の手を取って中に引き入れた。

繁子は白いシャツに黒のスカートをつけた姿で土間に立ち、気丈な様子を見せて部屋の様子に目を配りながら、多代に尋ねた。

「夫は来ませんでしたか、こちらへ……」

「ついさっき、福地さんがすごい剣幕で、先生はどうしたと言って来たわ。でもいないとわかると、すぐ行ってしまった……。どうしたの？　何かあったのね？」

多代に見つめられると繁子は耐えきれなくなった様子で、多代に手を取られたまま土間で泣き崩れた。

「すみません、わたしのせいで先生にご迷惑をかけてしまって……。許してください」

そのとき、多代の後ろで二歳の晴彦が激しく泣き出した。

「繁子さん、しっかりしてよ。ちゃんと話してみなさいよ、ね……」

多代が繁子の手を摑んで話をさせようとしても、繁子はただ泣くばかりである。

多代は、はっとして繁子の手を放した。体が硬直して何も言えなくなった。峻三が関係して何かとんでもないことが起こったような気がしたのである。多代も日ごろ、たまに峻三と繁子の間に感じる不自然な空気に変な気がしたことはあったのだ。

「わたしが夫によけいなことを言ってしまいました。申し訳ありません、奥さん……」

繁子は繰り返し言って頭を下げ、背を向けると急ぎ足で立ち去った。多代は思わず戸口から外に出て、繁子の消えた闇を見つめていた。

「お母ちゃん、どうしたの？」

亜也子の声でわれに返り、多代は戸締まりをして部屋に戻った。子供を寝かしつけなくては、と、それだけを考えていた。

峻三が帰宅したのは深夜に近かった。彼は学校の仕事を終えてから阿佐ヶ谷に回り、文学仲間の集まりに顔を出して、三キロの夜道を自転車に乗ってほろ酔い加減で帰ってきた。戸を叩く音がして峻三の帰ってきたことがわかると、多代はいつもより遅い動作で土間に降り、戸を開けた。そして無言で入ってくる夫を見るなり、

「さっき福地さんが、先生はどこへ行ったとすごい剣幕で言ってきて、その後で繁子さんが来て泣きながら、わたしに何度も謝ったけど、どういうことなの？」

そう言って多代は、激しい疑いの矛先を向けて峻三を見た。

「えっ、福地が？　それでどうした？」

わけもわからぬままに、峻三は妙に動転していた。

「二人ともすぐ出ていってしまったから、わたしにはわからないけど……」

多代は素っ気なく言って、なおも峻三を見据えていた。

「福地が、こんな夜更けに、どうしたんだ……。ちょっと行って見てくる」

峻三は狼狽して、また夜の闇の中へ出ていった。

そのまま自転車で「ふくちや」に出かけた峻三は、店の脇に自転車を止めて裏口へ回ると、周囲への響き具合を気にしながら板戸を叩いた。少しの間を置いてから、そっと戸が開き、

「あっ、笠井先生……」

息を呑むような繁子の声が聞こえた。峻三は中に入って後ろ手に戸を閉めた。繁子は後ずさりしながら峻三から目を逸らさない。

「福地はどうした？」

「まだ戻りません……」

峻三は、ほっと息を吐いた。

「いったい、何があったというのだ？」

どんなことでも聞こうという気構えで彼は言った。

繁子は黙ったまま悲痛な顔をして居間に戻り、そこにあった座布団を峻三に勧めた。その部屋は店の奥にある六畳間で、峻三は店側から上がってその部屋で福地と話したこともある。

繁子はちゃぶ台の向こうに座って、話し始めた。

「今日あの人に、いろいろ言われて、とうとう昔のことを言ってしまったのです……」

「昔のことを？　どうして……」

峻三には信じられない事態だった。

繁子の話したところによると、夕食のときに何となく無口だった福地が、不意に「笠井先生をどう思う」と言った。虚を突かれたように繁子が驚いた顔をすると、福地は「先生はおまえのことを何か知っているんだろう」としつこく言い出して、口論になった。福地は街の商売女のことなどいろいろ聞きかじって、どうやら繁子の過去を疑い出したらしいのだ。そこで繁子もとうとう覚悟を決めて、体の不自由な父親を養う生活の苦しさのあまりに、お金を得るためだけに体を売ったことがあると打ち明け、泣きながら福地に許しを請うた。

「夫は悲しそうな顔をしましたが、許してくれそうに見えました。ところが、先生はそれを知っているのか、どうなんだと言い出して、そこでわたしが、返事に詰まってしまったのがいけなかったんです」

繁子は顔を覆って泣き出した。福地は繁子の秘密を知り、繁子との関係についての疑いを峻三にも向けたらしい。

「それで福地は俺の家へ来たのか……」

「はい……。わたしが何か言おうとしても聞かず、『先生は、先生は』と言って飛び出していってしまったんです」

「それで、その後、どこへ行ったか心当たりはないのか?」

「わかりません……」

夕食のころからの時間を考えると、もう四時間以上はたっていることになる。峻三は考え込み、やがて呻くような声でこう言った。

「福地が戻ったら、俺は会って話をするより仕方がないだろう。俺の家でというわけにはいかないが……。しかし、俺とあんたとの過去のことを、そんなことはなかったと言い張れるかどうか、それが問題だ」

繁子は目を見開いて峻三を見、顔を俯けると涙声になった。

「先生にご迷惑をかけて、本当に申し訳ありません。でも、もうわたしには、あの人の前で先生とのことを隠し通す自信がありません」

峻三は強い衝撃を受け、思わず肩を落とした。

ややあって繁子は顔を上げると、涙も拭わずに言った。

「それよりも、夫は先生とわたしのことで、もっとひどい誤解をしているような気がして、それがとても心配です。それに……」

繁子は込み上げてくる嗚咽《おえつ》に耐えながら、哀願するように言い続けた。

「わたしは先生に大変な迷惑をかけると思って、奥さんにも謝ったんです。でも詳しい話はしていませんので、奥さんがどう受け取ったか、それを思うとよけい心配になってきて……」

峻三は先刻の多代の顔を思い出した。確かにあの目は彼に対する強い疑いを突きつけていた。過去のことは過去のこととして謝罪するのも致し方ないが、それ以上に福地や多代に誤解があるならば、それだけは何としても防がなければならない。

「そうか、仕方がない……。俺は福地に会って、何とかして誤解させないようにするよりしょうがないだろう。ただ大っぴらにしたくはないから、そこは気をつけて……」

そう言いながらも峻三は福地の行方が気になった。どこで誰に会っているか、それによっては、峻三にとって事態はさらに深刻になる可能性がある。

「わたしはもう、どういう結果になろうと覚悟をしていますが、先生の方は奥さんが……」

繁子がひどく心配そうに言った。

「それは俺が考える」

ひとこと言って峻三は立ち上がり帰ろうとしたが、急に繁子が不憫《ふびん》になった。彼は繁子の小さな肩に手をかけ、顔をのぞき込むようにして言った。

「俺にも覚悟はある。多代のことは心配しなくていい……。しかし繁子さん、福地とは何とかしてうまくやっていけるように、帰ってきたらよく話をするようにね……」

「はい……。すみません……」

繁子は泣きながら、畳に額を擦りつけんばかりにして頭を下げた。

自転車で暗い夜道を行きながら、峻三はペダルを漕ぐ力も失いそうだった。まさか一度にこんな事態になろうとは予想もできなかった。

やはり自分も考えが甘かったと彼は思った。かつてあの崩れかけたビルの中で繁子と抱き合った事実は、行きずりのようであっても互いの心に深い痕跡を残していたのだ。それを生涯隠し通せると考えたことが、そもそも間違いだったのかもしれない——。

峻三が自転車を置いて戸口の前に立つと、戸の隙間から灯りが漏れてまだ土間の電灯が点いているのがわかった。戸を軽く叩くと間もなく多代が中から鍵をはずす音がした。

峻三は土間に入ると部屋の縁に腰を下ろし、多代を見た。

「福地はまだ戻っていない。繁子さんに事情を聞いただけで帰ってきた。福地はどうやら、俺と繁子さんのことを誤解したらしい。それで俺に、事実を確かめに来たのだろう」

そう言うと、観念したように多代の言葉を待った。彼の背後で子供たちの寝息の音が続いていた。

多代は土間の中ほどに立ったまま、何も言わずにじっと彼を見ていたが、

「それで、あんたはどうなんですか。繁子さんが泣きながらわたしに謝ったけど……」

「繁子さんが多代に謝ったのは、福地を誤解させて事態を悪化させてしまったからだ。それだけは、おまえも俺を信じてほしい」

「でも、どうしてあんたが誤解されるようなことになるんですか？」

多代はまだ峻三を信じ切れないようだった。

「そのことではおまえに謝るしかないが、実は今まで言わなかったことがある。話すから聞いてくれ……。敗戦を知った直後の、俺の荒れた状態は少しおまえにも話したことがあるが、そのころに行きずりで起こったことだ。繁子さんは街で男を待つ女だった。どん底の生活苦のために、そんなことをしていたらしい……」

繁子が福地に言ったであろうことを頭に置きながら、峻三はできるだけ手短に話そうと焦っていた。

「ええっ……」

低い悲鳴のような多代の声が聞こえた。

「こんなことはすべて忘れるつもりだったのに、まさか福地がその繁子さんと、結婚することになるとはな……。福地の結婚を知ってから、俺は、そういう過去のことは一切なかったことにして福地の新しい門出を祝おうと決心をしたんだ」

「繁子さんも、そういうことがわかっていたんですか?」

峻三は多代の疑念に答えるために、新宿まで追ってきた繁子と会って話した事実をかいつまんで話さなければならなかった。

「繁子さんは俺に、仲人のことはどうか引き受けてほしいと言った。一人でそれを俺に改めて頼みに来たんだ。俺もそのときは、それが福地と繁子さんのために一番いいと思って、過去のことはなかったことにしようと約束した。そうする以外にないと思った……」

多代は、それ以上話を聞く気も失せたかのようにして、悲しげに立っていた。

「そのことを、今までずっとおまえに話すことができなかった。それでとうとう、おまえには嫌な思いをさせることになってしまった。本当にすまなかった……」

峻三は多代に心から謝った。繁子から漏れ出た以上、無様ではあってもそうするしかないのだった。

それから峻三と多代はいつものように一つ布団に横になる他はなかったが、夏のこととて、それぞれ薄い上がけをかけて、背を向け合って寝た。

翌朝、多代はまだ寝床にいる亜也子に何か言葉をかけただけで外へ出ていった。峻三が心配して家の前に出ていると、三十分ほどして戻った多代は、彼のそばへ来てこう言った。

「福地さんはとうとう帰ってこなかったそうですよ」

多代は「ふくちや」へ行ってきたのだ。驚いた彼は思わず訊いた。

「それで繁子さんはどうしている？」

「繁子さんは意外としっかりして、福地さんの帰るのを待つ、と言ってました。お腹に福地さんの子がいるそうだから、頑張るでしょう」

「子ができた、だと？」

峻三のまったく気づかぬ事実だった。しかし当然あり得ることでもあった。

「そのことをまだ夫に言ってなかったと言って、繁子さんは泣いていました。何とかして福地さんが戻ってくるようにしないと……」

そう言って多代は涙を拭いたが、急に顔を上げて峻三を睨み、

「わたしがお腹に子を抱えて田舎で苦労していたときに、あんたはいったい東京で何をしていたのよ」

投げつけるように涙声で言って、さっさと家の中へ入ってしまった。峻三は何も言えず、ただ妻の姿を目で追うだけだった。

そのとき、父と母の激しいやり取りを意味もわからぬまま耳にした亜也子が、戸口から

出て立っていた。峻三は亜也子を見ると顔を背けて数歩歩き出し、やがてうなだれたまま止まった。亜也子にはその後ろ姿が泣いているように見えた。

午後、峻三は学校に出勤した。すると唐本が自転車置き場のところにいて、立ちはだかるように峻三を見据えて言った。

「昨日の夜に福地が僕の家へ来たんだ。血相変えて笠井先生はどこにいるのか、と言って探していた。いったい何があったんだ？」

唐本の気色ばんだ顔は、すでに福地から何かしら聞いていることを示していた。始業にはまだ大分時間があったので、峻三は唐本を校庭の隅に誘って話した。

「僕が昨夜は文学仲間の集まりに出ていたことは、唐本さんも知っていたと思うが……」

「うん。でも僕は笠井さんから聞いたことしか知らないので……」

唐本の言い方が彼を疑っているように聞こえたので、峻三は衝撃を受けた。

「昨夜、福地は僕の留守中に来たらしいが、僕は家へ帰ってから多代に聞いて、すぐに福地の家にも行ったが会えなかった。福地の奥さんは、福地が何かひどく誤解したようなので心配だと言うんだ。福地はそれっきり今日も帰っていないらしい」

唐本は苦々しそうな顔をして、しばらくは無言だった。

目の前には校庭の眺めが広がっていて、向こう側の校舎の前には何人かの小学生がまだ残っていた。唐本は峻三から目を逸らしたままで言った。

「福地はひどく興奮して、先生に裏切られた、と言うんだ。僕には何のことかわからない。福地に聞いてもそれ以上は言わず、いきり立ったまま出ていってしまったんだ」

「裏切られたと……。そんなことを言ったのか……」

峻三が呻いた。

「唐本さんに迷惑をかけたのは本当に申し訳ない。しかし僕には福地を裏切るようなことをした覚えはない。とにかく福地を見つけ出して話をしなければならないと思うので、唐本さんも何かわかったら教えてほしい。どうかお願いします」

峻三は懇願したが、唐本は黙ってただうなずくだけだった。


二日後、母親の里江が峻三の家に現れた。里江は多代の出産後の世話をしに来たとき、今度は夏になったら来ると言い置いて帰ったのだった。里江は亜也子や久仁子が可愛くて夜は一緒に寝たりするので、狭いバラックに泊まりがけで来ても困りはしない。

峻三は繁子との過去が露見して、この二日間多代とあまり口を利いていない。何もこんなときに田舎の親が来なくてもいいのにと思うにつけて、彼は情けない気分だった。じきに里江も夫婦間の不自然さに気づいたが、孫たちの賑やかさに紛れたようでもあった。

翌朝早く、康彦が目を覚ましてむずかるので、多代が抱いて乳房を与えた。だが、どうしても乳が出ない。この日ごろ寝不足気味の多代は、痛む頭を押さえてため息をついた。

その様子に気づいて起き出した里江がすぐに湯を沸かし、乳房を温めて揉む用意をした。多代も里江の言う通りにして乳房を揉んでみたが、効果はなかった。

「ミルクを飲ませたらどうなの？」

里江が言うと多代は不機嫌な顔をして、

「ミルクは昨日飲ませたので、もうないんです」

それを耳にして峻三が思わず怒鳴った。

「昨日、全部飲ませちゃったのか。俺には何も言わなかったじゃないか」

ミルクが足りなければ、調達してくるのは峻三の仕事だったのだ。

しかし多代は、何か胸に爆発しそうなものを抑えるのが精一杯のようだった。

「そんなこと、あんたに言ったって、しょうがないでしょう」

吐き捨てるように言って、多代は胸から康彦を離そうとする。里江は驚いて、

「ともかく多代さん、もう少し温めて揉んでみなさいよ、ね……。亜也子、さあここへ来て、お母ちゃんのお乳を温めてあげな」

と懸命に世話を焼いた。亜也子は多代の片方の乳房のそばに寄って、里江に言われた通りに温かな布を多代の乳に当てて、懸命に押さえた。多代はもう一方の乳房に手をかけたまま、あまり熱心に揉もうともしない。康彦は乳を求めて泣くばかりである。

「何も子供に当たることはないじゃないか……」

峻三が思わず声を荒らげた。多代はむっとしたように黙ったままだ。すると里江が、

「おまえ、やっぱり何かあったのかい？　お乳が止まっちゃったじゃないか。何だい、子供がかわいそうじゃないかねえ、どうしたって言うんだい……」

多代の後ろで泣き出しそうな顔をして峻三に言った。峻三は答えようもなく、ただ情けなそうな顔をして多代を見ているばかりだった。そのうちに多代が、

「亜也子、ありがとう。もういいよ」

優しく言って亜也子の手を取り除け、それから里江に言った。

「すみません。この子には、お芋をお湯に溶かしたものでも食べさせますから……」

里江がなおも心配そうに見ていたが、多代は黙って台所に立った。寝かされてまた泣き出した康彦を亜也子がしきりとあやしていた。

里江は峻三の前に詰め寄っていって、いかにも心配そうに声を落として言った。

「おまえ、いったい何があったんだい？　言ってごらんな……」

「おっかちゃんの心配することじゃない。黙っててくれよ」

峻三が言った。亜也子は、峻三が里江に「おっかちゃん」と言うのを初めて聞いた。

その日の午後に、芦沢英次が峻三を訪ねてきた。多代が応対を拒んだので、峻三は家の外に出て芦沢に会った。福地が姿を消してから四日が過ぎている。

「先生、今、福地の家へ行ったんだけど、福地は家を出たっきり帰ってこないみたいです

ね。奥さんは先生も知っているって言ってましたよ。福地はどうしたんですか？」

芦沢はわけもわからず、ひどく心配そうだった。峻三は苦り切った顔をして首を振り、

「俺も心当たりを探したがわからないんだ……。福地の奥さんは何か言っていたかい？」

「俺が行ったとき、奥さんがちょうど仕入れから帰ってきたところだとか言って、何だか人が変わったみたいに店の仕事をしてたけど、福地はどこへ行ったのか訊いても、わかりません、と言って怒ったような顔をしているんです」

「そうか……。あまりあの奥さんを責めるのはかわいそうだ」

そう言いながらも峻三は、芦沢の話にひとまずほっとした。

繁子はやたらに人に言いふらすような女ではないのだ。数ヵ月後に生まれる自分の子のことも考え、福地の帰るのを待ちながら独力で店をやっていく気構えなのだろう。だが四日たっても福地が現れないのは、やはりただ事ではない。

「まさか福地がこんなことになろうとはな……。先生、原因はわからないんですか？」

芦沢は、何はともあれ峻三の考えを聞きたがった。

「うーん……。とにかく福地が帰ってこないことには……」

峻三は苦しげな顔をしてただため息をつくばかりであった。

結婚して数ヵ月しかたたない福地盛雄が家を飛び出して行方知れずになった出来事は、

何日もしないうちに峻三の教え子たちの間に伝わっていた。

峻三の元を訪ねた後で芦沢英次は柿沼明義と会い、こんな会話をした。

「福地は気が狂ったようになって笠井先生を捜していたらしい。唐本先生の家にも行ったようだ。笠井先生は福地の本当のわけを知っていて、それを隠そうとしているのかな。先生と奥さんの様子が、何だか普通じゃないように見えたが……」

芦沢が心配するので、柿沼も引き込まれて言った。

「福地は笠井先生に一番気に入られていたし、奥さんにも信用されていた。それに福地はあんなきれいな嫁さんを手に入れたのだし、姿を消すなんて信じられないが……」

「俺にもよくわからんが、先生の奥さんは昔から福地がお気に入りで、俺なんかはずっと嫌われていたんだ。それを考えると、奥さんと福地の間に何かあったんじゃないか？」

「そんなことがあれば、先生は大変だ。どうしたらいいのかな……」

柿沼はすっかり峻三に同情する気になっていた。

芦沢英次には確かな記憶があった。彼らが戦地から復員して後、ひもじさのために峻三の家を訪ねたとき、多代は代表格の福地には好意的だった。反対にそれ以外の芦沢たちにはそれほど親しみを見せなかった。優等生の福地に比べ、他の者は皆、薄汚れていた上に厚かましさがあったのは確かだが、そのときは多代の態度が差別的に感じられ、それが食べ物への欲に結びついた恨みと重なっていたのも、芦沢自身、覚えのあることだった。

芦沢にしてみれば、先日、福地を心配して訪ねたときの繁子の無愛想な態度も気に入らなかった。そこに、何か許しがたいことが隠されているように思えてならないのだ。

「おい、こういうことはないか？　福地が先生の奥さんを好きなことを、福地の嫁さんが知ったとしたら……。福地の嫁さんは年上で気が強そうだから、福地を追い出してしまったのかもしれない。そうなると福地は行き場がないし、先生も参るだろう」

芦沢が言うと、柿沼も思わずうなずいた。二人は顔を見合わせた。半信半疑の想像が、当然の事実のように思えてくるのであった。峻三は教え子たちのこのような会話を知る由もない。


福地盛雄が姿を消してから十日が過ぎた。繁子は一応警察に相談してみたが、それでなくても家を失いあるいは行き所のない人が溢れている世の中であるから、何の手がかりも得られなかった。

学校では唐本が、福地のことで峻三の関わりを心配していた。

「福地はとうとう戻ってこないんだね。とにかく、その後、芦沢たちが僕のところへも来ていろいろ心配したりするので、僕は彼らを抑えるのに苦労している……。それは教え子だし、仕方がないとしても、笠井さん、福地は本当に誤解していると言い切れるんですね？」

職員室の隅で唐本にそう詰め寄られると、峻三も向き直って必死に抗弁した。

「唐本さんには嫌な思いをさせて、かえすがえすも申し訳なく思います。しかし、福地に誤解があることは、はっきりしています。それは福地の奥さんも明言していることで、福地が夜中に僕の家へ来たのも、それを確かめるためだったはずです。いずれにしても、唐本さんには僕を信じてもらうより仕方がないんです」

峻三はことさら毅然となってみせたが、心中は心苦しい思いに耐えられないほどだった。繁子が認めているなどと口に出したくはなかったが、唐本にはそれを言わないではいられなかった。

唐本はなお釈然としない様子ながらも、それ以上、峻三を問いただそうとはしなかった。その後、峻三は自責の念に駆られて元気がなくなった。多代は感情的になって家を出ていってしまうことこそしなかったが、いい気味だと言わんばかりの目で峻三を見ていた。中でも峻三の耐えがたかったのは、多代が康彦に乳をやらず、時には放置するような態度を見せることだった。もっともそれは峻三のいるときにこれ見よがしにすることで、多代のやむにやまれぬ感情のはけ口であることは峻三にもわかった。

芦沢英次は福地のことが気になるのか、その後もたびたび峻三の家に立ち寄った。峻三が家にいなければ亜也子らに声をかけたりしたが、決して自分の方から多代に話しかけようとはしなかった。多代も芦沢と顔を合わせるのを嫌った。

あるとき、近所に出かけていた峻三が帰ってくると、家の脇で芦沢が亜也子と何か話しているようだった。峻三はそばへ行って、亜也子に向こうへ行っているように言いつけた。

「先生、亜也子ちゃんはさすがに、結構いろいろ気がつくみたいですね」

芦沢が感心したように言った。峻三は何のことか気になって、

「亜也子が何か言っていたかい？」

「お母ちゃんのおっぱいが出ないとき、お父ちゃんが赤ちゃんにお芋をあげるのでお手伝いをするんだって……。奥さんのお乳が出なくなったんですか、先生」

心配そうな顔をして訊かれ、峻三が大したことはない、というように笑ってごまかすと、

「ひょっとして、それは福地のことがあってからじゃないですか？」

芦沢が真顔になって言うので、峻三は思わず返事に詰まったが、

「芦沢よ、めったなことを言うもんじゃない。俺のことを心配してくれるのはいいが、自分の想像だけであまりよけいな心配をしないでくれ」

「よけいな心配というけど先生、福地が起こしたことで先生が苦しんでいるのを、俺たちが黙って見ていることはできません。奥さんも先生に冷たいみたいじゃないですか」

そうまで言われて、峻三はひどく不機嫌になった。芦沢は困惑した様子で帰っていった。

ところが、それから何日か過ぎた日の夜、峻三が帰ってくると多代の機嫌がひどく悪かった。食事の用意もしないので峻三は立腹したが、大声を出して寝ている子供たちを脅かすわけにもいかず、多代を土間の隅に呼んで問い詰めた。

すると多代が言うには、夕方「ふくちゃ」に行ってみると、繁子がひどく怯えたような目で多代を見る。わけを聞くと、昼前に芦沢が来て、「福地は、あんたと笠井先生のことを何か疑っていたんじゃないかと思うが、あんたはどう思うか」と詰め寄ってきた。繁子が「そんなことはありません」と言って相手にならなかったので、芦沢は黙って帰ったが、あの芦沢という人はしつこくて嫌な人だ、と繁子は多代に話した。

それを聞いて峻三は、芦沢がなぜそこまで立ち入ってくるのかと思い、腹立たしかった。教え子といえども世に出れば他人同然で、意のままにはならないということを改めて知らされたような気がした。峻三自身も自分が助かりたい一心で、芦沢を相手にしながらどこかに隙があったのかもしれなかった。

「芦沢が勝手な想像をして吹聴しているとすれば、何度も家へ来ている教え子ではあるし、俺にも責任がある。おまえにまで嫌な思いをさせて悪かった」

峻三が謝っても多代は何も答えなかった。

芦沢英次はその後しばらく峻三の家に現れなくなった。峻三の不機嫌を恐れたのかとも思われたが、峻三自身、これ以上教え子の芦沢につきまとわれるのを避けたい気持ちがあった。

敗戦後二年が過ぎ、学制改革の断行があって、青年学校は昭和二十二年度いっぱいで廃止になることが決まっていた。峻三は年が明けて間もなく、春には新制の定時制高校へ転勤となることが決まった。唐本も同様で、峻三が都心の学校であったのに対して、唐本は都心から大分離れた多摩地区の学校に移ることになった。

そうでなくとも峻三は、唐本と以前のように親しく話すことがなくなりつつあった。どちらかと言えば、唐本の方が峻三を避けていたのだ。

転勤が決まってみると互いに名残惜しさもあり、ある日、他の何人かと一緒に飲み屋に行く機会を持った。しかし飲み屋で峻三は、唐本と同席していながら仲間内の雑談に終始して、そのまま別れた。後で峻三は、唐本と心を割って話す機会を永遠に失うような気がした。福地盛雄のことで唐本にも誤解されたままであるとすれば、やはり耐えがたいことなのだ。そのことが今後も病根のように重く心に残るのは、これ以上ない苦痛だと思った。

やがて春になり、それぞれに転勤して普段会うこともなくなったとき、峻三はとうとう唐本に宛てて長い手紙を書く決心をしたのである。

唐本良継がその手紙を受け取ったのは、多摩地区の新しい学校に勤務するようになって一月ほど過ぎた日のことだった。昼過ぎに妻から受け取ったその分厚い封筒を、最初、彼はしばらく見つめていたが、やがて封筒の中身を出して手に持って庭へ出た。

彼が都心に近い中野の家からこの青梅の町に引っ越したのは、転勤が本決まりとなった今年になってからのことで、家は妻の実家の縁で得た借家だが、周囲は緑の森や山の眺めが豊かだ。彼は春の日差しに恵まれた小さな庭に立って、さわやかな空気の中で気持ちを落ち着けると、やがて縁側に戻って腰をかけた。

峻三の手紙は、わら半紙に太い万年筆でびっしりと書き込まれ、全部で六枚あった。手紙の始めには、これまで十年近くにわたる唐本とのつき合いを振り返り、友情に感謝する気持ちが述べられていた。続いて、福地盛雄の結婚のいきさつとその失踪にまつわる峻三自身の告白が書かれていた。

二枚目から三枚目へと、唐本は目を見張る思いで読み進んだ。特に次のような記述は彼を驚かせずにはおかなかった。

福地が僕に「裏切られた」と言ったことについては、貴君の誤解があることを恐れるゆえに僕はあえて書こうと思う。前にも言ったように、僕にはそれに該当するような事実はないが、必ずしもそう言い切れない過去があることを、今、貴君に白状しなければならない。それは、福地の結婚相手は、前述した僕の精神的に荒んでいた時期に、新宿で出会った女だったということだ。これがわかったときの衝撃を詳述するのは止めるが、不幸、不運な身の上の彼女すなわち繁子と、戦災で肉親を失った孤独な教え子福地盛雄との、将来にかける希望を守るために僕がどれだけ苦しんだか、どうか理解してもらいたい。僕は今でも、福地には必ず生きて繁子の元へ帰ってもらいたいと思うのみだ。

実際に峻三がその出会った女とどういう関係を持ったのかははっきりしないが、唐本にも大体の想像はつくような気がした。要するに、戦争直後の荒廃し混乱した世に起こり得る男女のこととしてわかるにしても、その女、繁子と結婚する福地に、なぜ頼まれるままに仲人役まで引き受けたのか、それが唐本にはなおさら理解しがたくなった。

峻三は、繁子が福地の追及を受けて自らの過去を漏らし、ついに二人が破局を迎える事態となったことに触れ、こんなふうに述べていた。

繁子が福地の追及に負けてしまったのは、きっと彼女自身が自分の過去に罪悪感を持っていたからだろう。僕自身もおのれの過去について罪悪感がないわけではない。事実、僕の妻によって手痛いしっぺ返しを受けたが、それを当然だと思っている。しかし僕には僕なりの言い分がある。戦時中に僕は徴兵検査の丙種合格を恥じて、名誉挽回のためにも教師として懸命に働こうとしたし、その果てには天皇陛下と国家のために死ぬことも覚悟した。それが敗戦となって焼け跡に放り出されたのだから、人間として生きる意欲を取り戻すのに、大変な苦悩を味わったと言っても貴君にわかってもらえるだろう。

　あの繁子にしても、戦争の世ゆえの過去の困苦非行を理由にして、福地のような若者と結婚し再生することが許されない、などというわけはないはずだ。繁子の非行が今後の生活に無用の誤解や不幸を生じる原因となるならば、彼女の過去を世間に隠し続けていって当然ではないか。そこで僕は福地と繁子のために過去を捨てた人間となって彼女に協力し、新しい人間関係で表を飾って生き抜いていこうと心に決めた。僕はそれができると考えた。何しろ教師は聖職者とも言われた身分なのだから、その体面を保つべく振る舞っていけばよいのだ。今は戦争中のような神がかりの雰囲気の消えた世の中になったので、かえってやりにくそうだが、それも仕方がないと考えた。しかしその結果がどうなったかは貴君も知る通りだ。僕の不徳と無知のなせるところと言われても致し方ない。


　最初唐本は、随分手前勝手な理屈のようだと思った。しかし同時に、この一生懸命に自己主張している中に、峻三の人間としての叫びを聞いたような気もした。

　唐本は、峻三の友人として、安易に彼に対する疑いを持ったことを反省した。そして、福地盛雄が峻三を探して唐本の家に来た日以後の峻三とのやり取りを思うにつけ、峻三の苦悩に対する唐本自身の無為無力を思わないわけにいかなかった。

手紙の終わりにはこう書かれていた。

僕の人生は、あの戦争が終わった時点で終止符を打ってしかるべきだったと思う。それが天皇への忠誠や日本の敗戦を悲しむために言うのでないことは、貴君もわかるだろう。その時点で僕は、いわば軍国日本の虚構の中で生き続けることによって、人間としても疲弊しきっていたのだと思う。それがその後の僕の判断を狂わせ、教え子の福地をも狂わせてしまったような気がしてならない。恥ずべきことは誰よりも僕自身がよくわかっている。実際、僕は自殺を考えた。かつて尊敬していたこともある生島秋月の跡を追うのも僕にふさわしかったかもしれぬ。しかし僕は生き延びることにした。それは子供や妻のために働く責任を思うからだ。僕はそのためにのみ生き続ける。だから僕の後半生は、僕にして僕にあらざる人生とも言えるだろう。こんなことはもちろん妻にも言わないし、他の誰にも言いはしない。貴君にこういう手紙を書いたからには、僕は実質的に貴君と縁を切るつもりでいる。同じ教員としてどこかで会ったとしても、親しげな声をかけてくれる必要はないものと承知しておいてくれ給え。またこの手紙の処分については、読後に貴君の手で焼却してくれるように切に望む次第である。

唐本は手紙を読み終わると元のように畳んだが、われ知らずそれを両手で強く握り締めた。そしてしばらく呆然として庭の向こうの緑に目をやっていた。

峻三の文全体に感じる何となくはったりめいた格好よさは、唐本が以前から彼の言動に感じていたことで、峻三の唯一の欠点だと思っていた。この手紙にもそれは感じられた。だがそのこと以上に、峻三の告白が彼を驚かしたのも事実だった。彼は、その言葉の中味を信じることによって見えてくる笠井峻三という人間を、友人として受け容れようと考えた。そこには、戦争の世に歪められた人間の悲しみと憤りを具現した姿があるように思えてならなかった。

三十代の半ばにしてこのような告白をし、以後の人生を厳しく律しようとする笠井峻三の生き方を思うと、彼は逆に、同じ時代を生きたおのれの生き方の淡泊さを思わないではいられなかった。人としてどちらの生き方がよいかは別としても、自分には峻三の非を糾弾することはできないと思った。

これで笠井峻三との縁は切れることになるのかもしれない。そう思うと峻三の手紙を焼却する決心はつかなかった。唐本は自室に戻ると、結局書類箱の一番奥にそれをしまった。いずれそういう気持ちになったときに、自分の手で焼却すればよいと思ったのである。

その後、唐本が峻三と出会うことはなかった。まさか五十年も後になって、峻三の娘亜也子が唐本自身の前に現れるとは、夢にも思っていなかったのだ。

第三章 康彦

康彦さんへ

先日電話で話した件ですが、旅行の予定とかでゆっくり会う機会も取れないような
ので、とりあえず手紙を書きます。わたしもその方がいいような気がしてきましたの
で。会って話すのはまた後日ということにしましょう。

唐本先生にお会いして聞いたお話の中でわたしが一番驚いたのは、父の教え子の福地さんの失踪という出来事（それは最初、芦沢英次さんから聞いたことです）があり、それは康彦の一歳ぐらいのときのことで、父も母もそれに深く関わっていたということです。わたしにもそれに関係するらしい断片的な記憶があるのです。母もその出来事は覚えていて、福地さんはそれっきりどこかで死んでしまったのではないかと言っていました。すごく嫌な思い出のようで、母は詳しいことを話してくれません。母にはよほどショックを与えた出来事に違いないのです。

その何ヵ月か前に福地さんは繁子という人と結婚したのですが、父は福地さんに頼まれて結婚式の仲人を引き受けたそうです。福地さんは父をとても尊敬していたのです。ところがそれから間もなく福地さんの失踪事件が起こったのです。

そういうことを唐本先生から聞いてわかったのは、福地さんがお嫁さんの繁子さんと父との関係を疑ったことが失踪の原因らしいこと、母もそのことにひどく衝撃を受けて、お乳も出なくなってしまうほどだったこと（そのときの赤ちゃんが康彦だった

のです）、そしてその後、父と母との不和がしばらく続いたということです。これが本当のことらしいのです。そういうことが、その後の幼い康彦や晴彦に悪い影響を与えたかもしれないことを、わたしも否定することができません。

　父に対する福地さんの疑いというのは、繁子さんが戦争直後のころ街で父と会ったことがあると知ったことに起因しているらしく、父は後日、唐本先生にその事実を打ち明けたそうです。詳しい事情は唐本先生にもわからないのですが、その繁子さんが福地さんと結婚することになり、父がその結婚式の仲人を引き受けたと聞くと、父が強引に、自分の不都合な過去を葬り去ろうとしたようにも思えて、とても信じられず、正直、嫌な気持ちになります。

　家族が離ればなれになっていた敗戦当時のこととはいえ、父の女性問題があったというのは康彦もショックを受けると思いますが、こんなことを康彦に伝えようとするわたしの気持ちもわかってください。父をどう理解するかはつらい問題かもしれませんが、敗戦のころの父の真実の姿を知ろうとすれば避けられないことです。また母に対してわたしたちは誤解がなかったかどうか、康彦もよく考えてもらいたいのです。母は康彦を育てたくなかったなんていうことは決してない、と一生懸命否定しています。母は母で子供を育て家庭を守るために悩み、唐本先生にも相談したことがあったようです。康彦は、母がちゃんと話さないと言って怒りますが、母はきっと、父の女性問題に関わる苦しみなどわが子に話したくなかったのでしょうし、母親としてやましいところはない、と信じていたのでしょう。それに、父を尊敬する芦沢さんは、母に対して変な誤解をしていたように思えてなりません。

わたしも昔からの父と母のことが気になって、今度のことでは思わず深入りしてしまい、両親の抱えてきた問題をここまで知ったのがよかったのかどうかわかりませんが、わたしたちはもう両親それぞれの人生を冷静に考えることもできると思います。康彦もいろいろ考えていることはよくわかっているつもりですが、もうあまりいつまでもお母さんを苦しめたりしてわたしたちを心配させないようにお願いします。

以上、手紙では意を尽くせないこともあるので、できたらまた康彦と会って話したいと思っています。ではどうかお元気で。

亜也子より

笠井康彦は、電車を降りてホームを歩き始めてから急にめまいがして、駅のベンチに座り込んだ。何だか体中が弱って力が抜けていくような感じだ。呆然とした彼の頭に浮かんでくるのは、やはり姉の手紙のことだった。

今夜は同僚の伊崎《いさき》と会社に近い田端の飲み屋で酒を飲み、少し度を越したかと思ったのも確かだった。社内の若手から多少とも尊敬のまなざしを向けられれば悪い気はせず、康彦も結構、気分よく飲んだのだ。帰りに池袋まで来て伊崎と別れた後、いつものように東武線の電車に乗って、混んだ車内で立っている間、どうにも体がだるくて参った。

この程度飲んだだけで、耐えられなくなるようでは俺もおしまいだな、と自嘲気味につぶやいてみても反発する気分は出てこない。このごろは、ときどき自分が日増しに衰弱していくような気もして、妙な寒気を感じることもある。五十を過ぎて日々の疲れが取れにくくなったと言っても、まだ世間では老人扱いはしない年だろうに――。

それにしても今夜は、吐くほどのこともないまま変な悪酔いの気分からなかなか抜けられない。その理由が、昨日の夜読んだ姉の手紙のせいだということを、彼は今、はっきりと自覚したような気がした。

実際、亜也子の手紙が康彦に与えた衝撃は、ボディーブローのようにずしんとこたえるものがあったのだ。

康彦が子供のころから感じていた母に対する不満の背後に、父と母の不和の問題があるということは、すでに彼自身何となく察知していたことでもあり、それに気づいてからは父と母の問題に深入りするのはやめようと思ったこともある。だが、父の死後、芦沢英次という男の出現によって、それが息を吹き返したのだ。再燃した疑惑を元に、母多代に説明を求めた彼は、とうとう光老園に出かけていって思いがけず失態を演じ、姉の亜也子を巻き込むことになった。そして、弟を心配する姉は追及の手を緩めず、父峻三の古い友人の話を得て、康彦の疑念に明確な答えを突きつけてきたのだ。

康彦は、父の若いころの女性問題があからさまになったことに、愕然とさせられた。その上、自分が母に対して必要以上の追及をし、誤解さえしていたことを認めるしかないことに気づいた。

亜也子は一ヵ月ぐらい前にも康彦宛てに手紙を寄越していて、それはかつての父の教え子芦沢英次に会ったことを記したものだった。亜也子が芦沢に会って、今、両親に関する昔のことをあれこれ取り出して言われるのは迷惑であることを言ったら、芦沢はもう二度とそういうことはしないと約束したから安心してほしい、というのが手紙の主旨だった。芦沢英次のことはもう気にかけないつもりでいた康彦は、その手紙を見て姉に感謝するというよりも、その熱心さに辟易するような思いがしたものだ。

しかし今回の手紙は、彼がいつまでもそんな生半可な気分でいることを許さないものがあった。姉がこれほど熱心に追及してやまないのは、姉なりに子供のころから心にかかっていた父と母の不和の問題があったのだということもわかり、今までそういう姉のことを少しも考えなかった自分の身勝手な部分にも気づかされる思いがした。

しかも姉は、手紙の最後で康彦に自覚を促し、もう母を苦しめないでほしいと言ってきた。彼は自分自身がいかに自分中心のだめな人間に成り下がっていたかを、再確認させられたような気もして、強烈なダメージを受けたような重い気分になっていたのだ。

東武線の駅から自分のマンションに至る十五分ばかりの道が、少し前までは気楽な散歩道ぐらいのつもりで歩けたのに、今夜はまた妙にしんどい気分だ。途中で道ばたの草の中に倒れ込んで、そのまま夏の夜のすえた空気の中で息絶えてしまう自分を想像した。彼にはそれがさほど突飛な想像でもない気がする。もう自分には、生きる意味も意欲もないように思えてならないのだ。

もしこのまま行き倒れにでもなれば、康彦のいないことに最初に気づくのは伊崎だろう。二十歳ぐらい年下の伊崎は、三年前に他社から移ってきた仕事熱心な男で、設計製図の仕事では近々康彦に取って代わりそうな存在でもある。その伊崎が、会社で仕事をしていて康彦の不在に気づき、不都合を感じて工場長のところへ行って、笠井さんはどうしたのかと訊くだろう。そこで佐伯《さえき》工場長も康彦の無断欠勤を知って、所在を確かめようとする。それから草むらの中の彼の死体に行き当たるまで、三日ぐらいはかかるかもしれない。

一人暮らしの俺の存在なんて、その程度のものだ。仕事が生き甲斐と言ってみてもそんな自己満足が何になるか、と、妙に悲観的な気分に支配されてしまうのだ。

ようやくマンションにたどり着き、部屋に入ると、康彦はすぐにシャワーを浴び、着替えてベッドに入った。酔いは醒めていたが疲れ果て、眠り込むのは早かった。朝になると、いつものように目覚ましの鳴る音に起こされた。

どんなに酒を飲んでいても疲れても、康彦は目覚まし時計のセットだけは忘れたことがない。その習慣のお陰で彼の生活は保たれているようなものなのだ。朝になれば何はともあれ会社に行き、疲れのたまるのを感じながら働き続ける惰性の生活でしかないのだが。

その朝会社に行くと、伊崎が寄ってきて「昨日はどうも」と康彦に声をかけた。彼も笑顔で応じたが、伊崎に顔色を窺われたような気がして何となく不快なものを感じ、

「昨日はあの後、俺は電車を降りてから気分が悪くなっちゃってね、東武線の駅のホームでしばらく横になっていたよ」

康彦が言うと、伊崎は驚いた顔をした。

「あ、それは気がつきませんでした。そういえば随分遅くまで飲みましたね」

「あんたが注ぐからいけないんだ、ちょっと飲み過ぎたかな……」

そう言って康彦は、伊崎がわざとらしく笑う顔を横目に見て、くるりと背を向けた。若い伊崎がへつらう顔にたまらなく嫌気がさしてきた。

職人的な仕事熱心さでは評価が定着している康彦だが、人づき合いは昔から下手で不評を買うことが多いのもある程度、自覚していた。内心、彼を嫌っていたり、何か企みを持って彼に近づこうとする者に対して、不快感を隠すことができない性分なのだ。いつからそういう癖が身についたのかといえば、やはり子供のころからそうなのだろうと思うしかない。

夕刻、康彦が帰ろうとすると、工場長の佐伯が彼を呼び止めた。

「昨日は伊崎に大分つき合ってくれたようで、すまなかった。実は、俺が伊崎に笠井さん

を酒に誘って話をしてみろと言ったんだよ」

佐伯は人なつっこい微笑を浮かべて言った。

「最近伊崎が、ちょっといろいろ気にしすぎるようなんで、ノイローゼになっちゃ困るしね、それで、いつも一緒に仕事をしてるんだから、たまには一緒に飲みに行きましょう、と言ってみたらどうだってね、あいつは笠井さんの仕事ぶりに感心しているからさ……」

康彦は、朝、伊崎と話していたとき佐伯が二人の様子を見ていたのを思い出した。

「ああ、そうでしたか。そういえばいろいろ訊かれてね、身の上話までさせられたが……」

そうだった、と康彦は思い出した。訊かれるままに仕事の話をいくつかしたが、康彦の家族や結婚のことなども訊かれて、当たり障りなく答えるのに苦心した。なぜそんな立ち入ったことまで訊くのか、とちょっと嫌な気がしたのだった。

「そいつはすまなかったな。そういえば、あんたが今、一人暮らしだなんてことを、伊崎に話したこともあったんだ。あいつはまた、ばか正直なところもある奴だからね……」

佐伯はしきりに「すまん」を繰り返して、

「若い者のことだから、よろしく頼むよ」

「わかっています、また気をつけておきます」

康彦は手を振って佐伯と別れ、その日はまっすぐ帰宅した。

康彦がこの宮越《みやこし》製作所に来てから二十年あまりになるが、佐伯はそれ以前から職工として働いていて、ここの工場の工場長になって七年ぐらいである。聞けば、佐伯は社長の親類筋だそうで、年が近いせいか康彦に特別の親しみを見せるが、どちらかといえば変わり者の康彦が佐伯の配慮で救われていることがあるのを、康彦自身感じてもいた。

だが、今日の彼は佐伯の気遣いに頼っているような自分を疑いたくなった。人を嫌うくせに、人を頼りにして生きている。康彦はそう思うと自分が嫌になった。そういう自分から抜け出したい気分だった。

康彦が思うに、幼少年時代から母とは常に隔たりがあるような感じであり、その一方で父は常に頼りない存在だった。母が時折見せた、康彦を忌み嫌うような視線、父がたまに康彦に向けてくる哀れむような目つき、それらは今でも彼の胸から消えることもなく、思い出すごとに彼を苦しめる。彼が自立して世に出てからも、友人や会社の同僚から受ける得体の知れない屈辱や圧迫を数知れず感じて、常にそれらに敏感に反応しつつ、防御に体を固くし身を細らせて生きてきた。常に周囲に対して受動的で用心深い生き方が、すっかり身についてしまったような気がしてならない。

閉鎖的な自分から抜け出して、真の自分を見出すにはどうしたらよいのか。彼はそれを考えなければならなかったが、何にしても自分の力で進む以外にないのだ。

康彦は、亜也子に返事の葉書を書いて出すことにした。短い文で姉の手紙に対する礼を言った上で、彼自身のこれからの気構えを示して、とりあえず姉を安心させたいと思った。芦沢英次のことは自分で解決すると書こうとしたが、その考えはまだ漠然としていたし、また姉によけいな心配をさせると考えて書くのはやめた。

それから二日後の夕刻のことである。康彦は込み入った仕事の疲れもあって早めに会社を出てきたのだが、池袋駅構内の地下通路を歩いているうちに飲み屋に寄っていきたくなった。

会社から帰る途中で電車を乗り換える池袋に、彼がときどき寄る飲み屋があった。そこのカウンター席で一時間かそこら過ごすと、大抵、胸にためこんだ嫌な気分も抜けて楽な気分になってくる。彼は一週間に一度ぐらいはそういう時間を持つことが必要だった。若いころは好きで飲みに行ったりした酒が、このごろはとっておきの薬か何かのように欠かせないものとなり、飲んで酔えば酒飲みの生き方も悪くない、と手前勝手に思うようになった。

康彦が駅の西口へ向かって歩いていると、彼の横に近寄ってきてそれとなく顔をのぞき込む者がいた。振り向くと、面長の顔に丸い目と厚い唇、彼の知ったふうな女の顔がそこにあった。だが急には誰とも判明せずに思わず見つめた。

「あら、今、帰りなんですの？」

その声で彼はようやく思い出した。声は年相応に多少変質していても、響きや抑揚に覚えがあった。二十年前に別れた妻の絵梨だ。離婚したのは二十年前でも、その後二、三度会ってはいる。康彦の方から手紙を出し、よりを戻したいと思ったためだ。しかし結局はそれもならず、再度別れたのが十年以上前になるはずだ。

絵梨のやや太り気味の体つきはそう変わっていなかったが、不意の出会いだったし、髪型や化粧の変化で瞬時にはわからなかった。

「お久しぶりね、まさかこんなところで会うなんて……。ちょっと話さない？」

康彦より四つ上の絵梨はゆったりとした調子でそう言った。

相変わらず縁なしの眼鏡をかけた康彦の顔は、以前よりも大分しなびて見え、もはや何の魅力もなかったが、それがかえって絵梨を気軽な気分にさせたのかもしれない。

「その辺の店でいいわ」

絵梨は彼を促して歩き出した。そして西口の階段を上がると、駅のすぐ前にある軽食喫茶の店に入っていこうとした。何となく飲み屋のような店を予期した康彦は当てがはずれた。昔はよく二人で飲み屋に出かけたことがあったのだ。

「今さら、何の用だい？」

康彦は呆れたような顔をし、重い口を動かして言った。いきなり声をかけてくるなんて、絵梨の方に何か目的があってのことかと警戒したくもなる。だが逆に、この女は今ごろ俺に何を言いたいのかと若干の興味も動いた。

「わたしは今、渋谷のスナックで働いているの」

絵梨が言った。それは化粧の感じから康彦にも想像がつく。

もともと康彦が学生のころに、絵梨が神田のバーでアルバイトをしていて知り合った仲だし、今もスナックに出ていると聞いてもそう驚く気はしない。それよりも彼は、現在の仕事のことでも聞かれるのかと身構えたが、絵梨の関心はそうでもなさそうだ。

「わたし、もしあなたに会ったら聞いてみたいと思っていたことが、一つあるのよ」

絵梨が言って康彦を見た。

彼は絵梨に「あなた」と言われて目をしばたたいた。結婚後四、五年たったころからお互いにその種の代名詞を使うのが面倒になり、せいぜい「そっち」とか「そちらさん」とかいう言い方しかしなかった。絵梨の方がどんどん彼から離れていくのを、彼はどうすることもできなかった。彼女の方に未練がなかった分だけ彼の方に口惜しさが残った。

絵梨はしかし、昔のことに頓着する様子でもなかった。

「あなた、芦沢さんていう人、知ってる？　もう年輩の人で……」

急にそう訊かれて康彦は声も出ない。

「知ってるのね？　どういう関係の人？」

「どうしてそんな人のことを訊くんだ？　親父の、昔の教え子にそういう名の人はいるが、俺には関係ないんだ」

「そうなの？　そんなこと知らなかったわ……。とにかく、わたしがまだ神田のお店にいたころ、その芦沢さんがたびたび来ていたのよ」

康彦は息を呑む思いだった。そんな話は初耳だ。

「覚えがないのね……。わたしがあなたと結婚してお店を辞めるときに、何万円だったか、お祝い金をもらったことがあったわ。あれはマスターや他の常連さんからのお祝いも一緒になっていたけど、ほとんど芦沢さんが出したお金なの。芦沢さんが、お店でお祝いにもらったということにしてくれって言うから、わたしもあなたに何人か名前を簡単に言っただけだったわ。お祝いのお返しもしないままになったけどね」

康彦が二十年以上前に絵梨から芦沢の名を聞いても、それが父の教え子だと気づいて納得するとは思えない。

「そんな昔に、あの人がどうして結婚祝いなど……」

「わたしは、お店の縁でわたしたちのことを祝ってくれたんだと、簡単に考えていたわ」

「店の常連といっても、俺はあの人と話したこともなかった……」

「そうでもないわ。たまたま居合わせて、芦沢さんが何か話しかけたことがあったわよ」

そう言われても康彦は、絵梨のバーにいた芦沢を思い出すことができない。あのころ、いつも隅の止まり木にいて絵梨のことしか頭になかったせいだろうか。

康彦の記憶にある芦沢英次は、父峻三の葬儀の日に向こうから名乗ってきて話したときの顔である。それは、康彦が絵梨のバーに行っていたころから十五年以上も後、ということになる。髪を短く刈り上げたたくましい赤ら顔の感じが印象にあるが、その後も康彦は芦沢に対して格別よい感じを持ったことはない。

「それで、その芦沢さんがどうしたと言うんだい？」

康彦は詳しく聞かないですますわけにいかなくなった。

「その芦沢さんが、今、わたしの働いているお店にも来たのよ。あなた、芦沢さんがアシザワ商事の社長だというのは知っているわね？」

「アシザワ商事？　そういえば……」

康彦は父の葬儀のときに、話したいことがあったらいつでも連絡するようにと言って芦沢がくれた名刺に、アシザワ商事とあったのを思い出した。

絵梨の話によると、アシザワ商事はスナックやバーに洋酒や缶詰類などを卸す会社で、絵梨は昔いたバーでその会社名を知っていた。今度のスナックでも、偶然にもその会社から洋酒などを仕入れていたので、絵梨は社長の芦沢のことを思い出し、客に来てもらおうと思って電話をしたのだという。芦沢は何日もしないうちにスナックに現れた。

「そして昔の話になったら、あなたのことをいろいろ聞くのよ。もうとっくに別れましたからと言っても、なおさら聞きたがるの。せっかくお祝いをあげたのに、なんて言ってね……」

絵梨も芦沢の執拗さを変だと思ったのだ。

「それはいつごろのことなんだ？」

「芦沢さんが今のお店に初めて来たのは、もう何年も前よ、七年か八年か……。その後も何度か来たけど、最近は来なくなったから会ってないわ」

「そのころ芦沢さんに、俺のことで何を話したんだ？」

康彦は思わずそう訊いた。

「一緒にいたころの普段のことだけど、ちょっとだけよ、わたしが話したのは……」

「俺とお袋のことも話したのか？」

「まあ、少しはね……」

絵梨は、ばつの悪そうな顔をした。

結婚当初は、康彦が絵梨に多代の悪口などもいろいろ話したから、それをおもしろ半分に芦沢にしゃべったのに違いない。康彦のことをマザコンだなどとも言ったかもしれない。それを芦沢が信じ込んだ可能性は大いにあると彼は思った。

「そういうわけでね……」

と絵梨は話を締めくくろうとして真顔になった。

「わたしたちが結婚したとき、芦沢さんは喜んでくれたし、お祝いもくれた。ところが離婚したとわかってからも、わたしと会えばあなたのことを訊くし、あんたはあの男と別れてよかったんだよ、なんて言うし、いろいろ事情を知っているみたいで変な気がしたわ。それで芦沢さんとあなたはどういう関係なのか、一度訊いてみたいと思ったのよ」

康彦は絶句した。

芦沢はそんなふうにしてまでつきまとっていたのだ。あの男が絵梨を通じて知ったことを元に何を考えたのかと思うと、康彦は寒気のするような不快を感じた。自分はこれまで、芦沢英次の監視を受けながら生きてきたのかと腹がむかむかしてきた。

絵梨は康彦の愕然として青ざめた様子を見て、われに返ったような顔をした。

「とにかく、今、芦沢さんとあなたがどうなっているか知らないけど、偶然会えたから、気になっていたことをあなたに話しただけよ。悪く思わないでね」

絵梨はそう言って立ち上がり、飲み物代をテーブルの上に置くと、

「少しでもあなたの役に立てばいいと思っただけよ。あなたと別れたのは別に芦沢さんのせいじゃないから、誤解しないでくださいね」

最後の言葉を康彦に投げつけて、あたふたと出口に向かった。

絵梨は地下の店から階段を上がって路上へ出ると、すぐに後ろを振り返って康彦が跡を追ってこないことを確かめた。彼女は何となくほくそ笑んで足を速め、渋谷に向かうため

に再び駅の構内に入っていった。絵梨には康彦への未練などかけらも残ってはいないのだ。

「そのあんたの別れた笠井さんに、神田のバーにいたとき芦沢という男から結婚祝いをもらったんだと言ったら、どんな顔をするかなあ。多分忘れているだろうから……」

渋谷のスナックにやってきた芦沢英次が、絵梨に向かってそう言ったのは半月ほど前のことだ。今し方康彦に、最近芦沢とは会っていないなどと言ったが、それは彼女の嘘だった。

たまたま神田のバーにいたころのことが話題になったときだった。二十年も前のそんなことをわざわざ、元の夫に言いに行くわけはないと絵梨がはねつけて、「芦沢さんはいったいあの人とどういう関係があるの」と聞き出そうとすると、芦沢はにやにやして、

「もしどっかで会ったらそう言ってみてくれよ。そしたら絵梨さんにはたんまり褒美を取らせる。そのあとで、その関係というのを話してやってもいいがな」

冗談とも何ともつかない言い方をしただけだった。

今日は週の初めで店に客もほとんど来ない日だ。そんなことを思いながらアパートを出てきたら元の夫に出会ったんだからしょうがない、と絵梨は、思いがけない再会をした上に無事に話だけはしたので何だかうきうきするような気分だった。今度芦沢が店に来たら褒美をねだってやろうと思った。

康彦は、偶然会った絵梨の話から、芦沢英次が随分以前から彼をつけ狙っていたのは間違いないと思った。峻三の葬儀で会ったときの会話にしても、先ごろ康彦に送ってきた手紙にしても、あの男はただ親切に過去の事実を伝えてきたわけではない。親切ごかしで人を不幸に陥れようと企んでいるのかもしれない。かつての妻絵梨も、芦沢の影響で俺をばかにしていたのではないか、と康彦の頭の中は熱を帯びてきた。

姉の亜也子が芦沢から聞いた話によれば、あの男は父との間に師弟関係に基づく過去の因縁があるらしい。その恨みを言いたい、と言うのなら聞いてやってもよい。だが父の教え子であろうとなかろうと、何年もつけ狙って他人の生活に立ち入ってくることは許せない。

康彦は、長い間耐えに耐えてきた憤怒に初めて目覚めたような気がした。絵梨の語った気まぐれな話が、彼を具体的な行動に駆り立てるきっかけを生んだのだ。

康彦は自分の机の中を掻き回して、芦沢英次の古い名刺を見つけ出した。父の葬式のときに芦沢から受け取ったものだ。彼はその名刺を見てアシザワ商事が神田にあることを確認し、自分の会社のある田端から行けばそう時間がかからないこともわかった。

その夜、名刺にあった番号を見て芦沢の自宅に電話をすると、芦沢はひどく驚いたようだった。康彦が絵梨に会ったことを話し、芦沢さんにぜひお会いしたい、と言うと、芦沢はちょっと渋ったあげくに会社で会うことを承知した。

翌日、康彦は自分の会社を早めに出て電車を使って神田に回り、夜の街を歩き回ってアシザワ商事のビルを探した。

アシザワ商事は、神田小川町の小さなビルの建ち並んだ一角にある。三階建ての薄ネズミ色のビルはあちこちに補修の跡があり、この辺りで最も古いビルと言ってもよかった。社長の芦沢英次は軍隊帰りから闇市のブローカーをしてたたき上げ、神田辺りにまだ焼け跡の残るころに、気心の知れた仲間と卸売りの会社を立ち上げたが、その後、会社の経営を一手に握るに至った。現在は、主として外国から直接仕入れた洋酒や缶詰の卸売りをしているが、年ごとに販路が狭まるばかりなので、彼は自分一代で会社を閉じる覚悟を決めている。

会社を畳んでもその代わり、傘下に作ったレストランを長男に継がせ、今はさらに有料老人ホームの事業に手を出そうと考えている。それは次男の恭治のためにすることで、これからは高齢化の進む時代だから老人相手の福祉事業が有望だ、という恭治の考えの後押しをするつもりなのだ。恭治は、人当たりがよく頭も働く上に割合計算高いから、経営者には打ってつけだと英次自身が見込んでいるのだ。そういう父の思いを知る恭治は、新興の老人施設「光老園」に勤めを持ち、介護事業のノウハウを身につけるつもりで働いている。

康彦は、芦沢英次がどんな経営者であるかについては関知しなかったが、父の教え子であるからには、その息子である康彦に多少の礼儀を尽くす気持ちはあるだろうと考え、とにかく会って言うだけのことは言う覚悟でアシザワ商事に行くことにしたのである。

芦沢英次は、部下の男を通じて康彦を三階の社長室に招き入れた。会社はすでに引けた後で、秘書を兼ねた部下が一人、隣室に控えていた。

「やあどうも、わざわざわが社まで来ていただき、恐縮ですな」

芦沢は一応、慇懃《いんぎん》に康彦を迎え、座を勧めた。

「随分古くからやっておられる会社のようですね。わたしは父から、芦沢さんのことをほとんど聞いておりませんでしたので……」

康彦が言うと、芦沢は鷹揚《おうよう》に笑ってうなずいた。

「あなたのお父さん、笠井先生には、学校のときばかりでなく、戦争直後のころにも大変お世話になりました。しかし先生が亡くなられて、ご恩返しもできなくなってしまったというわけですよ」

「それはわかりますが、父はもういませんし、わたしに恩返しと言われても困るのです」

康彦がきっとなって芦沢を見たが、芦沢は悠然とした姿勢を少しも崩さない。

「ほほう、わざわざそれを言いに来られたんですか。前にあなたのお姉さんがわたしの家へ見えたときに、もうよけいなことは致しませんと申し上げたので、その後はわたしの方からは何も致しておりません。それで何かご不満でも……」

「それはそれで結構です。しかしそれ以前にも、結婚の祝い金を寄越したりして、妻の絵梨を通じてずっとわたしのことを調べていたんじゃありませんか。なぜです？」

単刀直入に問われて、芦沢はやや気分を害したようだった。

「いや、あんたのことを調べるなんていう気はないがね、ただ、食い物が何もなかったときに笠井先生に助けてもらったのは確かだから、その恩返しをしたい気持ちがあってね、しかし今さら名乗るのも何だから、そっとわからないようにと思ってね……」

「しかし、なぜわたしに？　母や姉たちもいるのに……」

「それは、まあ、あなたに対するわたしの気持ちですよ。わたしがあの先生のところに行っているころに生まれた、男の子だったしね……」

そう言って芦沢は目を逸らし、低く笑った。

康彦は依然として芦沢の真意を測りかねた。そればかりか、芦沢が薄気味悪くなってきさえしたが、言うだけのことは言っておきたかった。

「あなたはかなり身勝手な人らしいですね。あなたのやったことがわたしにはどれほど迷惑か、おわかりでないようです。わたしの結婚もあなたに邪魔されたような気がする」

「邪魔とは何だ。わたしは陰ながら応援したつもりだがね。何ということを……」

芦沢の顔に怒気が表れていた。

「とにかく、あなたには貸し借りのないようにしたい。これはあのときわたしの妻が受け取ったという、結婚祝いのお返しです。遅くなりましたが受け取ってください」

康彦はソファから立ち上がり、手に持った紙袋を芦沢の前に差し出した。中にはかなり高価な風呂敷セットの箱詰めが入っている。それを差し出すのにやや躊躇はあったが、明確な強い態度を見せてきっぱり縁を切りたいという感情の方が勝っていた。今さら現金を返そうにも額が不明だし、空々しい「お返し」をした方が痛快な気がしただけのことだ。

「そうか、あんた、絵梨さんに会って何か言われたんだね？　それでこんなことを……」

テーブルの上の紙袋を見た芦沢が呆れた様子で言った。こんな行動に出られるとは予想もしていなかったのだ。彼は憤然とした面持ちになって言った。

「ふん、こんなもの、置いていくなら置いていくがいい。それで用はすんだかね？」

しかし、康彦は問い詰める手を緩めなかった。

「それからもう一つ、光老園にはあなたの息子さんが働いておられるんですね。あなたは息子さんを通じてわたしどもの母にも、その応援とやらをなさっているんですか？」

その瞬間、芦沢の顔に怯んだ色が見えた。

「ふん……。先生の奥さんに今さらどうこう言うつもりはない。それとも、わたしが息子の仕事に口出しするとでも思っているのかね。息子は息子で……」

そう言いかけて芦沢は明らかに狼狽して、口ごもった。恭治が多代に対して何をしたか、それをすべて関知しないと言ってしまうことに、言いしれぬ恐れを感じたのである。

康彦は、芦沢英次の狼狽した顔を見れば十分だった。

「どうやら覚えがおありのようですね。いろいろ言いましたが、もうこれだけにします。母も年老いていて、今さらあなたと関わりを持つのは迷惑なんです。今後は一切、関わりなきようにお願いします。改めてわたしからそう言いたかったのです。今日はわたしのために時間を割いていただき、ありがとうございました。失礼します」

最後に言うつもりでいた言葉を言うと、康彦は一礼して戸口に向かおうとした。

「待ちなさい。俺の方にも言いたいことがある」

不意に背後から芦沢の野太い声が呼び止めた。康彦はぎくりとして立ち止まった。

「あんたにとっては父親かもしれないが、俺にとっては先生だ。学校では俺たちのためにいつも一生懸命な、立派ないい先生だと思って尊敬した。そして先生の言葉を信じて兵隊になり南方の戦地に行った。フイリッピンの島だった。だが先生の言葉通りにもならず日本は負けた。内地に帰ってきたら先生は戦争にも行かずにいて、相変わらず先生だ。食い物を恵んでくれたのはありがたかったが、それ以外に俺たちに対して何もできない先生だった。今さらそういうことをいちいち責めるつもりもないがね……」

芦沢はソファにいて、立ったままでいる康彦の顔を睨んでしゃべり続けた。

「あとで聞いたら、笠井先生は別の復員兵に学校で文句を言われたら、教師の責任を認めて地面に手を突いて謝ったそうだ。しかし俺たちには一言も悪かったなんて言わなかったよ。俺たちの同級には笠井先生に怒鳴りつけられて、戦地に行って死んじまった者もいたがね……。戦争に負けたからって先生に謝ってもらったって、しょうがねえけどな」

「戦争は国の責任でしょう。そんなふうに教師に恨みを持ってもらっては困ります」

康彦はようやく一言差し挟んだ。芦沢のくだを巻くような調子につき合わされるのが耐えられなかった。

「そりゃそうだろう。だが国は、負けた戦争の後始末なんてその場しのぎにやるだけさ。五十年もたった今ごろになって政治家が外国向けに口先でお詫びなんかしたって、相手の国には何も通じちゃいない。よけいな誤解が出てくるだけさ。国がやるだけのことをやっていなければいつまでも過去の因果は残ったままさ……」

急にやり場のない怒りを思い出したように、芦沢英次の顔は血の色を含んで歪んだように見えた。

「奴らは決して反省なんかしない、権力の亡者だ。だからなおのこと、軍隊から帰った兵隊が学校の先生に文句を言ったってどうにもならねえさ。だけど、先生は先生なんだ……」

そこで芦沢は、いらいらした様子で大きなため息をついた。

「ところがその先生が、教え子の女房が美人だからって手を出すようなことをするのかっていうわけだ。俺は先生を信じているから、悪いのは先生の奥さんだと思ったんだ。しかし今じゃ、どっちともわからねえな……」

「何ですか、それは、わたしの父のことですか？　母のことですか？」

康彦は耳を疑い、目を剝《む》いて叫んだ。腹立たしさが込み上げてきた。

「驚いているね、あんた……。その教え子は福地と言って、俺の友だちでもあったんだが、自分の女房に裏切られたと思って、かわいそうに、行方知れずになっちまった……。そんな話は知らなきゃ知らなくてもいい。今となっちゃ、本当のことはわからないんだ。しかしとにかく、先生も人の子っていうことだ。そう気がついたから、俺も笠井先生を見返してやろうと思ったわけだが、今さら遅い。もうそんなことはやめにする……」

「あなたはそんないい加減な話をわたしにして、それで気が晴れるんですか？」

「いい加減な話をして気が晴れるかだと？」

瞬間、芦沢は摑みかからんばかりになったが、すぐに息を吐いて背もたれに寄りかかった。

「まあ、いい。俺も、笠井先生の息子のあんたを前にして、ちょっとよけいなことまでしゃべり過ぎたようだ。もういい、帰ってくれ」

そう言うと、芦沢は康彦を部屋から出そうとして立ち上がった。

その横柄な態度に抗議するように、康彦は芦沢を睨みつけて仁王立ちになっていた。

すると芦沢は、テーブルを回って彼に近づきながら、言った。

「あんたにはこういう苦痛はわからんだろうがね、俺の左の耳の奥は痛むんだ。このごろ日増しに痛みが増して、だんだん聞きづらくなってくる。なぜだか、わかるか？　軍隊だ。軍隊で上官に殴られたんだ。まったく無茶な理由でな……。それが原因なんだ。もう五十年以上前のことだが……」

そういえば話をしているとき、芦沢は右の耳の方をこちらに向けようとして顔を傾けることがあったのを、康彦は思い出し、唖然《あぜん》として相手のしわ深い顔を見つめた。

芦沢英次は八つ当たりしているだけではないか。戦争への恨みが、教師への逆恨みを生んでいるのではないか。たとえその怒りは正当であっても、その矛先を向ける方向を見失っているのだろう――。

康彦は、もうこの男と言い争うことはやめようと思った。彼は芦沢の沈鬱な顔に向かって黙って頭を下げ、社長室を出た。背後でゆっくりとドアの閉まる音がした。

あの父峻三にとって教え子とは何だったのだろう。それは、戦争の時代であったということを抜きにして語ることのできない、取り返しのつかない問題であるのかもしれない。

そう考えてはみたものの康彦の胸には、芦沢に会う前には予想もしていなかった言いようのないむなしさが残った。芦沢英次に対する憎悪が焦点を失ったようにぼけていき、その代わりに、父の像が不快な黒いヴェールに包まれるのを感じた。

松山スミは受付の椅子に座って頬杖を突き、今し方、かかってきた電話の主について思い出そうとした。男の声で、三十分後に笠井多代に会いに行くが支障はないかと言ってきたのだが、その声に何となく思い詰めたような感じがあって気になった。

三ヵ月ぐらい前の梅雨のころに面会に来た多代の息子に違いない。五十年輩の痩せ型で陰気な感じがした男のことを、松山は思い出した。その息子が帰った後で多代が車椅子から落ちてけがをし、施設長の野本悟が責任問題にならないかと心配して、ヘルパーの芦沢恭治と顔をつき合わせて話をしたりしていた。

あの息子がまた来るのではないか。たまたま他に誰もいない事務室内を見回し、松山スミは何とはなしに不安な気がした。

そのとき事務室に小谷三千子が入ってきて、奥の方の机に行って椅子に腰を下ろした。隣の同じケースワーカーである川瀬典子の机を見やり、何となく苦しげなため息を漏らしている。何か考え込んでいる様子だ。松山は、笠井多代の息子が面会に来るかもしれないことを小谷に言おうかどうしようかと、一瞬迷った。

小谷と机を並べる川瀬は去年大学を出て入社してきた新人だが、ケースワーカーの仕事を覚えるに従って明朗活発な性格が表に現れ、最近は溌剌とした様子で周囲に明るい雰囲気を振りまいている。松山としても明るい性格の方が好きなので、小谷よりも川瀬と話すことが多くなった。川瀬は最近、所内の人気者のようになり、その一方で小谷は何となく老けて見え、元気もなくなってきたような気がするのだった。

小谷は以前から芦沢恭治に特別な思いを寄せていたようだ。その後二人の関係が進展したようには見えないが、笠井多代の息子が面会に来る、と言ったら小谷はまた芦沢に内線で知らせるだろうか。そんな興味が、ふと松山の頭に浮かんだ。

「あの、小谷さん……」

松山が小谷に声をかけた。

「先ほど、笠井多代様の息子さんらしい方から電話で、間もなくご面会に見えるということでしたが……」

「えっ、笠井様……。そうね、どうなのかしら」

そう言ったまま、小谷は椅子から立とうとしない。

おや、という感じで松山は興味深げに小谷の横顔を盗み見た。小谷は松山の視線に気づいて、急に机の上の書類を手に取ったりし始めた。

しばらくすると、玄関に向かってやってくる男の姿がガラス戸の向こうに見えた。

「いらっしゃいませー……」

松山が立ってロックをはずしてガラスの戸を開け、いつもの甲高い声で男を迎え入れた。

流れる汗を拭いながら入ってきたのは笠井康彦である。彼は受付の窓から中をのぞいて一礼した後、そばにあったノートに名を記すと、松山の声に送られて廊下の奥のエレベーターに向かった。

するると、小谷が不意に立って受話器を取り、

「今、笠井多代様の息子さんがご面会で、三階に行きましたけど……」

ぼそぼそとした低い声で言い、すぐに受話器を置いた。

松山はそれとなく耳を澄ませていた。内線の相手はヘルパーの芦沢に違いない。なぜ小谷は笠井多代の息子が来たときだけ芦沢に連絡するのか、と松山は改めて疑問に思ったが、パートの彼女はそれを小谷に問いただす立場ではないから今回も黙っていた。

エレベーターで三階に上がった康彦は、十一号室を目指して廊下を歩いていった。途中、看護室のドアの前に男のヘルパーが一人立って彼を見ていた。

「いらっしゃいませ」

ヘルパーが声をかけてきた。康彦は、その男の背後の看護室に芦沢英次の息子がいるような気がして、一瞬、体を硬くした。

十一号室のドアを開けて入っていくと、多代はベッドで寝入っていた。康彦は突っ立ったままで多代の寝顔を見つめていた。

不意にドアが開いて、先ほどのヘルパーが入ってきた。

「ご面会ですね、椅子をお持ちしましたので、どうぞ……」

そう言って男は持ってきた椅子を康彦のそばに置き、ドアを閉めて去った。

康彦は、椅子にかけて再び多代に目をやろうとして、枕元のインターホンの小さな赤いランプに気がついた。彼は手を伸ばしてインターホンのスイッチを切った。

それから彼は、多代の肩の辺りに手をかけて、そっと揺すった。多代はじきに目を覚まし、ぼんやりした目で辺りを見回した。

「俺だよ、康彦だよ。今日は話をしに来ただけだ。俺の言うことを聞いてくれればいい」

多代は康彦を見たが、観念したようにまた目を閉じて何も言おうとはしない。

「あんたの口から話が聞けなかったのは残念だがね……、俺はもう、諦めたよ。いろいろあって、ようやく、俺もあんたの気持ちが少しはわかるようになったんだ……。だから俺のことは、もう心配しなくていい。姉さんにもそう話しておく」

康彦はつぶやくようにゆっくりと言った。そうして彼は多代の顔に目を注いでいたが、やがてため息混じりにこう言った。

「今まで、怒鳴りつけたり、手を上げたりして、悪かった……。謝る……」

そのぐらいの言葉を、多代に一度かけてやらなければならないと思って来たのだが、言ってから不意に、彼は何か激しく込み上げてくるものを感じて懸命にこらえた。

多代は驚いたように目を見開き、康彦の顔を見た。激しい感情が多代の中に湧き起こったようだった。耐えきれぬように閉じた両目から涙の粒が溢れて耳の方に落ちていった。

互いに言葉もないまま、康彦は多代の顔を見つめていた。多代に峻三のことを聞いてみたい気持ちもあったが、涙を流した多代の顔を見ていると、それを口に出すことができなかった。

彼はここを出たら二度と光老園には来ないつもりだった。その自分の姿を戸口のカメラが後ろから写していることを知っていたが、もう気にしないことにした。

やがて、康彦は立ち上がり、多代の顔を真上からのぞき込むようにして、肩の辺りの薄がけを直してやりながら言った。

「ここに入ってよかったかい？　ちゃんと面倒を見てもらっているのかい？」

多代がまた目を開けて康彦を見た。息子の言葉が信じられないようだった。

そのとき、インターホンの赤いランプがまた点灯した。看護室の芦沢が様子を気にしてスイッチを入れたのに違いない。

もういい、と康彦は思った。彼は多代に向かって軽く頭を下げてから戸口に向かった。

康彦は、多代の部屋を出た後で受付へ行ってヘルパーの芦沢に会いたいと申し出るつもりだった。そうして芦沢恭治に、先日会社に行って芦沢社長に会ったことを話し、戦争の時代から続いた父親同士の不幸な関係はもうご破算にしたいと言いたかった。その話がうまく通じるのかどうかわからなかったが、ともかく最後に、母のことをよろしくお願いしますと言ってここを出ようと思っていた。

康彦がエレベーターの乗り口に立っていると、不意に後ろから声をかけられた。

「笠井様ですね。ちょっとお話ししたいことがあるのですが、よろしいでしょうか？」

ヘルパーの芦沢恭治がそこにいた。康彦は度肝を抜かれるような気がしたが、すぐにうなずいてみせた。恭治は彼と一緒にエレベーターに乗ったが、その監視するような目つきと一言も言葉を発しない冷然とした態度が、康彦にはひどく気になった。

そのまま恭治は彼を事務室隣の応接室に案内した。そしてテーブルを挟んで向かい合うと、すぐに恭治が言った。

「お母様のご様子はいかがでしたか？　最近はあまり外の催しにも出たがらないのでちょっと気にかけてはいたんですがね」

「母は年が年ですから、相当弱ってきているようですが……」

康彦が言いかけると、恭治はすぐに引き取って、

「ああ、そうですね。年寄りの気持ちを理解するのもなかなか難しいものです。無理強いするのもよくないですから……」

などと言いつつ康彦の顔を窺っている。康彦はただ曖昧にうなずくだけだった。

そのときドアをノックする音がし、恭治はすぐに立っていって入り口のドアを開けた。その瞬間、こちらをのぞき見た女の顔が見え、康彦はそれが先ほど受付の後方にいた女のようだと気づいた。生真面目そうな目をした細面の女だ。

恭治は相手を覆い隠すようにドアの外側に出て、短い会話をした。最後の方は何か女と

口論でもしているように、康彦には聞こえた。

やがて恭治が席に戻ろうとしてドアを閉めるわずかな隙に、再びこちらに目を向けた女の顔が見えた。女は顔を赤らめ、当惑したような目つきで康彦を見た。

芦沢恭治は、落ち着き払って元の椅子に腰を下ろすと、

「今、十一号室に様子を見に行った者の話では、お母様は涙を流していて少し元気がないようだと言うのですが、お母様と何かありましたか？」

穏やかなようでいて、何かしら決めつけるような強い口調である。

「いいえ、別に何もありませんよ。わたしと話して母が涙ぐむようなことはあったかもしれませんが……」

康彦が答えると、恭治はなおさら鋭い目つきになって彼を見た。

「今の者が、お母様の様子がどうも変だったと言うんですよ。何かあったんじゃありませんか？　ご家族の間のことは、わたしどもにはよくわかりませんが、だからといって放置しておけない場合もあるんです。お母様のことで何かおありでしたら、今のうちに……」

明らかに何か疑っていると感じた康彦は、むらむらと湧き起こる感情を抑えられなかった。

「そうまでおっしゃるなら、これから十一号室へ行って一緒に確かめようじゃないですか」

康彦が怒気を含んだ声で言って立ち上がると、恭治はあわててなだめにかかった。

「いや、そういう心配があったから、立場上はっきりとお尋ねしただけです。疑ったのが間違いならば謝ります。お静かにどうぞ……」

康彦は恭治を睨みつけるようにしながら椅子に戻った。この男はやはり俺を悪者に仕立てようとしているのだと思うと、落ち着いていられない気がした。

そのとき、再びドアをノックする音がした。先ほどとは違い、軽くて高い音だ。

恭治はぎくりとしてドアを見た。ドアが開いて入ってきたのは、康彦には見覚えのない顔であった。

「いらっしゃいませ。冷たいお茶はいかがですか。どうぞ……」

丸い目を輝かせ明るい笑顔でコースターに載せた冷茶のコップを配ろうとしたのは、川瀬典子である。

恭治が一瞬不快そうな顔をした。彼女はすぐにそれに気づき、たじろいで、

「あの、小谷さんに言われまして……」

「小谷……」

恭治は低い声で言って黙った。予定外のことだったらしい。川瀬は恭治の様子を恐れでもしたように、冷茶のコップを二人の前に置くと急いで出ていった。

何となく気まずい空気が流れた。ややあって、恭治がおもむろに口を開いた。

「どうも、わたしがよけいな心配をしたようです。時には利用者様と家族の方とのいさかいのようなことにも立ち会うことがありますので、つい先走ったことを申しました。どうもすみませんでした」

恭治は頭を下げて謝罪し、

「笠井様のことでもっといろいろお聞きしようとも思ったのですが、また次の機会にさせてください。今後もわたくしどもは誠意を持ってお世話致しますので、どうぞご心配なく……」

そう頭を下げて言われると、康彦もそれ以上居直る気がしなくなった。

「そうですか……。わかりました」

それだけ言って康彦は部屋を出た。ドアを後ろ手に閉めて廊下を行こうとすると、先ほど報告に来た細面の女が事務室の前にいて、伏し目がちに彼を見ていた。何かを気にしてそこにいるようだった。小谷というのはこの人に違いないと彼は思った。

「先ほどの方ですね。十一号室の母に、何か変わったことがあったんですか？」

「いいえ、特に、そんなことはありませんけど……」

小谷は彼に曖昧な答え方をして、当惑したように視線を逸らした。

康彦は、あの芦沢英次の息子の意図はやはり明白だと思った。母の多代までも不当な扱いを受けているのだとしたら許せない。

そうだ、あの息子の偽善者面を引き剝がしてやるのは今しかない。今、ここであの男の父親の名を出して問い詰めてやってもいいのだ、と彼は憤怒に燃える思いだった。それは彼にとって母に対する罪滅ぼしでもあるのだった。

康彦が振り返ると、応接室の戸口の前に出た芦沢恭治が、じっとこちらを見ていた。それと気づいて何を恐れたのか、小谷三千子があわてて事務室に入っていった。

康彦は恭治に近づいていって、

「もう一度だけ、話をさせてください」

と彼を押して応接室の中に入った。

恭治とテーブルを挟んで立つと、康彦はすぐに強い口調で言った。

「どうも腑に落ちないことがあるので、遅くならないうちに聞いておきたいんです。芦沢さんは、わたしが母に何かひどいことでもしたかのようにお尋ねでしたが、根拠もなく言われたようでまったく心外です。あるいは母の多代が、よほどこちらにご迷惑をかけているようなことがあるのかどうか、その点をはっきりお答えいただきたいのです」

不意に康彦に迫られて、恭治は少しの間、言葉が出てこなかった。

「妙なことを言いますね。先ほども申し上げたように、わたしは立場上心配してあなたにお尋ねしたのです。そんなふうに文句を言われる筋合いはありません」

「あのときあなたのところに来た女の方は、母の様子に何も異状はなかったと言っています。それでもあなたはわたしを疑おうとしたんじゃないですか。なぜです?」

小谷のことをそう指摘されて恭治は少々怯んだが、

「それは言いがかりというものです。いや、こんなことを言い合っていても仕方がない。お互いに嫌な思いをするだけです」

芦沢恭治は急に開き直り、自信を取り戻したように顔を上げた。

「実を言えば、笠井多代さんはいつまでたってもここが気に入らないようで、わたしたちも手を焼いているのは確かです。その上、息子さんのあなたも何かと不信感を持つようだから、それならいっそのこと、この光老園を出たらどうですか。その方が多代さんも落ち着きますよ。行く先ならお世話してもいいですがね」

「出ていけというわけですか。なるほど、それがあんたの狙いだったのか……」

彼は無性に腹が立ってきた。

「年寄りを痛めつけて追い出そうというのか……。それがあんたの父親の命令か。芦沢英次という男のやり方なのか?」

「そんなことは関係ない。わたしはあんたたちのために言っているんだ」

恭治は驚く顔も見せず、せせら笑うようにして言った。康彦は感情を抑えかねた。

「そんなうわべの言葉にはだまされない。言葉でもっともらしいことを言って、その実は年寄りをいじめてその弱みにつけ込んで、金儲けを企むのがあんたのやることだろう」

「何ということを……。口を慎んでくださいっ」

恭治が怒鳴った。

それからまた急に、恭治はあたかも説得するような静かな口調に戻った。その顔は青白く光り、冷たい微笑さえ浮かべていた。

「いいですか、老人はいたわるしかないものだ。そのままにしておいても弱って死んでいくものを、われわれはいたわって、安らかに過ごせる場所を提供しているんだ。あんたのような手前勝手な息子に何ができるか。老人を除け者にして楽をしたいのはあんただろう」

「何をっ、ぬけぬけとそんなことを……」

二人は期せずして睨み合った。だが康彦は、恭治の冷徹な目の光に気押されてたじたじとなり、勢いを失いそうだった。彼にも弱みがなくはなかったのだ。

そこへ、いきなりドアを開けて施設長の野本悟が入ってきた。

「何か込み入ったご相談でしょうか？　わたしは施設長の野本ですが……」

野本が康彦を見て言った。芦沢恭治はいささかあわてた様子だ。康彦はいいときに来てくれたと思い、野本に向かって言った。

「施設長さん、今、この芦沢さんに、わたしの言いたいことは言いました。笠井多代をここから出したいとおっしゃいますが、それは理由が通りません。年寄りを相手にして無茶なやり方はしないでください。それだけ言わせてもらいます。今日はこれで失礼致します」

思わずうなずく野本に一礼して康彦が廊下に出ると、そこに小谷三千子が立っていた。その心配そうな顔に黙礼しただけで、彼は玄関から外に出た。

康彦が去った後、野本はドアを内側から閉めた。すると芦沢恭治が先に口を開き、

「どうも困ったものです。あの人はわたしが言ったことを勝手に誤解して文句を言うんだ。売り言葉に買い言葉で、いっそ他の施設へ移ったらどうかと言ったんだがね……」

興奮気味に言い訳のようなことを言って、彼は野本の顔を窺った。

野本はそれには答えず、やがて思い詰めたような顔をして言った。

「実は、さっき小谷さんに聞いたら、芦沢さんのやり方が納得できないと言うんです。理由を聞いてみたが、小谷さんの言った通りだとすると、ちょっとまずいなと思う」

「小谷さんが何を言ったんですか?」

「芦沢さんが、扱いにくい利用者は追い出すというようなことを言ったと……」

「わたしはそんな言い方はしていない」

「そうですか……。とにかく、わたしとしても放ってはおけません」

ケースワーカーですから、わたしとしても放ってはおけません」

恭治は困惑したが、その苦しげな表情はすぐに消え、野本に軽蔑の視線を向けた。

「あんたも甘いね。あの人はわたしが結婚を承知しないと知って、恨んでるんですよ」

「それは、わたしにはよくわからないが……」

野本が当惑して言うと、恭治は冷ややかに笑ってドアに向かった。

その姿を目で追いながら野本は、今後この男と一緒にこの仕事を続けるのは難しそうだと思うのだった。

施設長の野本は恭治と同じ三十五歳だが、あとから入社した恭治の方が部下の立場だった。日ごろから野本は仕事の上で知識の豊富な恭治を頼りにしているだけに、この日の恭治の態度には強い衝撃を受けていた。


亜也子はこの一ヵ月ほど、暑さ負けのせいか何となく風邪気味で、光老園に面会に行くのも間遠になっていた。芦沢英次や唐本良継に会って話を聞いたりして、夫とは関係なく一人で行動し続けた疲れがたまったのだろう。久仁子ともそんな話をしたが、ともかくできるだけ休養するより仕方がなかった。

亜也子は唐本に会ったことを元に康彦宛てに手紙を書いたのだが、一週間たたないうちに康彦から葉書の返事が来たのにはむしろ驚いた。それを読むと手紙を書いてくれたことを感謝するとあり、こんな言葉も添えられてあった。

これでも姉さんには迷惑をかけたと反省もしていて、これからは、自分でしっかりやっていくので心配しないでください。そのうちに姉さんの家へも行きます。

簡単な文面でもあの弟が珍しく返事をくれたと思い、亜也子はうれしかった。「自分でしっかりやっていく」と書いてあり、今までになく素直な内容に思われてほっとした。そんなことがあって何となく一段落したような気分にもなっていた。

九月半ばになって、亜也子はほぼ三週間ぶりに多代の面会に出かけた。五日ほど前の夜に久仁子から電話が来て、多代の様子に格別の変化はないということだった。久仁子は夫の広田清和が一緒に多代の見舞いに行ったので、そのことも姉に報告したかったらしい。

ＪＲ線の駅から歩き、ようやく目の先に光老園の黄色の建物が見えてくると、三週間ぶりというせいもあり、ふと亜也子の胸にわけもなく、何か起きてなければいいがという不安がうずいた。

何となく心急《せ》く思いで光老園の玄関を入ったとき、亜也子はいつもと雰囲気が違うような気がした。受付の松山の様子にいつものような明るさがなく、言いようのない緊張感が漂っているようだ。窓口から事務室内を見ると、ケースワーカーの席に川瀬はいるが小谷の姿がない。何か用事で席をはずしているのかもしれなかった。

「小谷さんは、今日はおいでですか？」

亜也子は、目の前の松山に訊いてみた。

松山は後ろを振り返って川瀬を見た。すると川瀬がすぐに立って来て、

「小谷はお休みをしていますので、わたしが伺います。何かご用でしょうか？」

いつもの明るさに似合わず真顔で言う。亜也子は、笑みのない川瀬の顔を初めて見たような気がした。

「しばらく来なかったので、小谷さんにちょっとお話をと思ったんです。お休みならこの次にでも……」

「はい、わかりました。申し訳ありません……」

川瀬がまた生真面目な顔をして答えた。その様子にもいつもと違う緊張を感じながら、亜也子はエレベーターに向かうために廊下に出た。

そのとき事務室の隣にある応接室のドアが開いて、施設長の野本が出てきた。

「いらっしゃいませ」

野本は亜也子を見てあわてて頭を下げた。その背後に部屋の中が見えて、テーブルに向かって背広を着た男が二人いた。何となくただならぬ雰囲気があり、施設利用者の家族などとは違う感じがした。

亜也子が三階の十一号室に行くと、多代はドアの開く音を聞きつけてベッドから顔を向

けてこちらを見た。こういう普通の反応をするのは、割合気分のいいときなのだ。

「お母さん、気分はどう？　わたしはしばらく来られなかったけど……」

亜也子がベッドに寄りながら声をかけると、

「ああ、亜也子、来てくれたのね。風邪は治ったの？」

多代は心配そうに言った。亜也子が来ない間に久仁子が二回来て、亜也子の風邪のことを話したので覚えていてくれた。

亜也子が康彦の話題を出してみようかと思ったとき、

「康彦はどうしたの？　どこにいるの？　亜也子はどうして来たの？」

多代が急に切羽詰まったような声で言った。

その様子に以前の暗鬱さがないのを感じた亜也子は、思わず多代の手を取って言った。

「わたし、康彦には最近会ってないのよ。お母さん、康彦のことで何かあったの？」

多代はしばらく天井に目を向けて何事か思いめぐらしていたが、

「どうして、悪かった、なんて言ったのかしらと思ってね……」

「悪かったって、誰が言ったの？」

「康彦が言ったんだよ、そんなことを言ったことなかったのに……」

「えっ、康彦がここへ来たのね、そして悪かったって、お母さんに謝ったのね？」

亜也子の声がうわずっていた。多代はうなずきながら、呆然と天井を見ていた。

「そう、よかったね。康彦が来たのね……」

亜也子は多代の手を握り締め、涙の溢れるのを感じた。

「康彦が悪いわけはないのにね……。そう言ったんだよ……。もう来ないのかしら……」

多代はつぶやくように言って、悲しそうに目を閉じた。
五、六日前にここへ来た久仁子が気づいていないのだから、康彦が多代に会いに来たのはそれ以後のことなのだろう。康彦は亜也子の手紙を見たあとに、ここへ来る気になったのかもしれない。そう思うと亜也子は、康彦が今どうしているか気になった。
不意にドアを叩く音がした。姿を見せたのは施設長の野本である。

「高村様、ちょっとお話がありますので、すみませんがこちらへお願いします」

亜也子は返事をして廊下に出た。するとそこにもう一人、グレーの背広を着た若い男がいて、警察手帳を見せて所轄署の安井《やすい》という刑事であると名乗った。

「高村さんですね。少しお訊きしたいことがあるので一階の方へおいで願えませんか？」

「えっ、わたしにですか？　何かあったんですか……」

亜也子は驚いたが、若い刑事はうなずきながら先に立っていこうとする。先ほど感じた異様な雰囲気を思い浮かべて、彼女はともかくも安井刑事について行った。

一階の応接室に入ると、年かさの刑事が立って亜也子を迎えた。板倉《いたくら》という刑事で、亜也子は椅子を勧められ、大きなテーブルを挟んで板倉刑事と向き合った。安井刑事もテーブルに来て入り口に近い方の椅子に腰を下ろした。

「ご足労かけてすいません」

と板倉刑事が亜也子に頭を下げた。いったい何を聞かれるのかと亜也子は緊張した。

「失礼ながら、先ほど施設長さんに聞いたのですが、あなたは、この施設に入っておられる笠井多代さんの娘さんで、高村亜也子さんですね？」

「はい」

「実は昨日午後、この部屋で、ヘルパーの芦沢恭治が、ケースワーカーの小谷三千子に暴力行為をして重傷を負わせました。その後、芦沢の行方がわかっていません。小谷という人は救急車で病院に運ばれ治療中です。これについて何かご存じのことはありませんか？」

あの芦沢が小谷に暴力を、と亜也子はあまりの驚きに目を見張った。

「何も、存じませんけど……」

「ところで、笠井康彦という人はあなたの弟さんですか？　年齢は？」

「はい、年齢は五十一になりますが、何か……」

「この件に関連して、弟さんから何か聞いていたようなことはありませんか？　芦沢という男について、何か言っていたというようなことでもいいんですがね」

「わたしは何も聞いてはおりませんが、弟が何か関係しているのでしょうか？」

亜也子の疑問に板倉刑事はうなずいて言った。

「事件の前日に、弟さんが芦沢とかなり激しい口論をしたらしいんです。この口論についてなんですが、内容について姉のあなたが何か知っていることはありませんか？」

「それは本当なんですか？」

亜也子は思わず訊き返した。ついさっき、康彦が多代に会いに来て謝って帰ったと聞いて感激したところだったのだ。

「そんなことがあったなんて知りませんでした。よくはわかりませんが、母の扱い方のことで、ヘルパーの芦沢さんに言いたいことがあったかもしれませんけど……」

亜也子はとりあえず思いつくままに答えた。

「なるほど。先ほど十一号室に行って笠井多代さんに会いましたが、芦沢という名を聞いて、あまりいい顔はしませんでしたがね……」

と板倉刑事はうなずいた。

亜也子は、刑事が部屋に来たなんて母は何も言わなかったのにと不思議に思った。あるいは、この年かさの刑事は、何事もないかのように事実関係の確認だけしたのかもしれない。

「あの、弟に直接訊くことはなさらないんですか？」

亜也子はそう訊かずにはいられなかった。

「もちろん、直接訊きたいのですが、事件の前に芦沢と口論したというのはたった今知ったことなので、ちょうどおいでになった高村さんにお尋ねすることにしたのです。ご本人の住所、勤め先など教えてくれませんか？」

亜也子が手帳に控えてあった康彦の住所と勤め先を言うと、板倉刑事は施設長から聞いておいたメモを見てうなずき、

「住所は受付にあった記入と一致してますね」

そして康彦の家族のことを訊くので亜也子が簡単に答えると、刑事は、

「ほう、マンションで一人暮らしなんですか……。それでは、すみませんが弟さんの会社へ電話してみてくれませんか？」

「電話をして、何と言えばいいんですか？」

「警察のことは言わなくていいです、会社に出ているかどうかわかればいいので……」

承知して亜也子はその部屋の電話機を借り、康彦の会社に電話をかけてみた。

受付らしい若い女の声がして、

「笠井は本日午後出張になっております。そのまま会社へは戻らないと存じますが……」

もし会社へ戻ったら姉の亜也子から電話があったと伝えてほしいと言って、亜也子は電話を切った。板倉刑事に電話の内容を話すと、刑事は亜也子に念を押した。

「今、会社にはいないということなんですね」

「はい、出張と言いましたから会社の用事だと思いますが……」

「ところで、弟さんはお母さんの面会によく来るのですか？」

「いいえ、あまり来ません。弟は以前から母とは仲がよくなかったものですから……」

亜也子はよけいなことを言ったような気がして黙った。

「ほう、お母さんと仲がよくなかったけれど、介護の仕方には意見があったんですか？」

刑事はすかさず亜也子の矛盾を突いてきた。亜也子の不安感が増してきた。

「それはわたしにもよくわかりません。弟がどうして芦沢さんと口論をしたのか……」

「弟さんは、普段あなたとはどうなんですか？」

「普段はあまり、会ったりはしませんので……」

そう答えて、亜也子は少々口惜しい気がした。

「そうですか……」

板倉刑事は声を落としてから、また亜也子に目を向けた。

「一つ伺いますが、弟の康彦さんと小谷さんとの間柄について、何かご存じですか？」

「いいえ、何も……」

思いもかけないことを訊かれて亜也子は驚いた。康彦は小谷とは年が二十ぐらい違うだろうし、個人的な関係など考えられなかった。

亜也子は最後に一つだけ刑事に確かめておきたいことがあった。

「あの、小谷さんの容態はどうなんでしょうか？　ケースワーカーの小谷さんには母のことでお世話になっているんです」

「小谷さんはテーブルの角に後頭部をぶつけられて、大分出血するけがでしてね、今日の段階では詳しい話を聞ける状態でもないんです。しかし意識は戻っているそうなので、二、三日である程度、回復するでしょう」

板倉刑事が穏やかな表情に戻って言った。

ようやく刑事の訊問から解放されて、亜也子はひとまず多代の部屋へ戻った。

「あら、亜也子、まだいたの？」

多代はうれしそうに言い、ベッドから身を起こそうとした。亜也子がベッドの下のハンドルを回してベッドの上部を起こしてやると、ほっとしたような顔をした。

多代はこのごろ自分で座っていることができなくなり、体を動かすこともひどく大儀そうだ。新しく買い整えた車椅子の具合もよいらしく、なおさら車椅子に頼った生活になって足を使わなくなったから、多代の体はますます弱っていくようにも見える。気分は以前よりずっと落ち着いてきたが、頭の回転が鈍くなって物忘れの度合いも高くなったのは確かだ。

亜也子は多代の顔を注視しながら訊いてみた。

「今日、わたしがここへ来る前に、誰か男の人が来たんじゃないの？」

「そうだったかしらね。康彦じゃないよ、誰だったかわからないけど……」

ぼんやりした顔で多代が言った。どうやら聞き違いでもした様子で、

「康彦に会ったら、もうそんなにここへ来なくてもいいからって、言っておいてよ」

母の頭の中は康彦のことで一杯なのかもしれないと亜也子は思った。

亜也子が帰ろうとしてエレベーターで一階の廊下に出たとき、川瀬典子に出会った。

川瀬の話によると刑事は今し方帰ったと言う。今日は午前中のうちから施設長の野本を始め、川瀬や受付の松山、その他のヘルパーや看護師も次々と刑事に呼ばれて、芦沢恭治と小谷三千子に関していろいろ訊かれて大変だったらしい。

「小谷さんのことが心配ですねえ。どんな具合なんですか？」

と、亜也子が小谷の様子を問うと、

「はい、救急車で運ばれたときは、すごいけがでたくさん血を流していたんです。それから病院でずっと絶対安静ということなので、お見舞いに行くこともできないんです」

川瀬はひどく心配して泣き出しそうな顔をした。

夕方になって家に帰った亜也子は、すぐに久仁子に電話しておおよその話をした。康彦が多代に謝りに行ったらしいと話すと、

「ほんと、信じられないわ。姉さんのお陰ね、よかったわ……」

と久仁子は感激した様子だった。

芦沢恭治の起こした暴力事件のことを話すと、久仁子も驚いていたが、

「大丈夫よ、姉さん。康彦は感情的になって人とけんかをしたりしないわよ。あの人は気が優しいところがあるんだから……」

と亜也子の心配を和らげようとした。

亜也子は康彦からの電話を待ったが、なかなかかかってこない。もしかすると今ごろは刑事の聴取を受けているのかもしれないと思うと、心配で落ち着かなかった。

芦沢英次への憎悪を根に持っている康彦が、英次の息子であるヘルパーの芦沢恭治に、多代の介護を問題にして何か文句を言うことは十分考えられるだけに、それが事件とどう関わるかもわからないままに、亜也子は気がかりでならなかった。

夜遅くに夫の圭一が帰宅すると、亜也子は光老園での出来事をかいつまんで話した。康彦が多代に謝りに来たらしいという話をしても聞き流していた圭一は、芦沢恭治の起こした事件の話を聞くとさすがに驚き、

「その被害者の女性と康彦さんとは、個人的に知り合いだったのかね?」

と刑事と同様のことを訊いた。

「まさか……。そんなことはないと思うけど」

亜也子は強く首を振った。

「よくある人間関係のもつれみたいなことがないとすれば、康彦さんはその暴力事件には、恐らく直接関係ないんじゃないかな。年も年だし……」

圭一はそう言って亜也子から目を離し、お茶を飲んだりしてテレビに目を向けていた。

まさか三角関係じゃあるまいし、あの刑事もそんなことを考えていたのかしらと思うと、亜也子は嫌になった。しかし独り者の康彦には、亜也子の想像しがたいことがあるのかもしれなかった。


康彦は池袋の駅まで来て東武線に乗り換えるとき、公衆電話を見つけて会社に電話した。今日は午後から部品の不具合の件で得意先に出向いたのだが、一応、解決のめどが立ったので工場長にその報告をするためだった。

時間が少し遅かったせいか、受付の事務員はすでに帰った後で、いきなり電話に出たのが佐伯工場長だった。佐伯は報告を聞くと機嫌よく康彦の労をねぎらい、最後に受付係から預かっていたメモの内容を康彦に伝えた。それは、今日四時ごろに姉の亜也子から会社に電話があったというのであった。

康彦は、一昨日光老園でヘルパーの芦沢と激しい口論をしたので、きっと姉は光老園で何か聞かされて心配しているのだ、帰ってから必ず姉に電話しようと思った。

彼は、芦沢恭治とのやり取りを今でもはっきり思い出す。あんなに強い怒りを持って口論したのは初めてだ。その興奮はいまだに体のどこかに残っていそうに思われる。相手は年も若いし、あの男と取っ組み合うようなことになったら勝ち目は薄かったろうに、と思わず苦笑した。

康彦がマンション一階にある自分の部屋にたどり着いたとき、後を追うようにしてドアを叩く者がいた。ドアを開けてみると背広姿の男が二人いて、先頭の男が警察手帳を見せた。板倉という刑事であった。

そこで初めて康彦は芦沢恭治の起こした傷害事件のことを知り、予想外の出来事に驚いた。あのいかにも冷静そうな芦沢が、小谷のようなおとなしい女を相手にして暴力を振るうとは信じられないと思った。

板倉刑事は、康彦が小谷三千子と個人的な繋がりのないことを確かめた上で、参考のために、と言って芦沢と康彦の口論の内容を尋ねた。

「わたしの母親が光老園になじまないのをわたしのせいであるかのように言い、それを理由にして、無理やり光老園から他へ移そうとしているようなので……」

康彦は簡単に言おうとしながら、しどろもどろになりそうな自分を感じてあわてた。自分でもあまり筋が通らないと思いながらも、芦沢の父親のことまで遡るような話をするのだけは避けようとした。

刑事はあまり合点がいかないという顔をして、

「あなたのせいだと芦沢が言うのは、どういうことですか?」

「わたしが母とけんかしたということで……。要するに、利用者の家族間の問題を理由にして、施設から追い出そうとしたわけです。そんなやり方には承服できません。わたしもあのような施設の中で、母と言い合うようなことはすべきでなかったと反省していますが……」

「ああ、なるほどね……」

刑事は少し面倒な気がしてきたらしく、興ざめ顔になった。それを見て康彦は思わず強い口調になって言った。

「要するに、芦沢というヘルパーは、自分の気に入らない、扱いにくい利用者を追い出そうとしているのだと思います。老人や家族の弱みにつけ込んで、商売というか、仕事をするような感覚があるんですよ。そう思ったらつい腹が立って口論になりました」

少し言い過ぎたかと思ったが、言い直そうとはしなかった。

刑事は一応メモを取ったものの、それ以上、康彦に問いただす気はなくなったらしい。

「わかりました。今日はこれで帰ります。ただ、芦沢の所在がまだ摑めていませんので、もし何かあったら必ず連絡してください。お願いします」

板倉刑事はそう言って康彦に名刺を渡して帰っていった。

刑事の方では、光老園で施設長の野本や他の職員から聴取したことと合わせて、康彦が直接事件に関与していないのが明らかとなり、いずれ小谷三千子の回復を待って詳しい事情を聞くことによって、事件はほぼ決着がつくだろうと見込んだのである。ただ、この事件によって自分の将来に絶望した芦沢恭治が、康彦にも逆恨みを持つ線は消えていないと見ていたから、恭治の行方を早く摑む必要があった。

事件から三日目の朝になって、入院治療中の小谷三千子はかなり回復した。打撲は見た目ほど重症ではなかったらしい。彼女は病院のベッドに寝たままで頭を動かすことにも不自由したが、意識ははっきりしていた。

その日は板倉刑事が安井刑事を伴って病室に現れ、小谷三千子の事情聴取が行われた。三千子は、芦沢恭治によって殴られ、押し倒されて頭を強打したことをはっきり認め、板倉刑事に問われるままに事件のあらましを語った。

その結果、光老園のヘルパーである芦沢恭治が、施設利用者の笠井多代を邪魔者扱いして、他の施設に追い出そうとし、彼の言うことを聞きそうな三千子を利用したが、彼女に反対されてかっとなって起こした傷害事件であることが判明した。あとは恭治を逮捕して供述を取ることになる。

ケースワーカーである三千子は、芦沢恭治に協力したとは認めなかったが、恭治に思いを寄せていたことを暗に認めた。それについては刑事が光老園の職員たちから聞いた話とも符合したが、事件に関わる二人の関係についてはまだはっきりしないこともあった。

それらに関する刑事の問いに対して、小谷三千子は次のように語った。

「芦沢さんは、多代さんの息子さんが多代さんに乱暴をしたと決めつけていたみたいです。わたしがそんなことはないのでは、と言うと、家族と面倒なことを起こす利用者は出ていってもらうのだ、と言うのです。わたしは、利用者さんをそんなふうに決めつけて追い出すのはよくないと反対しました。すると芦沢さんはわたしを生意気だと言いました」

「それであなたはどうしましたか？」

「わたしは芦沢さんから罵倒されてとてもがっかりしました。死にたいくらいでした。芦沢さんはヘルパーですが、光老園ではいつも中心になって働いていますし、わたしは尊敬していたんです……。それで、野本施設長に相談しました。野本さんはわたしの言うことをよくわかってくれましたが、結局は芦沢さんを立てようとするので、わたしは悩んだ末に仕事を辞めたいと言いました。野本さんは困ったらしく、芦沢さんに話しに行ったようです。どういうお話をしたのかは聞いていませんが、その後で芦沢さんがわたしを応接室に呼びつけて、ものすごく怒って、さっきお話ししたような乱暴をしたのです」

　刑事は、芦沢恭治に関して野本施設長から聴取した話と合わせ、芦沢が小谷に暴力を働くに至る状況がおおよそ理解できるのを感じた。

「芦沢が笠井多代さんを施設から追い出そうとした本当の理由は、何だと思いますか？」

「本当の理由はよくわからないんですが、普段から多代さんのことを世話が焼けて困ると言っていました。でも他のヘルパーさんはそんなことを言いませんし……」

板倉刑事は最後にもう一つ訊いた。

「ところであなたは、芦沢と考え方が違うからと言っても仕事は別だし、辞めるなどという必要はなかったんじゃないですか?」

「芦沢さんと衝突したのがショックで……。わたしは仕事に自信を失いかけていたんです。芦沢さんはよくわたしにいろいろ用事を頼むので、それに応えたかったんですけど、それもうまくいかなくて……」

三千子は毛布の端で顔を覆ってすすり泣きをし始めた。それで刑事たちはそろそろ限度かと思い、引き上げようとした。

「芦沢さんは捕まったらどうなるんですか?」

不意に三千子が顔を上げて言った。

「それはもちろん、傷害事件の犯人ということになるから、無事ではすまないでしょうな」

板倉刑事が振り向いて答えると、三千子は何も言わずにまた毛布で顔を覆った。

芦沢恭治が世田谷区上馬に姿を現したのは、同じ日の午後のことである。

上馬には彼の父親英次の家がある。その辺りに張り込んでいた刑事が恭治の姿を認め、直ちに傷害事件の所轄署にいた板倉刑事に知らせた。板倉刑事は安井刑事を伴って芦沢英次の自宅に急行することになった。

恭治は朝方に、始業のころ合いを見て光老園に電話をし、小谷三千子の状態を尋ねた。電話に出た野本施設長が小谷のけがの状態を簡単に説明し、意識が回復して快方に向かっていることを告げると、安心したように電話を切ったという。その事実も板倉刑事の耳には入っていたので、ほどなく恭治がどこかに姿を現すと見ていたのだ。

芦沢英次は、すでに事件翌日の朝、神田のアシザワ商事を訪れた刑事によって、息子の起こした傷害事件についてその事実を知らされていた。彼は午後の仕事を切り上げて帰宅したが、恭治からの連絡は何もなく、二日目の昨夜もほとんど眠れない状態で過ごした。彼は二階に同居している長男夫婦にも事件のあらましを話したが、長男の持っている店の営業はいつも通り続けるように言い、恭治から何か連絡があったら必ず知らせるように言いつけておいた。そして三日目のこの日、彼は朝のうちに会社に顔を出し、午後は家に戻っていた。

父親の英次にしてみれば、まさに青天の霹靂《へきれき》としかいいようのない出来事であった。息子ながら大いに有能と見て将来に望みをかけていただけに、その衝撃と心痛のために食事も喉を通らない有様であった。

昼過ぎになって、ようやく恭治から電話がかかってきた。英次が出ると、恭治は「これからそちらへ行きたいがいいか」という意味のことを言った。意外に醒めた声であったが、低くて聞き取りにくかった。「家へ来てどうするつもりだ」と英次が言うと、恭治は「その後は自分で決める」とだけ言って電話を切った。

英次は、息子は家の近くまで来て刑事に捕まるのだろうと思い、暗澹《あんたん》とした気持ちでいた。しかし玄関のインターホンの前に現れたのは、紛れもなく息子の恭治であった。

英次の内縁の妻というべきシズ子は、おおよその事情を知ってすっかり緊張していた。英次はシズ子を別室に遠ざけておいて、すぐに恭治を玄関脇の部屋に招き入れた。

恭治は三日前に光老園を飛び出したときのままで小型の鞄を一つ持ち、薄ネズミ色のジャケットもズボンも汚れていた。憔悴しきった顔で目が血走っていた。

「親父、すまない……。兄貴には会いたくない。呼ばないでくれ」

英次の前に立った恭治は、最初にそう言った。

「わかってる……」

英次は低い声で言い、息子をソファに座らせた。

テーブルには豚肉を挟んだサンドウィッチと熱いコーヒーが、シズ子の手によって用意されていた。恭治はすぐにそれらに手をつけた。

「恭治、今までどこにいたんだ？」

ソファに座って向き合うと、英次は真っ先にそう訊いた。

「横浜に行って簡易ホテルに泊まったりしていた。どうするか考えていたんだ……」

恭治はそう答えながら、父親がまだ彼を見限ってはいないことを感じ取っていた。

彼は三日前の夕刻、光老園の応接室で小谷三千子を突き飛ばした。小谷が後ろにあった机の角に頭をぶつけて倒れ、意識を失ってかなりの血が流れたのを彼は見た。物音で野本が顔を出し、驚いて救急車を呼んだ。皆が大騒ぎしている隙に恭治は光老園を逃げ出した。もう光老園にはいられないと思い、自分の将来が大きく狂っていく予感に襲われた。彼はまるでヘルパーである自分から逃れようとするかのように、必死に逃亡し続けた。

「いったい、なぜ女に暴力なんか振るったんだ？　話してみろ」

英次は、息子がやったことを問い質そうとした。

「あの女が生意気な口を利いたからさ。俺の言う通りにしていればいいのに、俺を批判するようなことを言い張ったんだ……。しかし、俺もちょっと軽率に手を出してしまったと反省はしているよ。小谷というんだが、たかがケースワーカーの女に腹を立てて……」

「そういうことだったのか……。おまえにしては珍しく、ちょっと短気だったようだな」

英次は息子に厳しい目を向けた。だが彼は心の中で、息子が完全に参ってしまってはいないことを知ってほっとしていた。

それから英次は、ふと立って窓に近寄り、ガラス戸を押して外を窺った。そして道路に面した入り口の辺りに何の気配もないことを確かめて、またソファに戻った。

「しかしどうして、そんな短気を起こしたんだ？　そもそもきっかけは何なのか、もう少し話してみろよ、恭治」

英次に問われると、恭治はその問いを待っていたかのように落ち着き払って話した。

「俺は笠井多代の息子が母親に暴行を加えようとしたのを、モニターで見たんだ。前にもそういうことがあったが、今度もそうだと思った。それで、俺は笠井の息子が親に暴力を振るったことをはっきりさせようとした。放置できないことだからな。だが小谷のせいで思い通りにはいかなかった……。あとで小谷に文句を言ったら、逆に俺に突っかかってくる始末なんで……」

「その息子が暴力を振るうのをモニターで見たというのは、確かなことなのか？」

英次の問いに恭治は不敵な薄ら笑いを浮かべた。

「はっきり見えたわけじゃないから、確かかどうかはわからないさ。でもあの親子は仲が悪いんだから、それがわかっていればいちゃもんはいくらでもつけられる。そうだろう？」

父親の同意を求める恭治の目つきに、英次は思わず「ふふん」と鼻息を吐いて口をへの字に結んだ。「疑いの理由さえあれば、いちゃもんはいくらでもつけられる」と、何かの話題で彼は恭治に向かってそんな言い方をした覚えがあった。

「それで、小谷という女を利用したつもりが、うまくいかなかったというわけか、ばか野郎が……」

英次は情けなさそうな顔をして息子を見た。

「俺だって親父のためにいろいろ考えているんだ。ばか野郎はないだろう……」

恭治は思わずそう言い返して、気弱な笑いを浮かべた。

「俺は親父の嫌っている笠井多代を追い出すチャンスだと思ったんだ。そう思い込んだのがまずかったんだ。判断が狂っちまったのかもしれない……。俺はだめだ……」

「恭治、俺はおまえに、笠井多代を嫌いだから追い出せなんて一言も言ってないぞ。気をつけてものを言え」

英次は目を剝いて怒鳴りつけた。

恭治はがっくりと力を落としたようになって俯いた。その様子を見た英次は、この息子が笠井多代に対してそう思い込むに至った責任が父親の自分にもなくはないと気づいた。そんな思いになったのは初めてのことだ。彼は何かのときに恭治に向かい、

「おまえが笠井先生の奥さんの介護に当たっていると思うと、不思議な気もするが、俺としては、若いときにあの奥さんには嫌な目にも遭わされたから、もうたくさんだと言いたくなったりしてな……」

と冗談めかして言った覚えも確かにあったのだ。

そのとき、玄関のインターホンが鳴った。

「刑事だな？」

と英次が思わず言って、恭治を見た。

「俺は出ていくよ。もうだめだよ、親父、勘弁してくれ……」

情けなさそうに言った恭治の顔から見る間に血の気の引いていくのが、英次にもわかった。

「うむ……」

英次は呻いて、それから立って息子のそばに行き、肩に手をかけると早口で言った。

「いいか、警察では女の悪口をあまり言うな。とにかく謝れ。示談の可能性もあるんだぞ。それがうまくいけば何とかなる。わかるか……」

英次がなおも言いかけたとき、部屋のドアが開いて板倉刑事が姿を現し、

「警察です。芦沢恭治、傷害事件の容疑で同行を求める」

警察手帳を示しながら言った。

すると英次が進み出て刑事に向かって頭を下げ、

「刑事さん、息子は自分のやったことを認めています。被害者の方には弁償しますので、どうか寛大なご処置をお願いします」

板倉刑事は無言のまま、もう一人入ってきた刑事と二人で恭治の腕を取って連れ去った。

英次はすぐ窓のところに行き、玄関の前の通路を見た。刑事に両側から押さえられた恭治が敷石を踏んでいって、道路に停めてある警察の黒い車に乗せられるのが見えた。そのとき恭治がちらっと英次の方を見たようだった。

警察の車が走り去ってからも、英次はしばらくそのまま立ち続けていた。息子をこんなふうにしてしまったのは、この俺かもしれない。彼の頭からその思いが消えなかった。恭治が事件を起こす前に笠井康彦と行った激しい口論が、事件のきっかけになっていることは間違いないと思った。

光老園で介護職に就いた息子の手引きによって、英次が何十年ぶりかで笠井多代の姿を目にしたとき、往時の憎しみをはっきりと思い出したのは確かなことだ。その仕返しをしたい気持ちが湧いたことも否定できないが、それを直ちに実行したがるほど彼自身が無思慮ではなかったつもりだ。だが息子の恭治は英次の恨みの心情を感じ取って、介護職として多代に接しながら父親の思いを晴らす気になり、とうとう笠井峻三の息子康彦によって火をつけられてしまったということなのか。そう思うと英次は今さらのように因縁の深さを感じたが、同時に康彦に対して腹の底が煮えくり返るような怒りを覚えた。

しかし笠井康彦のことを、たとえわずかでも警察に告げ口することなどできるはずがない。そんなことをすれば、笠井峻三や多代のことまで遡って供述するようなことになるやもしれず、息子だけでなく自分までが恥の上塗りになるばかりだろう。

やがて、英次は部屋に戻ってソファに腰を下ろしたが、いつまでも同じ思いに浸ってはいなかった。今や彼の頭の中を支配しているのは、わが息子ながら未熟さを感じさせることへの悔いと、何とかして恭治を立ち直らせなければならない、という思いであった。

闇市で鍛えられてのし上がってきた英次の気質を受け継いでいるのは、やはり、おとなしい長男よりは気の強い次男の方なのだ。人にはあくどいと言われようと、結局は金儲けに長《た》けた者が、生き残るのが世の掟だ。これからでも、恭治を手元に置いて商売を鍛え込んでやれば、あの息子はきっとものになるに違いない。アシザワ商事を、形を変えて恭治に継がせる道だってあるのだ。

そこで英次は、被害者の小谷という女のことを考えた。彼女に対する彼の関心は、もっぱら息子の受ける罰をできるだけ軽くするために、どのように持っていけば示談に応じてくれるか、ということだ。小谷が恭治に忠実であったらしいということは、彼には一つの好材料に見えた。金は出せるだけ出してもよいと思った。

翌日、英次は光老園に電話をして小谷三千子の見舞いに行きたい旨を言った。すると、しばらくして折り返しの電話があり、施設長が出て、明日の午後二時ごろにおいで願いたいと言ってきた。

病院は立川市のはずれにあって、光老園の提携病院になっていた。英次が二時少し前に到着し、病室のドアを叩くと、地味なワンピースを着た中年過ぎの女が戸口に出てきて、

「小谷です。三千子の母親でございます」

と挨拶した。そばには施設長の野本が来ていた。

英次は、二人に「アシザワ商事社長」と肩書きのある名刺を渡し、何の商売をしている

か簡単に話した。三千子の容態を訊くと、入院して五日たち大分回復しているが、早く退院できるのか心配だと母親は言う。野本も、ケースワーカーの仕事が手薄になり、大変困っているなどと言う。英次が見たところでは、三千子はじきに退院できそうにも思われたが、彼はそれを口に出さずに平身低頭して謝罪した。

それから彼は謙虚な態度を見せながらも、父親としての決意を示してこう言った。

「息子の恭治が刑事に連れられていくときに、わたしも立ち会い、強いショックを受けました。その前にわたしは息子と話をしたのですが、息子は罪を認め深く反省しておりました。わたしも父親として、まだ将来のある息子のことを考えてやらずにはいられません。それで小谷さんには精一杯の気持ちを表したいと思いまして、早速今日、こちらへ駆けつけたようなわけでございます。ご本人はもとより、お母様のお気持ちにもお応えできればと存じまして……」

そう言って英次はベッドの三千子を見た。そのとき三千子は真剣な目で彼を見ていた。英次は三千子からも視線を逸らさずに、続けて言った。

「こんなことを言って気分を害されては困るのですが、この上は父親のわたしが十分に償わせていただくということで、示談のことを了解願いたいのです。いかがなものでしょうか」

聞けば、三千子は母一人娘一人の家庭なのであった。英次は直ちに、病院の費用の全額を受け持ち、相応の見舞金及び慰謝料を支払うと言った。母親は得心した面持ちでうなずいた。英次は母親の様子を見て、すべてうまくいきそうだと確信することができた。

するると、それまでほとんど何もしゃべらなかった三千子が口を開いた。

「今、お父様は、あの人が深く反省しているとおっしゃいましたが、芦沢さんはどんなことを言っていたのですか？」

「反省、ですか？　それはもう、小谷さんには日ごろお世話になっているのに、感情的になってけがを負わせてしまったことを、非常に反省しておったわけでして……」

英次は冷や汗が流れる思いで懸命に言った。

母親が「まあ、三千子……」とつぶやきながら、脇から手を出して留め立てするような仕草をしたが、三千子は構わず英次に強い視線を向けてこう言った。

「わたし、いろいろと考えてみたんですけど、やはり芦沢さんの言うことはどうしても納得できません。わたしは、芦沢さんと一緒に同じ仕事をやっていくことはできないと思うんです。だから芦沢さんには、もう光老園でお会いしたくもありません。それがわたしの気持ちです」

「これはどうも恐れ入りました。息子によく言っておきますので、どうかお許しを……」

英次はそう言って母親に媚びるような笑顔を向けた。すると母親は、

「娘がいろいろ申してすみませんでした。何分にもどうかよろしくお願いします」

と頭を下げた。英次はしきりと平身低頭の態度を装いながら病室を出た。

そうして彼は病院の廊下を歩きながら、

「息子のことは、言われなくても俺が考えることだ」

ほとんど声に出して言いつつ怒りの感情に耐えた。世間知らずの小娘にしてやられたような気がして腹立たしかったが、息子の不埒を鋭く突かれたように感じたのも確かだった。

英次は病院の脇を通るバスに乗り、ＪＲ線の立川駅に来た。そこから中央線を使って神田の会社に戻るつもりだった。

彼が切符を買って改札口に向かおうとすると、今しも改札を出てきた、地味なカーディガンをはおった中年過ぎの女が目についた。女は駅の前を見回してから、英次が乗ってきたバスの乗り場の方へ行った。手に白い紙にくるんだ花束を持っている。

その女が笠井峻三の娘亜也子であることに、英次はすぐに気づいた。二ヵ月以上前の夏のころに、白いブラウス姿の亜也子が英次の家へやってきて、昔にまつわる話を聞いて帰ったことを、彼ははっきりと思い出した。

その亜也子が今、彼の目の前を通って、自分が行ってきたばかりの同じ病院に行く。そうとしか思えないのだが、英次はバス停に立つ彼女のそばへ行って声をかける勇気はない。さすがの彼も、亜也子が小谷三千子を見舞う心情は、自分とは雲泥の差があることを認めていた。

亜也子の見舞いを受けて、小谷三千子は慰められ、元気づけられるのだろう。そう思った英次をふと襲った感情は、何とも言えず切ない寂しさだった。

空腹を抱えた英次が恩師の住むバラックで見た幼い亜也子は、いつもこの上なく愛らしくて彼の密かなあこがれでもあったのだ。五十年もたった後の再会が、こんな取り合わせで仕舞いになろうとは思わなかった。


小谷三千子は一週間後に退院し、三週間後には職場に復帰した。

彼女が父親英次の誠意を認めた形で示談を受け入れたので、警察にとらわれていた恭治は結局、起訴猶予処分となった。恭治は大筋で小谷三千子の言った通りであることを認める供述をしたのである。ただ、多代を「追い出そうとした理由」については、光老園になじまなかったからだという意味のことしか言わなかった。多代を憎んだ父親の名はとうとう出さなかった。

その後、恭治は光老園を訪れて三千子に謝罪した上で、退職届けを出して去った。

こうして芦沢恭治との関係を断ち切った小谷三千子は、それがむしろ人生の転機となって、ケースワーカーとして生きる自覚を強く持つようになるのであった。


康彦が地下鉄の方南町駅で降りて、地下道から階段を上がって道路に出ると、バス通りの上に抜けるような青空があった。こんなすっきりとした大きな青い空を見るのはしばらくぶりのことだ、いや、五十年の人生の中で初めてのことかもしれない、と彼は思った。

今日は土曜日で、仕事の具合を見て、午後早目に会社を出ようと思っていたのに、とうとう四時になってしまった。急いで帰り支度をしていると、工場長の佐伯が来て、

「どうしたの。どこか急ぎで行くのかい？」

「ああ、今日はちょっと用があって姉の家へ行くんでね、早引けですけど……」

康彦が答えると、佐伯は目を丸くして、

「あ、姉さん？　そうか、姉さんがいたんだね、笠井さんは……。そうか、そうか」

と最後はにっこりして、手を振って向こうへ行ってしまった。

そういえば姉のことなど佐伯に話したことはなかったし、会社の帰りに姉の家に寄るなんていうこともなかった、と康彦は気がついた。

一昨日、亜也子が電話で、光老園の芦沢恭治が辞職したことを伝えてきた。思いがけない形で芦沢関係の問題が解決していくような気がして、康彦は姉に会って話したい気持を抑えがたくなった。亜也子は、土曜日には夫がまたゴルフに出かけて帰りは夜遅くになる、よかったら夕ご飯を一緒にどうか、と言った。それで康彦が食事の方はまた圭一さんのいるときにでも、と言って一応断り、とにかく午後そちらに寄るとだけ言っておいた。

亜也子の家は、方南町の駅から歩いて五分ほどのところにある。康彦が姉の家を訪ねる

のは一昨年、母の多代が光老園に入ることを決めたとき以来のことだ。

家を囲う槇の生け垣の上に一本だけ突き出ているのはモッコクという木で、父の峻三が苗木を買ってきて植えてくれた、と亜也子が言っていたのを彼は思い出した。

玄関口に回っていくと、亜也子がドアを開けて待っていた。

「いらっしゃい。そこを歩きながら庭の木を眺めていたでしょ？」

そう言って亜也子は微笑んだ。家の中から生け垣を透かして康彦の姿が見えたのだ。

部屋に上がって卓を挟んで亜也子と向き合うと、康彦が言った。

「とにかく、姉さんには一度、謝らなければいけないという気もしてね……」

亜也子は、随分素直になったのね、と皮肉を言おうとして抑えた。弟が素直な気持ちになって訪ねてきてくれたのなら、こちらも素直になりたいと思った。

「姉さんの手紙で、親父のこととか、俺は知りたくないようなこともあったけど、結局、それを知ったことによって、俺自身も親から自由になったような気がする。その年になって言われそうだが、これは姉さんのお陰だな」

康彦の言い方は、今までになくしみじみとして聞こえた。

「わたしは、康彦が芦沢さんに直接話をしに行くとは思っていなかったわ。それに、あのヘルパーの息子さんが警察に捕まるような結果になるなんて、まったく予想外だったわ。小谷さんには気の毒だったけど、あの人も新しい気持ちでケースワーカーの仕事に戻れたようだから、本当によかった……」

　亜也子は、弟の行動力に初めて感じた驚きを隠そうとしなかった。

「芦沢さんに会いに行ったのは、俺としては一大決心だった。芦沢さんのやっていることが不当であることを言って、結局、芦沢さんを怒らせてしまったが、しかし芦沢さんの気持ちも聞くことができた。親父のこともいろいろ考えさせられたし、俺自身の反省もしてお袋にも会いに行った。それはそれでよかったが、親父に対してはまだ、何か残る……」

　自分の行動を振り返る康彦の口調は静かだったが、彼にとっても父の峻三は、むしろ今まで以上に灰色の影のようになっていたのだ。

　それは、亜也子も同感できるものがあった。

　光老園で、施設長の野本から芦沢恭治の辞職について聞いたとき、亜也子はすぐに父親英次の顔を思い浮かべた。それは同情の入り交じった複雑な気持ちだった。そして、一昨日康彦に電話をしたときには、今までの心労がすっかり消えて気分が軽くなるのを感じたが、その後で、それだけでは依然として解消されない心の重荷があるのを亜也子は感じていた。こうして康彦に会うと、自ずとそういう気持ちの通じ合うことを感じるのだった。

「わたしにも、お父さんの行動には納得しきれないものがある。だから、芦沢さんはお父さんの教え子であるだけに、息子さんがあんなことになったのは気の毒でもあるわ」

　亜也子が、峻三を恨んだ芦沢英次への同情を示して言うと、

「あの恭治という息子の事件には驚いたが、俺はそのことで芦沢さんに同情する気はない。あの息子が光老園をやめたのは当然だと思う」

康彦はそう言い切ってから、一語一語確かめるような口調になって言った。

「しかし、芦沢さんが親父に対して持つ気持ちは単純なものではないな。戦時中に兵隊となってフィリピンのような南方の島に行かされ、戦争が終わって帰ってきてから、芦沢さんは教師としての親父に強い不信感を持ったらしい。芦沢さんにしてみれば、戦争に行かせる教育をしたのは教師だからね。それで口では親父を尊敬すると言いながら、内面はひねくれてしまったんじゃないかな。そういう点でも、芦沢さんも戦争の生んだ犠牲者かもしれない」

亜也子は康彦の言うこともよくわかる気はしたが、それよりも父峻三に対する複雑な思いを何とかしたかった。峻三は親友唐本良継に送った手紙で、福地盛雄が抱いたであろう疑いについて潔白であると言い、唐本もそれを信じるべきだと言ったが、芦沢の話を聞くにつけ、また唐本の話を聞くにつけ、むしろ峻三を信じ切れない要素がどうしても出てくるのだ。これをいったいどうしたらよいのか――。

「でも芦沢さんも、お父さんに対してひどい誤解をしていた可能性だってあると思うわ。お父さんが、教え子の妻と深い関係を持つようなことをしたという証拠は、結局、何もないとも言えるんじゃないかしら。芦沢さんがお母さんのことを悪く言ったのも、そのころのたちの悪い噂が元になっているだけかもしれない。康彦はどう思う？」

「俺は……」

と、康彦は庭に目をやった。その視線の先に、葉を茂らせたモッコクの静かな樹形がある。

「俺の知っている親父のことを思い出してみると、自分のことで他人にいろいろ言われるのをすべてわかっていて、ことさら抗わず、黙って耐えている人だった。だから俺は、唐本先生がどういう気持ちで親父を信じろと言ったかは別として、親父を人間として信じていいとも思うんだけどね……」

福地失踪事件によって多大の傷を負ったかもしれないのに、ことさら自分を正当化するような態度も取らず、寡黙になってその後も長く妻多代とともに生き通した峻三の姿は、おのれを信じるに足りる何かがあったに違いない。康彦はそう言うのだ。

実際、後半生の峻三は、まるで人が変わったようにただ耐えて生きる人だったのかもしれない。なぜそんなふうに耐えようとしたのか。亜也子の疑問はそう言い換えることもできそうだった。峻三の心を支え通した何かがあったのなら、その心の真実を知りたいと亜也子は思った。

「お母さんも後になってから、そこのところは何か察していたのかしら……」

亜也子の頭には、晩年になるほど峻三の過去については寡黙になり、謙虚になっていったようにも見える、母多代の姿が浮かんでいた。

「お袋が親父に対してどんな気持ちでいたのか、それも、もう想像するしかないんだな」

そうつぶやいて、康彦はまた庭に顔を向けた。秋の澄んだ空気の中にゆったりと立ったモッコクの木が、茂った葉をかすかに震わせているのが見えた。

康彦は明るさの残るうちに亜也子の家を出るつもりでいた。亜也子がまたの機会に夕食をしに来るように言うと、彼は快く応じて立ち上がった。

康彦を玄関に送りながら、亜也子は先刻から気づいていたことをとうとう口に出した。

「康彦、何だか随分疲れているみたいね、ここのところずっと無理したんじゃないの……。体は大丈夫なの？」

「ああ、このごろひどく疲れるんだ。もう俺も年だなと思ってね……」

康彦が亜也子を振り向いて笑いながら答えた。

その笑い顔がひどく力なく見えて、亜也子ははっとした。居間で康彦の顔色が悪く見えたのは光のせいかと思っていたが、それればかりでなく何かが間違いなく彼の体を蝕《むしば》んでいる。亜也子はそうとしか思えなくなった。

「お医者さんに行って診てもらいなさいよ。ねえ、そうしないと安心できないわ」

「うん、わかっている。そのうちに行ってみるよ……」

康彦はそう言って帰っていった。

その夜、亜也子はゴルフから戻った圭一がお茶を飲んで一息つく相手をしながら、康彦が訪ねてきたことを話した。

すると圭一は、亜也子の顔色を窺うようにしながら言った。

「あの康彦さんが、商事会社の社長に直接会いに行って文句を言うとは意外だったな。康彦さんも大分以前と変わったのかもしれない。家へ呼んで一緒に飯を食うのはいいが、しかし俺は康彦さんの話を聞くだけのことだ。今さら意見したくもない。それでいいか？」

圭一は最近の康彦を知らないのだ、と亜也子は思ったが、今は一緒に食事ができればそれで十分だと思った。

圭一は亜也子のうなずく顔を見ると、ほっとしたようにこう言うのだった。

「来年退職したら、おまえと外国旅行に行きたいと思うんだ。できたらニュージーランドかフィリピンに長期滞在したい。そのときには心置きなく出かけられるようにしたいな」

亜也子が驚いて顔を上げると、圭一はにっこりしてさらに言った。

「昔は日本も侵略戦争で南方に行ったが、それはもう過去のことだ。今、向こうでは日本人は相当な金持ちとして歓迎される。何しろ日本は経済大国として世界に君臨するんだからね。反日感情なんて気にする必要はないんだよ」

圭一の話を聞いているうちに、亜也子はふっとめまいに襲われるのを感じた。それは峻三の教え子たちが薄汚れた兵隊服姿で不意に襲いかかってきたような、変な幻覚だった。

圭一の言うように、あの戦争のことはもうすべて過去のことだと割り切って忘れてよいのかどうか、そう思うと亜也子の頭は混乱しそうになった。

圭一は戸惑った表情の亜也子を見て愉快そうに笑い、なおも外国旅行の夢でも見るように話をし続けるのだった。


亜也子は、久しぶりの気分で久仁子を誘い、二人で光老園に行った。

ＪＲ線の駅から光老園に行く道は、すっかり秋の色や空気に満たされ、心地よいすがすがしさだ。歩道の境に植えられたハナミズキが小さな赤い実をたくさんつけていて、秋の青い空をバックにして、その実の美しさには亜也子も久仁子も見とれた。車道をときどき乗用車がかすかなエンジン音を響かせて走り抜けていくのも、まったく気にならない静かな風景だった。

光老園に着き、受付の松山スミの話を聞くと、ケースワーカーの小谷三千子は、他の地に新築された「光老園」に転勤になったという。松山も以前の突拍子もない明るさが大分控えめになったようで、亜也子は意外な気がした。

小谷に代わり川瀬典子が出てきて、多代はベッドに寝たままのことが多く、車椅子にもヘルパーが二人がかりで乗せなければならないと言う。病院の医師が川瀬に語ったことによると、多代は極度に体力が衰えてきた上に、若いころ病んだ腎臓病がぶり返してきたようで、今後の治療には苦労することになりそうだ。

「このごろは以前よりずっと穏やかでいらっしゃいますが、園内の催しには興味を示しません。何だか、以前と比べてお変わりになったようで……」

川瀬が心配そうに言うので、亜也子は多代を外に連れ出してみることにした。ヘルパーに頼んで多代を車椅子に乗せ、久仁子と二人で代わる代わる押して光老園の庭に出た。

庭に一本だけあるカエデが見事に紅葉していた。多代はそれをいつまでも眺め、微笑んでいた。話しかければ何かしら答えるから、そのときそのときの会話はできる。身近な者にはそれだけが心頼みだが、会話が続くことはほとんどなく、多代の衰えが回復することはもはや望めないと知る他はない。

亜也子が前回、多代に会いに来たのは、康彦が亜也子の家に来た日の翌日で、康彦と落ち着いた話のできたことをそのまま母に伝えたい気持ちがあった。そのときに亜也子は、芦沢恭治が退職したことも話した。込み入ったことは避けたのだが、多代が何か衝撃を受けることがあろうとも、あるいはわけのわからないような顔をしようとも、それら一連のことを多代に話してやるのは、自分の義務であるような気もしたのだ。

そのとき多代はただ黙って聞いていたが、福地失踪に関しては峻三を信じよと唐本が言い、康彦も戦争の後の峻三を次第に理解しようとしている、と亜也子が話すと、多代は感じ入ったようにうなずき、目を閉じた。そして亜也子の話が終わると目を開けて、

「康彦は今どうしているの。元気にしているの？」

多代はゆっくりとした口調でそう言ったのだ。亜也子は、

「康彦はちょっと体を壊したようだけど、大丈夫よ」

としか答えなかったが、そのときの多代の優しげな笑みが今も強く印象に残っている。

多分、それ以後、多代の心は大分安らかなものに変わったのではないか、と亜也子は思うのである。多代の老衰がいっそう進むのは亜也子を悲しくもさせるが、長年、多代の求めていた平安が得られたのではないかと思えば、安堵したい気持ちにもなるのだった。

「お母さんは、もう心配することがなくなって、張り合いがなくなったんじゃないかしら」

光老園からの帰りの道を駅に向かって歩きながら、久仁子が遠慮のないことを言った。

「わたしはお母さんに、まだ他に聞いておきたいことがあったんだけど、もう思い出してくれそうもないわ……」

亜也子が嘆いてみせると、

「もういいよ、姉さん……。康彦とお母さんが仲直りできたのだから、わたしはそれで十分だと思うわ」

久仁子は亜也子の手を取って言うのだった。

そうしてさらに何日かたつうちにも、亜也子は、峻三の心の真実をもう少し深く知りたいという思いから離れられなかった。それは父としてというよりも人間としての峻三を認めたいという思いだった。康彦が峻三を人間として信じたいと言っていたことも、亜也子の心に強く刻みつけられていた。

教え子を戦場に送り続けた教師としての苦悩。敗戦後の峻三がその責めに自らも耐えなければならなかっただろうことは、亜也子にも想像できた。芦沢英次の存在が、そういう峻三の姿を改めて照らし出してみせたことも事実だった。

だが亜也子は、それだけでは納得できない気がした。教え子の福地盛雄を誤解させ、失踪にまで追いやりながらも、峻三がなおかつ耐えて守ろうとしたものは何であったのか。妻子への責任ということがあったのは確かだが、それ以外に峻三の心を支えたものは何であったのか——。

そのとき、亜也子の頭に浮かんだ人の影があった。バラックの暗い土間で泣きながら声を振り絞って訴えていた、白いシャツに黒いスカート姿の福地繁子の影である。

芦沢英次、唐本良継と探し当てて会い、そのことによって康彦の行動を呼び起こしたとも言える亜也子には、福地盛雄の妻であった繁子に会うことが自分の最後になすべきことのように思えてきた。それは峻三の生き方の秘密を解き明かし、亜也子や康彦の疑念に答える最後の鍵を持つはずだ。亜也子は、もし繁子に会うことが不可能であるならば、この件はすべて終わりにするしかない、と心に決めた。

繁子は多代とあまり違わない年齢のようだが、現在まで生きているかどうかさえわからない、亜也子も忘れかけていた存在である。だが、よく考えれば繁子を捜す手がかりがないわけではなかった。

以前、多代から聞いた話では、福地盛雄が始めたパンや菓子などを売る店は「ふくちや」というのだった。甘いパンも売るその店は子供にとって魅力があった。亜也子もおぼろげながら、「ふくちや」に買い物に行く母について行った覚えがある。

そうしてみると、福地が失踪した後も、しばらくその店の営業は続いていたかもしれない。しかも亜也子の記憶をたどってみると、いつもその店に出ていたのは確かに繁子とおぼしき色の白い女であったが、その「ふくちや」の人と、父や母が親しくしていたという記憶がほとんどないのは不思議な気もする。

昔は帝都電鉄といっていた現在の井の頭線の永福町駅の北側に、鉄道の線路に平行する井の頭通りが、南北に走る駅前通りと交差する場所があって、その辺りは、戦争末期の空襲で焼夷弾がたくさん落ちて焼け野原になったという。亜也子の頭の中に残っている焼け跡の記憶もその辺りの風景らしい。「ふくちや」はその交差点に近い辺りにあった小さな店であったように思われる。

亜也子の両親が晩年二人だけになって暮らしていた実家は、その駅前通りを北へ歩いて

七、八分の和泉町にあった。峻三の死後、その土地は一年ぐらいのうちに他人の手に移り、家も建て替えられてすっかり変わってしまった。

亜也子は、方南町からバスを使って一人で永福町駅の辺りに行ってみることにした。亜也子には子供のころからよく見知った街であったが、今回の目的は、今は影も形もない「ふくちや」の行方について何か手がかりを得ることであった。

永福町駅前でバスを降りると、亜也子はぼんやりした記憶を元に、大体の見当をつけて、駅前通りの商店街を交差点から北側に沿って当たってみることにした。

比較的古そうな建物の和菓子屋で尋ねても簡単に断られたが、そこから少し離れた八百屋の前に行ってみると、亜也子とよく似た年格好の女が前かけ姿で立ち働いていた。その店は割合大きくて、表は八百屋のようでも奥の方にはさまざまな他の食料品や乾物類も並べている、田舎にもよくあるような店だった。亜也子は近寄って前かけ姿の女に尋ねてみた。

「えっ、戦争直後のころにあったお店で、ふくちやさん？」

亜也子の問いに女は呆気にとられたような顔をしたが、

「さあね、わかりませんけど、ちょっと奥で訊いてみましょうか？」

と店の奥に行った。見ると、奥の方の椅子に老人が一人座って店番を手伝っているようだ。女の父親のようでもあった。

「ふくちや？」

女から聞いた老人は、大きな声を上げて亜也子の立っている方を見た。

「ああ、あったね、そういう店が。何屋だったかな、パン屋だったかな……」

老人が言うのを耳にして、亜也子は商品の並んだ間を泳ぐようにして老人の前に行った。

「確か、この二、三軒隣だったがね……。いつごろまであったかって？　さあね……」

老人の話では、「ふくちや」があったのはそう長い間ではなく、何年かして店を売って他へ移っていったようだ。生まれたばかりの女の子がいて小柄な母親が一人で働いていた。その女の子が店の前をよちよち歩き出して、近所の評判だったのを覚えているという。

「ふくちやの子はよく笑う可愛い子だったよ。奥さんが一生懸命育てていた。旦那はどうしたんだったか、わからんがね……」

老人は目を細めて言った。

「その奥さんがどちらへ引っ越しされたのか、わかりませんか？」

亜也子の最も知りたいことである。

「さあね……、もうすっかり忘れちまったなあ」

老人は急に興味を失ったような顔をして頭を掻いたが、亜也子の落胆した顔を見ると、

「何でも、練馬だったたか、どこかあっちの方へ行くような話だったと思うが……」

練馬という地名を思い出してくれただけでもありがたかった。亜也子は老人と前かけの

女に礼を言ってそこを出た。

しかし、練馬と聞いただけでは探しようがない。

光老園に行って多代にその話をしてみたが、多代は何やら思いを馳せているようではあってても、いっこうに答えが出てこなかった。亜也子には他に知っていそうな人が見当たらない。

久仁子に電話で話すと、お店なら電話帳にでも当たってみたらどうかしら、と言った。自分で調べる気はなく、姉の執念に半ば呆れている様子であった。

だが、亜也子は久仁子との電話を切った後、なるほどと気がついた。繁子が練馬に移り住んでからも「ふくちや」を開店していたとすれば、その店が続いている限り電話帳ぐらいには載せるだろう。可能性は低いかもしれないが当たってみる価値はありそうだ。

そこで亜也子は、直接練馬の区役所へ行ってみることにした。練馬区は彼女にとってほとんど縁のない街であったが、区役所を探して行くのは難しいことではない。

その日、亜也子は夫の圭一が出勤してしばらくしてから家を出た。練馬の区役所に着くと、まず備えつけの練馬区の電話帳を手に取り、「ふくちや」を探してみた。

すると、じきにその記載を見つけることができた。「ふくちや」は食料品店で、練馬区春日町とある。亜也子は動悸の高鳴るのを感じながら、すぐにその所在地と電話番号をメモした。そばに張り出してあった練馬区の地図で見ると、区役所から三、四キロの場所だ。

公衆電話を使って電話をしてみることも考えたが、電話に出た相手によって話がうまく通じるかどうかわからない。とにかく所番地を頼りに探してみることにした。何だか無性に、早く行ってみたい気持ちに駆られた。

該当しそうな春日町の辺りまでタクシーに乗って商店街の中ほどで降り、番地を見ながら歩いていくと、ようやく「ふくちや」と赤く横書きされた古めかしい看板を見つけることができた。間口一間半ほどの、割合小さな店である。外から中を窺うと、ショーケースには和菓子や洋菓子が取り混ぜて置かれ、こちら側の棚にはさまざまな駄菓子類が並べられているようだ。

パンは売っていないのかしら、と思いながら亜也子が店の中に入ってみると、外からは見えなかった片側のショーケースにさまざまなパンの類が並んでいた。

「いらっしゃいませ」

暖簾《のれん》を分けて出てきたのはしわがれ声の老婆であった。八十をとうに過ぎているかと思われる、その老婆のくすんだ色の顔を、亜也子はまじまじと見つめた。

亜也子の頭には、バラックの土間に立って泣きながら多代に向かって叫んでいた、若い女がおぼろげに浮かんでいた。目の前の老婆と結びつくのかどうかはわからない。

「あの、失礼ですが、福地繁子さんは、あなたでしょうか?」

「えっ……、違いますけど……」

老婆は驚き、口ごもって言った。

亜也子が落胆しかけたとき、老婆が暖簾のところへ行って奥に向かって呼んだ。

「シゲさん、ちょっとこっちへ来て。あんたのお客さんのようだよ」

やがて暖簾を分けて顔を出したのは、色白の顔に小さな丸い目をした老婆であった。後ろで束ねた髪はほとんど白髪だが、先の老婆よりしゃんとした態度に見える。

「いらっしゃいませ……。何かご用ですか？」

怪訝《けげん》そうに亜也子に目を向けた。低いが張りのある声であった。

この人が福地繁子だ、間違いないと亜也子は思った。急に涙が溢れそうだった。

「わたし、高村亜也子と申します。笠井峻三の娘です。突然お訪ねして申し訳ありません。おわかりでしょうか……」

「笠井……。えっ、笠井先生の娘さん？」

相手は目を見張り、体を硬くして亜也子を見た。

「はい……」

亜也子は前に進み出て手を差し伸べようとした。しかし繁子は手を出そうとはせず、じっと亜也子を見つめるばかりであった。

「中でお話ししたら、どうなの……」

先の老婆が脇からそっと言った。

「じゃ、ミツさん、ちょっとお願いね……」

繁子はそう言い置いて、亜也子を暖簾の内側へ招き入れた。

そこは六畳ほどの広さの板の間で、食堂兼用の部屋とおぼしく、その奥は台所になっているようだ。家は二階に二間ぐらいの小さな建物に思われる。

「亜也子さんね……。覚えていますよ、まだ小さいころのこと……」

繁子は、お茶を亜也子の前に置きながら言った。

「よくこんな所までおいでくださいましたわね。わたしは、もうすっかり忘れておりましたのに……」

そこで亜也子は、幼いころ永福町駅近くの「ふくちや」に母に連れられていった思い出があり、先日その近所に行って八百屋の人に「ふくちや」の行方を尋ねたことを話した。繁子はその八百屋の存在を覚えていた。だがそれよりも、亜也子がそうまでして繁子に会おうとしたことに驚いているようだった。

「父や母がわたしたちを育てた時代は戦争の前後からの大変なときで、普通では考えられない、いろいろなこともあったようなんです。わたしは今、そういうことにすごく興味があって、会える人に会って昔の話を聞いておきたいと思ったんです」

亜也子は一応そう言ったが、繁子は、まだ腑に落ちない様子だった。

「笠井先生は、お元気なのですか？」

繁子が言った。その顔は少し沈んだ表情に見えた。

亜也子は、四年あまり前に峻三が亡くなったこと、多代も老衰が進むばかりであることを話した。繁子は、初めのうちしばらくは口数も少なかったが、そのうちに胸の中にさまざまなことが去来するらしく、相づちを打つ様子にも熱がこもってきた。その態度も言葉も、多代とほぼ同年の年であることを思えば、亜也子が感心するくらいにしっかりしていた。そういう芯の強さが、この人らしいところなのかもしれない、と亜也子は思った。

亜也子は、峻三の残した青年学校の卒業アルバムを見て、福地盛雄や芦沢英次のことを思い出し、芦沢と教師の唐本良継には実際に会いに行って昔の話を聞いたことも話した。あらかじめ頭の中で整理しておいた内容に従って、福地失踪の事件に絞るようにし、康彦のことはできるだけ出さないつもりだった。

聞いていた繁子が、不意に顔を上げて言った。

「それで、亜也子さんは、わたしに福地のことをお聞きになりたいのね？」

「はい、実はそうなんです。芦沢さんなどに訊くと、いろいろ変な噂もあったようで、父に関係する本当のことを知りたい気がして……」

亜也子は思わず正直な気持ちを言った。繁子は何度もうなずいて言った。

「わたしは、こちらへ移って間もなく、笠井先生にはお手紙でそれまでお世話になったお礼を申し上げました。その後、笠井先生からは短い文で励ましのお手紙をいただいて、それが最後でした。あなたが福地のことを知ったら、いろいろ疑問を持つのも無理ないわね」

「福地さんは結局、どうなさったのか、わからないんですか？」

「そうです。とうとう戻ってこなかった。どうしたのか、何の知らせもないままで……」

繁子は亜也子の視線を避けて一点を見つめていた。その様子は、福地盛雄の運命について彼女が明確な結論を持っていることを感じさせた。

「福地さんが、どうして姿を消してしまったのか、その理由を訊いてもいいですか？」

亜也子が遠慮がちに言ったが、繁子は俯いてしばらく口を結んだままだった。亜也子は何か一言なりとも、この人の言葉を聞きたいと思った。

「変な噂もあって、わたしの父に対する疑いもあるようなので、そういうことに関係して何かお話ししていただけないでしょうか……」

「それは、詳しいことは勘弁してください……」

顔を上げて言い、すぐにこう続けた。

「もうあまり思い出したくないことなんですが、福地がわたしと笠井先生のことで誤解したせいなんです。それはわたしに責任があるんです。わたしがよけいなことを言ったために福地が誤解して、家を出ていってしまったんです。でも変な噂というのは、よくわかりません。わたしは、そういう噂は一切、気にしないことにしていましたから……」

と言いかけて、繁子の顔に急に血がのぼり、言葉がなかなか出てこなかった。

「でも亜也子さんには、これだけは申し上げておきます。わたしと福地が結婚した後で、笠井先生とわたしが何か関係したようなことは一切ありません。これは信じてください。笠井先生はきちんとした方ですから……」

亜也子は深くうなずいた。

「このことは、先生の奥さんにもはっきり言ったんですけど、奥さんはわたしを軽蔑していましたから……」

「軽蔑？」

思わず亜也子が声を上げた。すると、繁子は自分の言葉に愕然としたように顔を落とした。亜也子はただ息を呑んで、繁子の言葉を待った。やがて繁子は顔を上げて、

「やっぱり、ちゃんと話さないとだめね……。わたしには、街に立つ女、つまり娼婦に出た経験があるのです」

きっぱりと思い切ったように低い声で言ったが、繁子の目は焦点を失ったようにぼんやりして見えた。

「戦争直後のことですけど……。生きるため、どうにも仕方がなかったんです。こんなこと、人に言ったのは初めてだけど、もうこの年だしね、亜也子さんにはお話しするわ……」

そう言ったとき、繁子は大分落ち着きを取り戻していた。

亜也子は、父とはどんなふうにして会ったのか、と訊こうとして、思わずそれを呑み込んだ。繁子の答えを聞くのが恐ろしくもあった。

「それで、父と出会ったのは、どこで……」

亜也子はかろうじてそう訊いた。

「新宿で……。ひどい戦災の後で、もう、今ではすっかり変わりましたけど……」

そう答えて、繁子は恐る恐る亜也子を見た。

亜也子も繁子の目を見つめ、しばらく黙ったままだった。それで亜也子はすべてを確認したような気がした。不思議なほどに、泣き出したくなる気持ちを必死に抑えた。

やがて亜也子が落ち着いた声で問うた。

「それを、わたしの母も、知ることになったんですね？」

「そうです……。わたしのこともわかっていたと思います」

繁子は多代を思い出す様子でうなずいた。

そのとき、店の方から先ほどの老婆、ミツが顔をのぞかせた。

「シゲさん、もういい加減に帰ってもらったら？」

ミツは投げ捨てるような言い方をして繁子の顔を窺い、すぐに暖簾の向こうへ消えた。

繁子はその方へちらっと目をやったが何も答えなかった。その二人の様子から、互いに何から何まで知り合った者同士であることが感じられた。

繁子は何事か考え込むかのようにしばらく無言だった。亜也子にはもう少し繁子の話を聞きたい気持ちがあった。すると亜也子の気持ちを察したように繁子が話を続けた。

「そのわたしの前歴が結局、福地を誤解させる元になり、わたしたちの不幸の原因になったんです。福地との結婚は、五ヵ月足らずで終わってしまいましたから……」

繁子は永福町で「ふくちや」の店を続け、福地盛雄の帰りを待ったのであった。だが夫の失踪という異常事態の中で、女手一つで店を維持していくのは困難が多すぎた。福地と繁子の縁結びをした福地の叔父は、練馬の春日町で開業医をしていたが、戦争末期まで繁子を看護婦として雇った縁もある人で、福地失踪後もずっと繁子に何かと援助の手を差し伸べていた。三年ほど経過したところで、その叔父の勧めもあって繁子は春日町に移住し、新たに店を出し直すことにしたのだった。

「あの八百屋さんの話では、二、三歳のお嬢さんがいたそうですけど、その子は？」

亜也子が思い出して訊くと、ようやく繁子の顔に穏やかな表情が戻ってきた。

「はい、福地とわたしの間にできた、ただ一人の子です。福地の叔父も可愛がってくれましたし、ずっとわたしの希望みたいなものでした。その娘も今は結婚して子供も大きくなっています」

「まあ、そうですか。繁子さんのお孫さんですね」

「ええ、そうなんですけど……」

面映ゆそうに言いながらも、繁子の顔がうれしそうだった。福地の叔父もいない今、娘は繁子の唯一の頼りなのだろうと察せられる。

亜也子はほっとした。繁子のために素直に喜びたい気持ちだった。

「あのミツさんという方は、繁子さんのご親類か何かでいらっしゃるのですか？」

「はい、親類関係と言っても福地のまた従兄弟のような関係なんですけど、わたしが子供を産むときに手伝いに来てくれて、それ以来、ずっと一緒に暮らしています」

永福町にいたとき以来、ということならば五十年近く、繁子はミツと同居していることになる。店を続けながら子を育てた繁子にとって、ミツは随分助けになったことだろう。

「ミツさんもわたし同様で、戦災にあって、お医者さんをしていた叔父ぐらいしか身寄りがなかったんです。結婚してまだ子供ができないうちに夫は兵隊に取られ、そのまま戦地から帰ってこなかったんです。ミツさんは家も焼夷弾で焼かれてしまって、わたしとは何から何まで同類相憐む、みたいな間柄だったので……」

そう言ったとき、繁子の顔にちょっと卑屈な色が表れた。亜也子は、繁子の言った「同類」という言葉に特別な意味もあるような気がしたが、口には出さなかった。

亜也子は繁子の話を聞いて、ある程度、予想もした話のように思って安堵感のようなものを覚えつつ、もう少し繁子の言葉が欲しいような気持ちがあった。このまま帰るには無念な思いが残りそうだった。しかし繁子に対して、あまり手前勝手な質問を浴びせるわけにもいかないという遠慮もあった。

　話が途切れたと感じた繁子は、立ってミツを呼び入れ、改めて亜也子を紹介した。ミツは格別話したがる様子もなく、むしろ無愛想だった。やむなく亜也子が帰ろうとすると、ミツは繁子について悪びれもせず、戸口まで送りに出てきた。

　繁子は、バス停まで送ると言って亜也子についてきた。

「最後に一つだけ、亜也子さんに聞いてほしいことがあるんですが……」

　繁子が言って、自ずから二人の足が止まった。昼前の商店街に人通りは絶えないが、道の端で向き合った二人に特別注意を払う者もいない。

「福地とは不幸な結果になってしまいましたが、それはわたしのせいです。先生にも奥さんにも大変な迷惑をかけてしまいました。それは、いくらお詫びしてもお詫びしきれない気持ちです。先生の仲人で福地と結婚もできて、夫との間にわが子を授かっただけでもありがたいことです。わたしは笠井先生に感謝して、そのご恩を忘れたことはありません」

　繁子はそこで言葉を切った。亜也子を見つめる繁子の顔が次第に紅潮し、その目が潤んできた。

「本当のことを言えば、戦争に負けた後のどん底の中で、わたしは笠井先生にただ一度出会ったお陰で、生きようとする気持ちを思い出したんです。それがその後のわたしの、すべての元になっているんです。笠井先生も、そのことをおわかりだったような気がしてなりません。先生の奥さんには申し訳ないのですが、亜也子さんだけにこんなことをお話しするのを、どうか許してください」

「父のことを、そんなふうにずっと思っていらっしゃったんですね……」

亜也子がやっとの思いでそう言うと、繁子の目に涙が溢れた。

「でも、こうして、何十年も過ぎてから亜也子さんに会うなんて、本当に夢のようです。亜也子さんとお話しできたお陰で、わたしは何だか、救われたような気持ちです。わざわざ来ていただいてありがとうございました」

繁子の顔が少しずつ輝いてきたようにも見えた。

「わたしの方こそ、繁子さんのお話が聞けて本当によかったと思います。今日はどうもありがとうございました」

亜也子も心からそう思って言った。

これでようやく父の本当の姿が理解できそうです、そういう言葉が頭に浮かびかけたが、亜也子は自分も涙が溢れ出しそうな気がして口に出さなかった。

亜也子は繁子と別れるとバス停に立って、帰っていく繁子の小柄な後ろ姿を見送った。

繁子の言う「戦争に負けた後のどん底」というのは、亜也子には計り知れないほどの過酷な世であろうが、そこで束の間の出会いをした男女が人間的な心を蘇らせるというのは、亜也子にも理解できた。それがそのときの峻三にとっても、忘れられない一事になったのかもしれない。峻三はそれを心に秘めたまま生き通したのであろうか――。

ともあれ、結婚の仲人を頼まれて断れなかった事情があったにしても、それが次の悲劇を生むもとになったことも間違いないことなのだ。

亜也子は改めて母多代の気持ちを考えてみた。多代は、福地盛雄の失踪とそれに絡んだ出来事を「嫌な思い出」とは言ったが、亜也子に向かって繁子の悪口を言ったことはなかった。母もまた、夫を許そうとしながら自分の心の葛藤に苦しみ続けたのだろうか。

亜也子は、その後の峻三の寡黙な姿や多代との冷えた関係を思い浮かべ、心が痛んだ。


練馬から帰宅した亜也子は、その日のうちに康彦の会社に電話をかけた。時刻は午後の三時を回っていた。しばらく待たされた後に、電話口に出たのは別人の声だった。

「わたしは工場長の佐伯と言いますが、笠井さんのお姉さんですか。笠井さんは昨日の夜から病院に入院したということで休んでいますが、お姉さんはご存じないですか？」

いきなりそう言われて亜也子は驚いた。

「ちょっと留守をしていまして……。すみませんが、その病院はおわかりでしょうか？」

亜也子がそう尋ねると、佐伯は病院名と所在地を告げ、そして、亜也子の連絡先を聞き取った。

病院は康彦の会社からそう遠くない、田端にある大きな病院だった。亜也子が早速行ってみると、康彦はカーテンに囲まれたベッドの中で眠り込んでいた。疲れ切ったようなその顔は死者のように無表情で、静かな寝息を立てていた。

亜也子はナースステーションに行って、担当医師への面会を求めた。すると看護師長が出てきて応対し、亜也子に入院の書類を示した。見ると康彦の筆跡で記入されていたが、保証人の欄が空欄のままだった。亜也子はそこに自分の名を記入し押印した。彼女は弟のためにこんな立場になることを、以前夢に見たことがあったような気がした。

しばらくして看護師長に呼ばれ、ナースステーションの隅の椅子に案内された。間もなく現れた担当医師は、髭跡の濃い四十年輩の男性で、梶山《かじやま》と名乗った。

梶山医師は、カルテを見ながら病名を肝炎であると言った。

「しかしこの患者さんは相当重症と考えた方がいいようです。これからいろいろ検査をしますが、癌《がん》の疑いもありますのでね……」

そう言って梶山医師は亜也子の顔を見た。亜也子は気になっていたことだけに、現実に弟の癌の疑いを宣告されて、強い衝撃を受けた。

「とにかく相当疲れがたまっておいでのようです。無理が重なったのでしょうな。まずその疲労を取り除きながら、検査の結果を見て対処していくことになります」

梶山医師の言葉に、亜也子はただ深くうなずくばかりだった。

亜也子が病室に戻ったとき、康彦はまだ目覚めてはいなかった。

そこへ看護師が来て康彦の脈を取ったので、康彦が薄く目を開けた。看護師が体温計を与えようとすると、康彦は寝ぼけたような声で言った。

「ああ、寝ていたんですね。何だか体の力が抜けて沈んでいるような、変な気分です」

看護師は康彦を見守る様子であったが、やがて体温計を取り出して、

「微熱がありますね。よくお休みになった方がいいですよ」

そう言って看護師が出ていった。

そのとき康彦はようやく亜也子のいることに気づいた。

「具合はどう？　康彦……。会社に電話したら病院に入院したと聞いて、びっくりしたわ」

亜也子が顔を寄せながら言うと、康彦はすまなそうに目をしばたたいて、

「まさか即入院というふうになるとは思わなかったんだが、とにかく詳しく検査をするということだから、姉さんにはいずれ知らせるつもりではいたがね……」

「担当の梶山先生にお話を聞いたんだけど、肝臓を悪くしている上に疲労が重なっているから、気をつけた方がいいとおっしゃっていたわよ」

「うん、わかっている……。体の中に痛みも感じたりするので、とにかく、医者の言うことを聞くことにするよ。ところで姉さんは俺に何か用があったのかい？」

康彦が言った。その声に弱々しい響きがあるが気分は落ち着いているようだった。

康彦は自分の病気をすでに十分察知しているのではないか。亜也子はそんな気がしてならなかった。だから、亜也子が梶山医師に会ったと聞いても気にする様子を見せないのだ。

亜也子が練馬の春日町に出かけて「ふくちや」を探し当てて福地繁子に会ってきたことを話すと、ベッドの康彦は目を天井に向けたまま黙って聞いていた。

亜也子は、繁子が現在どんな様子でいるかを話し、そして繁子がかつて娼婦となって一度だけ峻三と会ったと明かしたこと、またそれが原因となって福地盛雄の失踪に至ったが、そのきっかけを作ったのも繁子自身であることを繁子が認めていたことを話した。

「福地さんはお父さんと繁子さんの過去にあったことを知って、結婚後の繁子さんのことも信じられなくなったのね。繁子さんはその点は潔白だと一生懸命に言っていたし、笠井先生のお陰で結婚できて生きていく希望も持てた、先生もそのことをよくわかっていたに違いない、とも言っていたわ。その繁子さんの言葉は信じていいように思う。わたしはようやく、お父さんの生き方が少しずつ呑み込めてきたような気がする」

亜也子が話し終えても、康彦は天井を睨んだまま何事か考えていたが、やがて、

「しかし親父も、その繁子さんと福地さんとの、結婚式の仲人をよく引き受けたものだな」

そう言って吐息を漏らした。亜也子は答えようもなく、弟の顔を見つめて次の言葉を待った。

「どういう事情で引き受けたのか、わからない気もするが、何だか親父はひどく無理をしたような感じがする。よほど責任感というか、何か負い目でもあったような……」

　そこまで言ったとき、天井を睨んでいた康彦の顔が何かの感動に強く打たれたように歪み、目が急激に潤んできた。

「きっとそうだ、親父は精一杯無理をしたんだ。戦争の理不尽さや残酷さをすべて引き受けたような気になって……。芦沢さんが、そこまで理解するのは難しいだろうなあ……」

　康彦の言葉に、亜也子はわれに返る思いがして大きくうなずいた。

「きっとお父さんも、繁子さんとの出会いに支えられたような何かがあったのね。それでなおのこと、繁子さんと福地さんの幸せを願ったのね……」

　あの父も、戦争のためにどんなにか、ずっと苦しみ続けてきたことだろう。そんな思いが胸一杯に襲ってくるのを、亜也子はこのとき初めて感じたのであった。

　福地盛雄が失踪した後、峻三自身も多代に繁子との過去を知られる事態になったにもかかわらず、峻三は、福地の結婚式の仲人を引き受けたことの非を認めたくなかったのだろう。それが峻三の、戦争の時代への抗議であったのかもしれない。そうして多代も、次第にそういう峻三の気持ちを少しずつ理解するようになっていったのではないか――。

　もともと戦争の時代のことをあまり語りたがらなかった多代ではあったが、峻三の死後はいっそう口を閉ざしがちだった。それは謙虚というよりは、何かを恐れているようでさえあった。そして峻三の遺した青年学校時代の古いアルバムを、それだけをいつまでも処分せず保存し続けた多代なのだ。峻三の非は非としても、その生きる心の支えまで否定することはできないことを、多代は悟ったのだろうか。多代は、最後には峻三の唯一の理解者になりつつあったと言えるのかもしれない。

亜也子は顔を上げて康彦を見た。

康彦は目を閉じたままだったが、その目尻の辺りにはうっすらと涙がにじみ出ていた。亜也子はそのまましばらくの間、静かに康彦の寝顔を見守り続けた。

その日は宮越製作所の佐伯工場長も見舞いに訪れたので、亜也子は待合室で佐伯と会うことができた。

「笠井さんのことは残念でなりません。何とか早くよくなってほしいと願っております」

佐伯はそう言って亜也子に頭を下げた。亜也子が恐縮して礼を言うと、

「笠井さんは本当にしっかり働いてくれましたから、会社としても彼がいないと困ってしまうのですよ。若い者もまだ十分育っていなくてね……。しかし笠井さんにはよいお姉さんがいてくれてよかったです。何分よろしく……」

佐伯は涙ぐんでいた。

亜也子は重ねて心底から礼を言った。康彦がこのような実直そうな工場長のいる会社で働いていたことがわかっただけでも、亜也子はありがたい気がし、またうれしかった。

エピローグ

光老園までのアスファルト道路を歩きながら、亜也子の気持ちは何かに急かされるようだった。晩秋の冷たい風がハナミズキの枯れ葉を路上に吹き散らしていた。

福地繁子に会いに行った後、康彦の病状に気を取られて二週間近く多代のところに行かなかったのだ。久仁子が、

「お母さんが姉さんに会いたがっているみたいよ」

と言ってきたのが昨夜のことだった。

亜也子が行くと多代はベッドで眠り込んでいたが、亜也子が脇に座ってしばらくすると目を覚ました。亜也子が手を取って呼びかけると、多代は目を上げ亜也子の顔を認めて微笑んだ。何かと話しかけては、多代の髪に櫛《くし》をかけたり肩の辺りや腕をさすってやったりしているうちに、多代の顔に血の気がのぼってくるのがわかった。

「お母さん、この間、康彦と、わたしたちの子供のころのお父さんのことを話したの。戦争が終わってからも、あのころはお父さんも大変だったんだって、二人で話したのよ……。お母さんも、お父さんのことを思い出すでしょう。夢に見たりするんじゃないかしら」

亜也子が言うと、多代はしきりにうなずき、亜也子の手を求めてきた。亜也子は多代の

手を両手で包むようにしていつまでも握っていた。多代の顔は安らかだった。

一週間ほどたつと、多代は光老園の提携病院に移されることになった。

老衰の度が増した上に腎臓病を患う多代の容態は、もはや光老園では手に負えないのである。末期の看取りは病院で行うことになる、と亜也子は施設長の野本から聞かされていた。

それから約一ヵ月の間、多代は病院のベッドで治療を受けた。完全看護で起き上がることもないままなので背中から腰にかけて床ずれが広がり、医師の話では腎臓病治療との関係で薬の処方が難しいとのことだった。亜也子は何日かおきに見舞いに行ったが、多代は亜也子を認めて手を握れば握り返したりはしたものの、会話はほとんどできなかった。

そうして十二月末の寒気が一段と増した日の真夜中に、多代はその病院のベッドで息を引き取った。

その二日前に久仁子が、そして当夜は亜也子が多代の病室に仮のベッドを借りて泊まり込んだ。亜也子が仮のベッドでふと目覚めて気がついたときには、すでに多代の息はなかったのである。まさに眠るがままの往生であった。

遺体はその日のうちに亜也子の家に運び込まれ、通夜に続けて葬式も出すことになった。

葬儀は亜也子が喪主となって執り行われたが、ほとんど親類関係だけの静かな雰囲気であった。夫の圭一は、峻三のときと同様、今回も亜也子の先に立って葬儀の手はずを決め、何かと立ち働いた。

そのころ、重い肝癌を患う康彦は、病院のベッドで寝たきりになって病苦に耐えていた。康彦が入院して間もないころ、亜也子は梶山医師に余命三ヵ月と聞いていたが、康彦にそれを話すことはしなかった。

多代の様子をいちいち康彦に知らせることもしなかったが、康彦にもおよそのことはわかっていたのである。多代が息を引き取ったときには、亜也子が久仁子と一緒に康彦を見舞って知らせた。康彦は血の気の引いた白い顔でうなずき、じっと目を閉じたまま、いつまでも何も言わなかった。

多代の葬儀がすむと、多代の使っていた六畳間にお骨の箱を飾った祭壇が設けられた。時たま焼香に訪れる人をそこに迎えたりしながら、四十九日の納骨の儀を待つのだった。

圭一は、祭壇の前にいる亜也子と久仁子のそばへ来て座ると、こう言った。

「お母さんが康彦さんより先に逝ってくれたことは、まだしも、よかったと言える。これが逆だったら、周囲はもっとつらいことだろうからね」

久仁子は圭一に対してうなずき嗚咽をこらえる様子だったが、亜也子は圭一の言うことが言わずもがなのことに思えて、なおさら耐えがたい悲しみに包まれた。その亜也子の様子を見た圭一は初めて涙を流し、妻を気遣いながら祭壇に向かっていつまでも手を合わせていた。

そして数日たつと、亜也子はほとんど毎日のように康彦を見舞うようになった。康彦にできるだけ長く生きてもらわなければならない。亜也子はただ一途にそう思ったのである。弟の生命力を信じて、元気づけることだけを考えて田端の病院に通った。久仁子がそういう姉につき従うこともあった。

さらに一ヵ月あまりたって真冬の冷気が漂う日に、多代の納骨と四十九日の法要が親類関係だけの少人数で営まれた。墓碑には「行年八十二歳」と記された。その隣には、五年前に死去した峻三が「行年八十歳」と記されてあった。

それから半月ほどたった日、亜也子の願いもむなしく、康彦が田端の病院のベッドで息を引き取った。五十二年に足りない短い生涯であった。

葬儀には宮越製作所からも佐伯工場長以下何人かの社員が参列した。それを迎えた亜也子は、涙を抑えることができなかった。

そうしてさらに四十九日の法要が型通りに営まれることになった。多代を看取って以後、この三ヵ月ほどの曇天も多く極寒の続く日々は、亜也子と久仁子にとってこの上なく悲しい、心底から凍えるような毎日であった。

多代の納骨の跡も残る墓で、康彦の納骨をすませたとき、二人はいつまでも墓前にたたずんで、多代と康彦、そして峻三と、それぞれの心を思いやって涙を流した。

まるで母と子と言い交わしたかのように、相次いで冥土に旅立ったのである。二人はきっと、あの世で手を取り合うのではないか——。亜也子も久仁子もそういうことを心に強く感じ、それは口に出さずとも二つの霊魂に届く深い祈りとなった。

（了）

主な参考書目

『青年学校史』鷹野良宏著　三一書房刊
『東京大空襲の記録』東京空襲を記録する会編　三省堂刊

あとがき

わが日本が後進国として資本主義国の仲間入りをするために、大いなる発展を遂げようと世界に打って出たのは十九世紀後半のことだった。日清戦争、日露戦争と勝利し、更には第一次世界大戦を経ていく中で自信を強めた軍国日本は、アジア大陸や南洋諸島にまで侵略を進め、国力を省みる暇もないままに第二次世界大戦に突入して、世界を相手にした戦争を敢行した。その結果がどうなったか、今さら言うまでもないことである。

その日本の、戦争貫徹を国策とした時代の申し子のような学校が、「青年学校」である。大きな辞典類を探せば「青年学校」の存在を示す記述はあるが、多くの人々にはすでにほとんど忘れられている存在ではなかろうか。

私の書いたこの小説『遠い闇からの声』には、あの戦争の時代にはこういう学校が作られたのだということを広く知ってもらいたいという気持ちもある。そのことについてここで触れておきたい。

青年学校は、日本が中国大陸への露骨な侵略を進めつつあった昭和十年（一九三五年）に、当時の小学校卒業後の若者に対する職業訓練の学校として、以前からあった実業補習学校と青年訓練所を統合する形で全国に設置された。当初から軍事訓練が重視される内容であったが、昭和十四年に義務制化されると、さながら兵隊養成機関のような学校となって、卒業すればそのまま徴兵に結びつくようにセットされていた。こうして青年学校は戦争遂行を支える教育機関として、全国の多くの若者を戦場に駆り立てたのである。

実を言えば、私の父は三十代にしてこの青年学校の教員になり、敗戦を迎えて後、昭和二十二年度で青年学校が廃止になるまで十年余り勤めたらしい。私自身は終戦の翌年に小学校に入学したが、物心つくようになってから折りにつけ、父や母に戦時中のことやその後の食糧難時代の有様を聞いた。父も母もいろいろなことを話してくれたが、どういうわけか、父は青年学校のことになると口をつぐみがちになり、私がなお問おうとすると苦痛の表情さえ見せることがあった。父は青年学校の勤務について、かなり辛い記憶があったのに違いない。私は、父が思わず漏らす口吻からその内実を想像するより他なかった。

そういう父の有様が、私に戦争とその時代について考えさせる契機になっていることは間違いない。『遠い闇からの声』は私の父を描こうとしたものではないが（ちなみに、私の父や当時の私を含めた家族の姿を描いたものとしてはすでに別に書いたものがある）、父の存在なくしてこのような小説を書くことはあり得なかったのも確かである。

戦争の世の理不尽さ、過酷さは、決してその時代だけの、限られた地域のこととして済まされるべきものではない。戦争とは人間自身の愚かな過ちとして起こるものであって、しかも人間社会を根底から揺り動かし、人間の存在をも否定するものであるからだ。拙作において、当初意図したものをどれほど表現し得たのかとなると心もとない気もするのだが、読者の方々の心に少しでも深く残るものがあればと願っている。

二〇一五年十一月三十日　　佐山 啓郎

著者プロフィール

佐山 啓郎（さやま けいろう）

1939（昭和14）年東京生まれ。1963（昭和38）年法政大学文学部日本文学科卒業。2000（平成12）年以降同人誌「コスモス文学」に作品を発表する。

著書に、『紗江子の再婚』（2010年）、『赤い花と青い森の島で』（2011年）—いずれも文芸社刊がある。

遠い闇からの声

2016年5月15日　初版第1刷発行

著　者　佐山 啓郎
発行者　瓜谷 綱延
発行所　株式会社文芸社
〒160-0022 東京都新宿区新宿1－10－1
電話 03-5369-3060（代表）
03-5369-2299（販売）

印刷所　株式会社フクイン

ISBN978-4-286-17233-0